# 馭夫成器

下

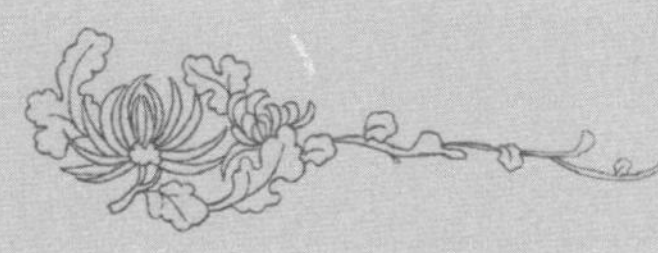

文創風 641

晴望 著

# 目錄

# 第三十章

夢醒了，外面天色也濛濛亮。薛陸還窩在常如歡的懷裡，雙手抱著她的腰，一整個晚上都沒有動。

這感覺太美好，薛陸一點都不想起床，本想再裝睡多感受一會兒，誰知常如歡下一秒就將他推開了。

薛陸被戳穿，嘿嘿直笑。「娘子醒了啊？我以為妳沒醒，怕吵到妳……」說話時一雙眼睛還去瞄剛剛常如歡推他時露出來的胸口。

細膩的肌膚嬌嫩得像豆腐，薛陸只覺心神蕩漾，恨不得馬上撲倒他的娘子。

然而想到與娘子的約定，薛陸又有些洩氣。就算今年秋天他能考中秀才，可考舉人也得等到兩年後，時間這麼漫長，他好心急。

常如歡不知他心中所想，看著外面天色大亮，便穿衣起身，今日他們還得趕回薛家莊，還要去拜訪其他親戚。

吃早飯時常海生有些尷尬，昨晚還想著千萬別喝醉出糗，誰知最後還是喝多了。剛才聽常如年說他昨晚拉著薛陸的手痛哭流涕的事，現在見到女兒、女婿，真是沒臉見人了。

好在薛陸最後也喝多了，不記得他岳父的醜態，不過常如歡倒是記得，但為了維護常海生的面子，只當什麼都不知道。

一家人吃完早飯，薛陸先去縣學的夫子家送禮品，這才和常如歡一起回去。

為了參加春闈，常海生出了正月十五就要進京趕考，常如歡夫妻肩負起照顧常如年的重任，所以他們回去也待不上幾天就該回來了。

兩人回了村裡，村裡還洋溢著過年的熱鬧。淳樸的鄉民忙碌了一年，趁著過年走親戚的走親戚、串門子的串門子。

剛進門，便見薛竹跳著跑上前，神秘兮兮地對常如歡道：「五嬸，妳娘家來人了。」

常如歡覺得奇怪，和薛陸對視一眼。是誰來了？他們不是才剛從娘家回來嗎？

薛竹似乎知道她所想，說道：「她說她是妳娘家的大伯娘，同來的還有一個十五、六歲的姑娘。」

大伯娘李氏？還有一個姑娘？

常如歡不動聲色地對薛竹道：「我知道了。她們在何處？」

薛竹道：「在奶奶那兒呢。」

常如歡點點頭，和薛陸直接去了正屋，還未進門便聽到李氏正笑著說話，感覺有什麼喜事一般。

李氏見他們進來，眼睛一亮，笑著站起來，親暱地上前拉住常如歡的胳膊。「如歡回來了，我來看看妳。」

來看看她？常如歡冷笑，當初他們家落魄時恨不能離得遠遠的，甚至還算計她的婚事，現在倒親熱起來了。

常如歡不著痕跡地將她推開，淡淡道：「大伯娘來有事？」
李氏一僵，瞅了錢氏一眼，道：「咱們去妳那邊說。」
常如歡也不想讓這些醜事在薛家宣揚開來，點頭便往外走。李氏見狀，連忙拉上站在一旁的姑娘跟了上去。
薛陸不放心想要跟，錢氏拉住他。「常氏娘家的伯娘來，讓她們說說話，你去做什麼？」
薛陸聽說過一些常家的事，對錢氏道：「不行，我不放心，當初她大伯娘和嬸娘都能扣娘子的彩禮，我怕她欺負娘子。」說著不等錢氏阻攔便跟了上去。
本來薛陸被錢氏拉住，李氏還挺高興，畢竟這種事讓姪女婿聽見也不好，誰知她們剛進屋，薛陸就緊跟著回來了。
李氏臉上掛滿尷尬的笑，對薛陸道：「姪女婿，我和姪女有話要說，要不你去別的屋子等一下？」
薛陸才不聽她的，抬頭鄙夷地看了她一眼，倨傲而無禮道：「這是我家，妳竟敢叫我出去？妳信不信我現在就讓妳離開？」
他還記得當初回門時李氏找他們麻煩的事，他小氣著呢！他記仇！
李氏臉一僵，笑容差點就掛不住，她尷尬地笑了笑，對常如歡道：「其實今日來就是有點小事要和妳商量商量……」說著拉過她帶來的姑娘，對常如歡道：「這是我娘家堂妹，今年才十六，妳看妳爹年紀也不小了，身邊沒個人照顧，妳弟弟也小，總得有個人照應著，而且妳爹今年就要去考進士，若中了，身邊總得有個人不是？妳看我堂妹人老實，長得也還不錯，妳能不能和妳爹說說……」

不等李氏說完，常如歡便打斷她。「大伯娘，我爹娶不娶妻，您覺得跟我一個小輩說合適嗎？」

李氏張了張嘴。「可妳爹他……」

常如歡冷笑一聲。「我爹怎麼了？他娶不娶妻是他的自由，我們做兒女的只有尊重他的決定，卻不會替他做決定。」說著看了一眼正一臉熱切地瞅著她的姑娘，哼笑道：「我家什麼長相，您覺得就您堂妹這德行能配得上我爹？」

她可不是聖母，說話也毒，那姑娘眼眶唰地就紅了。

李氏的臉頓時黑下來，來的時候有多熱切，現在就有多生氣。在她看來，她這是做好事，誰知這丫頭不知好歹。

想到來之前馬氏囑咐的話，她耐著性子道：「如歡啊，妳爹若是做了官，真娶了個大戶人家的閨女回來，還能有妳和弟弟什麼好日子過？我堂妹可是個老實人，進了門自然也會對妳弟弟好，妳現在和妳相公住在娘家，她也不會說什麼。」

「我住我娘家，還用得著她同意？笑話！」常如歡毫不客氣地道。餘光掃過李氏堂妹，只見對方眼中有委屈還有不甘，常如歡暗笑，這還是個心大的姑娘呢。

「妳這孩子說的什麼話！妳爹現在有功名在身，今後再娶勢在必行，就算妳不願意也阻擋不了什麼，倒不如讓我堂妹進門，起碼能夠聽妳的話。妳現在不怕，說得硬氣，等妳爹真的娶了個厲害的繼母進門，恐怕第一件事就是趕你們夫妻出門！」李氏說著馬氏教她的話，覺得也是在理。

常如歡卻不吃她這一套，冷冷道：「這就不勞大伯娘費心了。」她一點都不想理會李氏，又擔心在薛家莊被人看見她對大伯娘不敬對薛陸不好，這才耐著性子和李氏說話。

可誰知李氏這次一改先前的態度，一副鐵了心地想將她的堂妹塞給她爹。

李氏還不死心，放緩聲音。「既然妳叫我一聲大伯娘，那我就該為你們著想不是？我也是為了你們好，要不然怎麼會親自登門讓妳罵呢？」

「當初就是妳和另一個潑婦算計我娘子的婚事吧？虧妳還有臉說是我娘子的大伯娘，還說得出口一切是為了我們，嘖嘖！」薛陸早就看不下去這兩個女人欺負他娘子了，他圍著李氏轉了一圈，繼續說道：「我們薛家當初給了十五兩的聘禮，也是妳們說我們只給了十兩吧？妳說說，這回妳堂妹許了妳什麼好處？事成後拿我岳父家的銀子給妳二十兩？」

他越說，李氏臉越黑，她隻字不提當初他們的婚事，就是怕舊事被重提。

薛陸不打算放過她，繼續道：「我還記得當初回門時妳如何的羞辱我們，難道妳這麼快就忘了？我勸妳還是趕緊離開，別大家撕破了臉不好看。」

他還想和娘子說說話呢，這煩人的女人居然還不走。

李氏被他說得臉青一陣、白一陣，好生難看，而與她同來的堂妹也低著頭默不作聲。

要論厚臉皮，李氏還真比不上薛陸。薛陸盯著她，挑眉問：「還不走？」

「這、這……」李氏有些著急地去看常如歡。「如歡哪，以前是我不對，但咱們都是一家人，何必非把話說得這麼難聽呢？大伯娘來真的是為妳爹好，為你們姊弟好，妳怎麼就不領情呢？以前是大伯娘不對，被豬油蒙了心，大伯娘給妳道歉，行嗎？」

李氏急得快要掉下淚來。常海生不願搭理他們大房，更不肯幫忙，她沒法子這才想出這個主意，誰知自己這姪女根本不領情。

常如歡只淡淡笑了聲。「我還是那句話，說服不了我爹也甭來勸我，我爹的主意我都支持。大伯娘回去吧，咱們雖然都姓常，但都已分了家，當初大伯娘也說了，咱們兩家老死不相往來，省得我們賴上你們，所以咱們可不是一家人。」

李氏還要說什麼，薛陸直接不耐煩道：「妳這人別這麼厚臉皮行嗎？我告訴妳，我娘到現在都不知道回門的事，若是她知道，妳以為妳還能站在這裡說話嗎？別逼著我撕破臉皮！」

薛陸步步逼近，李氏不得已往後退，一直退到了門口。

進屋後一直沒說話的李氏堂妹這時開了口。「大姑娘，我、我不會說話，但我想告訴妳的是，我只想找個讀書人嫁了，若是妳同意我進門，我發誓我一定會對妳和妳弟弟好的，真的，家裡還是妳說了算。我什麼都不管。」

李氏在一旁趕緊點頭，附和道：「對對對，如歡妳聽到了，妳上哪兒去找這麼聽話的人啊……哎哎，你這是幹什麼？」

薛陸拿著掃帚，根本不聽她說什麼，瞪眼道：「趕緊走，否則別怪我不客氣！」

李氏踉蹌著退出屋門，一瞥眼瞧見薛家其他幾房的人站在門口看熱鬧，想到薛家也和常家一樣分了家，便一拍大腿坐在地上哀嚎。
「哎呦，這姪女毆打大伯娘了——」
反正常如歡也不同意，索性鬧上一鬧，也許常如歡懼怕丟人就答應了呢。
李氏哭天搶地鬧開，常如歡翻個白眼就要出去。
薛陸攔住她。「娘子別去，看我怎麼收拾這惡婆娘。」說著出了門將門關上。
而薛家其他幾房的人站在門口沒看明白到底發生了什麼事，他們隱隱約約知道常如歡家中長輩的逼迫，卻沒料到會這麼不堪——一個做長輩的大過年的跑到姪女家來，最後還坐在地上說姪女欺負她。
有這麼上趕著找欺負的嗎？
吳氏站在門口，笑問：「親家大娘，我們五弟妹可是老實人，妳說她欺負毆打妳，誰信啊？」
李氏一僵，覺得有些不對勁。妯娌之間不是最見不得別人好的嗎？
她沒想到的還在後頭，周氏等人也從屋裡出來，到了五房門口和吳氏一人一邊將人拉起來，不讓她坐下，笑道：「親家大娘大過年的還來給姪女拜年？這不合規矩啊。」
「我……」李氏張嘴剛要告狀常如歡對她不敬，就見薛陸委屈著臉對周氏和吳氏道：「二嫂、三嫂，她們欺負我娘子，還罵我娘子，剛才還要打我娘子，被我攔了一下，她就順勢坐地上了，她是想訛我們呢。」
吳氏一聽頓時不樂意了，呸了一聲將胳膊放開，罵道：「我還道親家大娘今日來做什麼，想著五弟妹這裡沒開伙，讓妳上我家吃飯呢！誰承想是來欺負我們五弟妹的，妳當我們常家的人這麼好欺負嗎？」

李氏冷汗都下來了，這薛家人果然沒一個正常的，居然還有妯娌幫妯娌說話的。

李氏堂妹嚇得拉拉李氏，小聲道：「堂姊，咱們走吧。」

還不等李氏回答，一盆冷水突然從天而降，正好澆在李氏的棉襖上，凍得她一哆嗦。

李氏抬頭，就見和她年紀差不多大的柳氏正端著臉盆，插腰瞪著她。李氏結結巴巴道：「你、你們！」

柳氏哼了一聲，道：「看妳年紀和我差不多，我還得叫妳一聲親家大娘，真是白當了這個稱呼。過年跑到姪女婆家鬧，妳以為妳有多大的臉？我告訴妳，我們薛家別的缺，就是不缺人！趕緊滾出我們薛家，再來一回，信不信我們趕妳一回！」

不懷好意的李氏碰上小心眼但護短的柳氏，節節敗退。以她一人之力在人家的地頭上是強不過人家的。

李氏冷著臉，拉著她堂妹快步走了。

常如歡站在窗戶邊上，將外面的話聽得一清二楚。薛陸的示弱和胡說八道差點把她逗笑了。

吳氏和周氏幫忙在她的意料之內，倒是柳氏讓她刮目相看，居然能說出這麼霸氣的話來。

看來柳氏也沒那麼糟，小氣是小氣了點，好歹護短。有她在，估計以後別人想占他們的

# 第三十一章

李氏在薛家吃了大虧，出了大門便開始罵薛家人，更罵常如歡眼中沒有她這個大伯娘。

李氏堂妹看著堂姊，問道：「堂姊，這事還能成嗎？若是不成，我之前給妳的銀子妳可得還我。」

說起這個李氏就煩躁，明明被常如歡諷刺了還硬撐著不願承認。「自然能成，她一個外嫁的姑娘哪真能做得了娘家的主？我是她爹的大嫂，長嫂如母，總該聽我的勸。況且我也是好心……」

李氏的堂妹不願聽這些，只對她堂姊重複道：「若是沒成，那二兩銀子可要歸還。」

李氏不接這話，只道：「自然能成的。」

李氏身上濕漉漉的，冷得厲害，拉著堂妹匆匆往村外走。但此時正是過年，路上人也多，有常家莊嫁過來的媳婦碰見她還打個招呼。「喲，這不是常大嫂嗎？怎麼上我們薛家莊來了？」

李氏想起剛剛薛家人對她的態度，當即眼珠子一轉，不顧身上濕冷，拉著這媳婦就訴苦道：「我是好心來看看我那姪女的，誰知我那姪女不知好歹，居然聯合她婆家人將我們趕了出來，我可真夠命苦的！」

這媳婦嫁的是薛家莊的外姓人，但對薛家卻很瞭解，尤其是過年時薛老五幫著村裡人寫了那麼多春聯都沒有一句怨言，也算是對薛家徹底改觀。

「常大嫂，妳一個做大伯娘的會這麼好心主動上門看姪女？據我所知，薛老五家的昨日才剛回娘家，怎麼？你們沒見到？」說著，這媳婦又笑。「也是，我可聽說了，當初他們成親時還是妳背著常家二哥給定下的，聽說還私下剋扣彩禮錢，是不是人家常二哥家對此不滿，不願意搭理你們？」

「胡說八道什麼，我怎麼可能剋扣她的彩禮錢？」李氏本想敗壞常如歡的名聲，誰承想居然被人倒打一耙，將她當初做的事給抖了出來。

那媳婦嗤笑一聲。「這事咱們十里八鄉的誰不知道？只是不在妳面前說出來罷了。還有妳那三弟妹，這事可都是她說出來的，哎呦呦，妳平日是怎麼得罪妳三弟妹了……」

「什麼？是她說的？」李氏簡直不敢置信，當初常如歡的婚事可是她聽了馬氏的主意才做主定下來的，而且很多主意都是馬氏告訴她的，就連這次也是她答應事成之後給馬氏五兩銀子，馬氏才給她出的主意！

「這還有假？妳在附近問問就知道我說的是真是假了。」那媳婦說完也不願搭理她，轉身就走。

果然，李氏在路上問了幾人，得到的答案都是馬氏在外面說的。

這下可把李氏氣瘋了，顧不上她的堂妹，急忙就往常家莊走。

李氏堂妹見堂姊不管她了，急問道：「那我的事呢？」

李氏甩開她，大聲道：「我答應了就會辦到！常如歡當初都能嫁了，妳還會嫁不過來？

回家等著去！」

得到保證，李氏堂妹滿意地走了。

李氏回了常家莊，連家都沒回，直奔常家三房而去，可想而知又是一場大仗。

不過這些常如歡並不在意，他們夫妻在常家莊待到正月十三，就收拾東西告別眾人往縣城去了。大家都知道常如歡的爹這次要上京城參加會試，都紛紛說著吉利話，常如歡又一一感謝，這才得以脫身。

到了縣城，怕影響大家食慾，常如歡並沒有將李氏的事說出來，等吃過飯將常如年打發出去，這才和常海生說了這事。

常海生氣得臉色發白。「過年時我還跟族長說過要約束族人，族長應該知道我指的是什麼，卻不想還是出了這事。」

常如歡笑笑。「興許是族長爺爺不知此事呢，咱們找人告訴他一聲，看他如何處置就是了。」

這年頭族長的話比村長甚至父母還要重要，若是李氏和馬氏再如此不知好歹，就讓她爹給族長施壓，將二人除族也是有可能的。況且就她大伯和三叔那德行，恐怕會迫不及待地休妻吧？

她一說完，常海生也考慮到了。「是這個理，明日我便找人帶話回去。」

誰知過了兩天，突然傳出消息，說是考秀才改了時間，以前都是秋季，考中秀才若想考舉人得等到下一年，現在朝廷突然下了旨意，秀才考試挪到四月初九。

這政策一出，許多參加科舉的人無不歡喜，只是時間上緊迫，眾學子全都積極備戰。

薛陸獨坐嘆氣，道：「就算我今年考上秀才，要想考舉人還得等後年……」

常如歡看他鬱悶的樣子，忍不住打擊他。「就算今年你能考舉人，你確信自己考得上？」

薛陸一下子洩了氣。以他現在的學問，夫子說考秀才有把握，可考舉人就得看運氣了。不過考試日子定下來，他就得趕緊唸書了，常海生對他道：「這些天就好生複習功課，若有不明白的就去問崔夫子。」

薛陸點頭，鄭重道：「小婿知道了，岳父放心。」

正月十五這日，族長趕在常海生進京之前來到。族長今年五十多歲，精神很好，與常海生說了好些話又做了許多承諾這才心滿意足地回去。

正月十七一早，常海生便與同窗一起往京城出發了。

會試於二月初九舉行，若是過了會試便是貢士，還要參加三月初一的殿試。當初常海生便與常如歡等人說好，若是會試過了，那麼就托人帶口信回來；若是落榜，那麼他便不逗留，直接回清河縣。

當然，常如歡夫妻和常如年還是期盼常海生能不回清河縣的，但結果究竟怎樣，他們都不得而知。

常海生的科舉結果關係到常家族人的命運，更關係到常如歡姊弟今後的生活。

若常海生成了進士，待薛陸考上進士後，雙方都能成為對方的後盾，而對於常如年來說，那也是大有益處。若常海生能留在京城，那麼常如年也能得到更好的教育。

但是事與願違，到了三月底，常海生和幾個落榜的舉人便回了清河縣。清河縣去參加科舉的考生裡只有一位叫趙豐原的中了二甲進士。

歷經長途跋涉，常海生外貌有些邋遢，也消瘦不少，好在精神尚可，常如歡這才放了心。

常海生休息幾日才又回到縣學教書，接連幾日見到常如歡等人看他的眼神都充滿了擔憂，說話時也都小心翼翼的，哭笑不得地笑道：「爹沒事，大不了三年後再考就是了。如果連這點打擊都承受不住，那爹也太沒出息了。」

要說不失落那是騙人的，所幸他年紀還不大，努力三年再去考就是了。

常如歡見她爹神色不似作假，心裡也就放寬心。「三年後爹定能考中。」她笑了笑看了薛陸一眼。「正好趁著這三年，夫君能得爹指導指導。」

常海生知道女兒是安慰自己，便笑道：「那還真是便宜你們了。」

雖說沒考上進士，但他還是縣學的夫子，仍然能夠一邊讀書一邊教學。而且人生這麼長，哪有十全十美的？

一家人的生活又平靜下來，常海生和薛陸每日來往於縣學和家裡。

而常如歡則繼續寫話本子，之前寫的十萬字經李讓的書鋪銷售出去，一開始賣出去的少，後來就越來越多人喜歡。

李掌櫃見勢頭正好，又來催促常如歡趕緊寫後續部分。

只是因張武之事，常如歡現在不會隨便出門。常海生為了一家人，每月拿出三百文錢請個婆子專門幫他們買菜、做飯，至於其他雜務還是由常如歡負責，畢竟一家人也不是過得很寬裕，能像現在這樣不愁吃穿，已經是常海生考上舉人才得來的。

這婆子姓劉，家就住在鎮上，老伴早早走了，身邊沒留下一兒半女，日子過得緊，便托人找了份工。

常海生找人時，看她老實又可憐，便錄用了她。

到了四月初九，因為縣試就在清河縣舉行，所以一早薛陸就去考試了，常如歡本想親自去送他，卻被薛陸和常海生拒絕了。

薛陸義正辭嚴道：「今日人多，娘子出去不安全，還是在家待著好。況且縣城咱們也熟悉，娘子不用擔心。」

既然他都這麼說了，常如歡便沒再堅持，只笑著幫他將筆墨紙硯和吃食裝在籃子裡送他出門。

下午薛陸回來了，神色還算輕鬆，常如歡怕給他壓力，便沒問他考得如何，薛陸卻心想：娘子怎麼不問我考得怎樣呢？

到了第二日，常如歡還是沒問，薛陸忍不住了，便在吃晚飯時道：「娘子怎麼不問我考得如何？」

常海生臉上的笑斂下，對常如年道：「你回屋讀書，我和你姊姊有話說。」對於親爹老把自己當孩子看，常如年心裡有些不樂意，但既然爹都說了，他只能噘著嘴，一步一回頭地回屋讀書。

常海生看了眼外面，對常如歡道：「妳也看到了，女婿的確有讀書的天分，今年如果不出意外，他定能考上秀才。再學上兩年，後年的鄉試也有可能通過。而爹現在雖是舉人，但參加會試已經感覺到吃力，若爹這輩子都考不上進士，爹最擔心的還是妳。」

天底下考上功名後拋妻棄子的人有很多，雖然薛陸向他發過誓，但誰又能知道這人是不是真的會遵守這些誓言呢？

常如歡聽出父親話裡的擔憂，心裡暖暖的。這就是親人，無時無刻不關心著她。

她勾了勾嘴角。「爹，我不怕，我相信薛陸不是那種人，我更相信自己調教的夫君能夠一輩子對我好。當然，即便真有那麼一天，我也不怕，大不了就和離回家，難道爹爹和弟弟會不接納我？」

常海生失笑搖頭。「妳啊，就是不服輸。其實人生本就是個賭注，不到最後一刻誰都不知道結果是什麼。也許就像妳說的，薛陸一直能保持他這份真心，能夠一輩子對妳好。這也正是爹爹所期望的。」

他頓了頓，看向常如歡的目光滿是慈愛。「就算真有那麼一天，不要緊，回家來，爹和弟弟永遠都會接納妳，永遠都是妳的家人。」

# 第三十二章

常如歡笑著點點頭。「爹，我知道了。不過眼下我可不能服輸，這才剛剛開始，我就不信我的小皮鞭制伏不了他。」

常海生白了她一眼。「他好歹是個男人，在外面總得給他留點面子。」

「我知道。」常如歡樂呵呵的，心裡暢快極了。

薛陸出去一會兒很快就回來了，手上還拎了一罈酒，見常如歡看過來，咧嘴笑道：「給岳父喝的。」

常如歡笑。「今日破例，你與爹爹一起喝吧。」

薛陸眼睛一亮，立即道：「娘子妳真好。」

常如歡失笑。只讓他喝個酒就好了，那做他的妻子也太容易了。

家裡有喜事，常如歡早早便給劉婆子放了假，自己親自下廚給他們做了下酒菜，不到天黑就擺了一桌。

當夜薛陸沒醉，常海生卻醉了，他的酒品一如既往，拉著薛陸說了一宿的話，導致第二天翁婿倆齊齊多了黑眼圈。

以錢氏和薛老漢的個性，常如歡以為第二天就能看到他們，哪想這次錢氏和薛老漢都沒來，來的是二房的薛竹。

薛竹笑嘻嘻地站在門口，往裡瞅，道：「五嬸，爺爺說了，五叔正是考試的緊要關頭，就不過來打擾，正好我也想五嬸就來了。他們讓我來跟五嬸和五叔說一聲，他們很高興。」

常如歡鬆了口氣。雖然她不懼怕錢氏等人，但是面對錢氏等人也不怎麼自在，可薛竹就不一樣了，和她頗談得來，而且她來了還能和她說說話，省得家裡幾個爺們走後自己閒著無聊。

「妳拿這大袋子做什麼？」常如歡發現薛竹腳邊放著一個大袋子。

她這一說，薛竹才想起來，笑著道：「爺爺、奶奶、爹娘和叔叔嬸嬸給您與五叔帶的東西。」

常如歡笑著道：「妳一個小姑娘拿這麼重的東西來？」說著彎腰和薛竹一起搬進來。

薛竹笑嘻嘻道：「不沈，我爹把我送上牛車，趕車的大爺看我一個人拿著太累，就幫我送過來了。」

自從分家後，他們五房與其他幾房的關係反而好起來。像這次薛竹過來，周氏、小錢氏和吳氏無不讓她帶了家裡的東西來。

兩人將大袋子抬進院內，薛竹開始跟她絮叨誰家給了什麼。

常如歡一邊看著，心裡覺得分家真好。

薛竹在常家住一晚，第二天一早便坐牛車回去，薛陸也準備出發去琅琊郡考府試了。

這次常如歡要跟著去照顧，常海生也沒攔著，只幫著找幾個學子同行，在考試前五天便出發了。

因為這次去的人多，其中有兩個也是帶著新婚妻子一起上路，薛陸與他們商量後決定合資包一輛牛車，反正現在也不冷，三家人坐一輛牛車就上路了。

常如歡看了眼薛陸的同窗，認出這人是當初薛陸被打時帶頭送他回來的人。她只看了眼沒說話，對方卻察覺到了，有些尷尬道：「薛弟，上次的事，對不住了……」

這書生姓錢，名文進，一聽名字便知家人對他充滿了期望。同樣是農家子弟出身，錢文進是憑自己的真才實學考中童生的，對於只過了縣試卻能進入縣學的薛陸著實有些看不起，當時他沒有幫助自己的同窗，雖然心裡有些內疚，但不齒終究戰勝了其他，以至於很長一段時間見到薛陸都很不自在。

但這他們曾經不齒甚至看不起的人竟突然中了縣案首！雖然縣試內容簡單，只要背熟四書五經，書法不是特別差都能過，但是得了縣案首的人總歸有過人之處。

況且據他所知，薛陸認真讀書也不過一年，一年的功夫就能奪得縣案首，不得不說他有讀書的天賦。

薛陸聞言，愣了愣，笑道：「錢兄何必惦記那件事，我都忘了。」說著岔開話題與錢文進說起此次府試的事。

常如歡不動聲色地看了薛陸一眼，見他神色如常的與錢文進談論考試，心裡暗暗點頭，轉頭與錢文進的妻子說起話來。

只是錢文進為人灑脫，與薛陸談話娓娓道來，但錢文進的妻子趙氏卻不善言辭，與常如歡說了幾句就說不下去。

最後兩人都沈默了，倒是同車的另一個書生喬裕的妻子孫氏很健談，和常如歡討論起女人的裝扮來。

薛陸發現，相比錢文進的溫和，喬裕顯得有些高傲冷漠，不喜與人說話。他幾次將話引到他身上，他才會開口說兩句，若他不問，就一句話也不說。

但薛陸絲毫不以為意，隔上一段時間就與他說幾句。

清河縣距離琅琊郡有兩天的路程，傍晚時他們在一個小鎮上住一晚，第二天下午才到琅琊郡。

距離考試還有三天，但鄰近考場的客棧卻都住滿了，就算剩下一、兩間，價格也貴得離譜。幾人商量一下決定往周邊找，好不容易找到一間客棧，花了平日的兩倍房錢住下了。

對於坐慣了汽車的常如歡來說，這兩天的牛車生活簡直將她顛得骨頭都要散了架，渾身上下沒一處不難受的。加上路上吃得又不怎麼好，整個人面色都有些憔悴。

薛陸心疼壞了，著急地喚小二準備熱水和飯菜。

小二很快就抬了水來，薛陸試好水溫，拉起常如歡勸道：「娘子先別睡，洗個澡、吃點飯再睡。」

常如歡累到不想再動，便躺在榻上裝死。

薛陸急了。「娘子再不去洗，為夫就要親自動手了。」

這恐嚇還挺管用，常如歡雙手雙腳掙扎著爬起來，瞪了薛陸一眼，就到屏風後頭洗澡去了。

薛陸隔著屏風看著後面影影綽綽的人影，心想：怎麼就不給他這個機會幫娘子洗澡呢？

常如歡迅速洗過澡，又扒了幾口飯倒頭便睡，根本沒問薛陸接下來的安排。

薛陸看著已經睡著的娘子，只好幫她蓋好被子，就著她剩下的熱水洗了澡，才在常如歡身邊躺下。

這一晚，常如歡睡得很不安穩，整個人還像在牛車上顛簸。第二天一早醒來渾身疼得厲害，趴在被窩裡都不想起床了。

薛陸見她醒了，趕緊下樓叫了飯菜，看著她吃了一些後才道：「我與喬兄、錢兄去貢院辦手續，妳吃完飯好生休息。」

常如歡點點頭，腦袋還在打瞌睡。

薛陸趕時間，搖搖頭無奈地走了。

男人們出門後，趙氏和孫氏來找常如歡說話，見她神色懨懨，笑道：「還說妳在家的時候能幹，怎麼這點苦就受不了了呢？」

常如歡鬱悶道：「下地幹活、洗衣服或做飯又不用顛來倒去，我現在屁股都成三瓣了……」

經過這兩天的相處，孫氏和常如歡已經頗為熟稔，便笑話她一頓，就連趙氏也抿嘴笑了。

她們都是農家出身，雖然嫁了讀書人，但骨子裡還帶有鄉下婦人的淳樸。跟她們相處也不需要什麼心眼，常如歡樂於跟這樣的人打交道。

孫氏見她沒精神，說幾句話就走了，還約好等男人們考試時她們也出去逛逛。

薛陸三人回來時已是下午，常如歡睡了一覺起來身上舒服許多，問道：「都辦好了？」

薛陸點點頭，看她精神不錯，便道：「明日我帶妳出去逛逛？」

常如歡搖搖頭。「算了，還有兩天就要考試，你好生準備吧，等你考完再說。」說完她自嘲一笑。「還說來照顧你呢，這幾天倒全讓你照顧我了。」

怕她自責，薛陸趕緊道：「娘子別說這話，妳是我娘子，照顧妳本就是應該的。況且一個大男人出門，哪裡需要娘子照顧了？我帶妳出來就是想讓妳看看府城的繁華，見見世面罷了。」

他說的是真心話，常如歡一眼就看得出來。她揉揉發脹的額頭，笑道：「知道了，我還指望我夫君考個狀元回來呢。」

薛陸心下一鬆，嘿嘿直笑。「娘子，等我考上狀元，妳就是狀元娘子，到時我定買輛最舒服的馬車給娘子坐，娘子出門就不用受這樣的苦了。」

「好，我等著這一天。」常如歡笑著給他挾菜。「多吃點，補補腦子。」

之後兩天，薛陸不是在房裡複習，就是與喬裕和錢文進討論功課，一眨眼就到了考府試的日子。

府試與縣試不同，每天考一場，連考三場，雖然每日考完都可以回客棧休息，但是三天過去，常如歡還是看出了他的疲憊，好在薛陸憑著一股勁挨過了三天。

考完試回來，薛陸倒在床上睡了一天一夜，期間被常如歡硬拉起來灌了一碗粥，剩餘的時間都在床上度過。

常如歡閒暇時與趙氏、孫氏一打聽，這才知道對方的夫君也好不到哪裡去，都在床上躺著。

孫氏難得搖頭道：「夫君從小也是吃了苦的，誰承想三天的考試就費盡心力。之前我就跟他說過，讓他讀書的時候多活動活動，他偏不聽，若是和以前一樣勞作，就不會這樣了。」

喬裕雖然也是農家子出身，但家裡兄弟多，平日也不用做多少活兒。比較起來，喬裕和薛陸的情況相似，但又比薛陸成熟許多。

常如歡心裡一動，薛陸自小就沒做過多少農活，以後更不可能再做，這樣她是不是應該想個法子鍛鍊他的體力？

回去後，常如歡看著還癱在床上熟睡的薛陸，暗自點點頭。嗯，是時候準備一條小皮鞭了。

兒不打不成器，夫不打不聽話！

薛陸醒來時已是傍晚，除了冒出點鬍渣顯得有些頹廢之外，精神還是不錯的。他見常如歡坐在桌前構思新的話本子，沒有注意到這邊的動靜，便小心翼翼地起身，壞心眼的走到常如歡身後，從後面捂住她的眼睛，笑嘻嘻道：「娘子猜猜我是誰？」

「都叫我娘子了，還能有誰？」常如歡快哭了，有這麼蠢的夫君嘛？

薛陸一噎，失落地鬆開手，在她旁邊坐下，拿過她寫的話本子。「考試考傻了，不自覺就叫出來了。」接著道：「娘子，咱們明日出去逛逛吧？這幾天妳都在客棧沒出去，好不容易來一趟，總得出去走走。」

常如歡從他手裡拿回話本子，一邊寫一邊道：「不著急回去？咱們可沒多少銀子了。」

薛陸道：「我與錢兄、喬兄之前就商量過，等成績出來再走。反正成績五天後就出來，早知道早安心。」

「可是……」常如歡皺眉。她算了算，發現他們的銀子的確不多，他們出門時，她怕銀子不夠，把家裡的十兩銀子都帶出來，雖然還有話本子的錢，但那是半年結一次帳，現在還不到半年的時間。

薛陸似乎知道她的擔憂，起身從他的書袋裡取出一個袋子放到桌上。「打開看看。」

常如歡一臉狐疑地打開，裡面居然是銀子！

還不等常如歡開口，薛陸就得意地邀功。「娘子，這是我賺的，是不是很厲害？」

他一臉討好，就盼常如歡趕緊誇獎他。當然，如果能親他一下就更好了。

常如歡有些震驚。這是薛陸第二次給她銀子，第一次是分家時的那幾兩銀子，再來就是這次。平日他們的花費不是他們抄書就是她寫話本子得來的，卻不想這次薛陸居然能拿銀子回來。

雖然滿腦子不可思議，常如歡還是告訴自己要相信他，這銀子的來路一定是正的。只是薛陸「前科」不怎麼好，她擔心他又和以前的狐朋狗友攪和在一起。如果是那樣，她寧願不要這銀子。

常如歡抿了抿唇，看著還等著她誇讚的薛陸，小心地問出口。「你……這銀子哪裡來的？」

「怎麼了？」薛陸察覺常如歡神色有異，不安地道：「這是……這是我賺來的。」

常如歡眨眨眼，讓自己保持冷靜。「我是問怎麼賺來的？」

她看著薛陸，倘若他說出的答案是來路不正的，她今日定會拾起小皮鞭真正教訓他。不要懷疑她的戰鬥力，她揮舞鞭子的水準還是不錯的，因為平時閒著沒事，她已經拿著常海生教訓常如年的小鞭子練過好幾回，保證鞭鞭不落空。

薛陸有些緊張，不明白常如歡為何擺出如此神態？他吞了吞口水道：「這、這是我跟著同窗做生意賺來的……真的。」

「同窗？做生意？」常如歡皺眉。「我怎麼不記得你有這麼厲害的同窗？說！」

她後面的「說」字陡然拔高音量，將薛陸嚇得一哆嗦，說話也順溜不少。「我之前與妳說過啊，我在縣學幫過我一個同窗一點小忙，他家裡是做生意的，這次是回原籍考試，他為了報答我，就讓我入一小股，然後就賺了這些銀子……」

見常如歡似乎不信，他不由得急了。「真的！娘子若是不信，等回去清河縣，我帶妳去與劉敖兄對峙。」

看他話都說到這分上，常如歡終於鬆了口氣，只要不是以前的狐群狗黨就好。

# 第三十三章

薛陸瞅她一眼，道：「娘子忘了嗎？之前我與妳說過我有個同窗將戶籍資料丟了，是我幫他找回來的。」

他這麼一說，常如歡也想起似乎真有這麼一回事。看來這人知恩圖報，這麼點小忙就讓他入股，還賺到這麼多銀子。

她拿出來數了數，足足有一百兩！

可真是個大方的同窗啊！

薛陸見她神色和緩，心裡也高興。「我本不願，但他說做人要懂得感恩，非得讓我加入不可，還借我一百兩入股，只是我沒想到入股海船居然這麼賺錢。我都不好意思了。」

「入股海船？這些是還了他銀子後的利潤？」常如歡驚訝，她對古代不是很熟悉，並不知道海船出海是從何時開始的？

薛陸點點頭。「嗯，後來我想咱家也缺銀子，他又非得還這人情，便答應下來。之前沒跟娘子說就是想給娘子一個驚喜，然後帶娘子在府城逛逛。」

只要涉及到常如歡，薛陸就沒有不捨得的，甚至怕提早把銀子給她，她也無法帶著銀子出來買東西，所以現在才拿出來。

常如歡心裡軟成一灘水，看著他道：「我很歡喜。」

薛陸見她高興，心裡也開心，眼睛亮晶晶的看著她，甚至得寸進尺的拉過她的手道：「娘子，妳的歡喜，就是我最大的歡喜。」

常如歡一愣，這人什麼時候學會了甜言蜜語？

薛陸不等她想明白，繼續道：「對了，娘子，我不想總占他的便宜，所以拒絕了下次海船的入股。畢竟海船利潤太大，分給別家他們家就少了。」

他能這麼想，常如歡很是欣慰，點頭道：「是該這樣。」

薛陸笑了笑繼續道：「不過劉敖又介紹我入了其他家的海船，那艘船上最大的股東是劉家的朋友，他有兩艘大船，銀錢不夠，就招募了十多個散戶，劉敖就將我加進去了。雖然還是沾了他的光，但總不是占他的便宜了。」

薛陸撓撓頭。「不過海船風險太大，一旦運氣不好在海上遇上風暴，那可能就打水漂了。」

利潤與風險並存，安全回來就是一本萬利，若是回不來就是全軍覆沒。

「我這次入股的這個東家，之前就是在海上遇上風暴，一整船的東西都打了水漂，但是他們不服氣，便又籌集銀子組建了現在的船隻打算再次出海。」薛陸繼續道。

常如歡點點頭。「但願這次能平安歸來。」

薛陸笑道：「一定能的。」

常如歡將銀子裝好，問道：「我收著？」

薛陸義正詞嚴地點頭。「那是自然，家裡的銀子本就該娘子保管，娘子說了算。」

「這還差不多。」常如歡很滿意，然後取出十兩遞給他。「這十兩你帶著，出門在外有什麼應酬也方便。」

薛陸開心得眼都眯起來了，卻只拿了五兩，剩下的五兩放回荷包裡。「五兩就夠了，咱還得攢銀子進京趕考呢。」

常如歡笑他。「這秀才還沒考出來呢！」

薛陸仰頭哼了一聲。「這次就考上了。」

因為怕給他壓力，所以自從薛陸考完試，常如歡都沒有問他考得如何，但現在看來，似乎還不錯。

兩人收拾好東西，趁著天還沒黑，上街吃了些東西就回來了。

現在風氣還算開放，尤其府城更是如此，夜晚宵禁的也晚，兩人回來時外面還有不少的行人。

第二日一早，他們正要出門，碰見同樣要出門的錢文進夫妻和喬裕夫妻，三對夫妻相視一笑，便各自分離。

琅琊郡是山南省的府城也是省城，頗為繁華。

薛陸來之前就和常海生打聽過，但常海生來考試時並沒有出來逛，所以不甚瞭解，最後還是跟同窗打聽才知道哪裡賣什麼、哪裡的東西好吃、哪裡的東西便宜。

「這間鋪子的麵最好吃，聽同窗說晚上排隊的都能站到街上去。」薛陸興致勃勃的給常如歡介紹著，就像他以前來吃過一樣。「聽說麵有嚼勁，滷汁和醬料更是一絕。娘子，咱們要不要嚐嚐？」

常如歡含笑看著他，點點頭。

兩人進了人聲鼎沸的鋪裡，等了一炷香的時間才排上隊，一人要了一碗，坐在角落裡，一邊吃飯一邊聽旁邊的人談論此次考試的事情。

科舉本就是萬人過獨木橋，比之現代的公務員考試也不遑多讓，自然有人歡喜、有人憂愁。

常如歡看著薛陸，他倒是沒有絲毫被影響，麵條吃得津津有味，待吃得差不多便放下筷子，和她說起其他的吃食。

「娘子少吃些，還有其他好吃的，我帶妳去吃。」

他見常如歡在聽那些人說話，不由皺眉。「娘子，聽那些做什麼？考完就考完了，成績沒出來想多了也沒用，倒不如開開心心的樂幾天，到時候就算落榜了，也不枉來一回。」

常如歡呆呆地看著他，被他這番言論震驚了。

誰來告訴她，這是她的夫君嗎？不會是被哪來的穿越者給替換了吧？

誰知接下來薛陸拉著她出門，左拐右拐進了一家店，衝著掌櫃的就喊道：「掌櫃的，有鞭子沒？」

常如歡還沒從剛才的震驚中回過神，又迎來了新的驚奇。她呆呆地問：「夫君，買鞭子做什麼？」

她心裡直冒冷汗，難不成她睡覺說夢話時把要買皮鞭的事說出來了？

就算是這樣，薛陸也太上道了吧？主動買鞭子……這是主動討打嗎？

薛陸喊完掌櫃的，便在店裡看來看去，聽到她問話，頭也不抬道：「這是給娘子準備的，今後我如果犯蠢，妳就抽我。妳別忘了，我要努力讀書早日考上舉人呀！」

常如歡目瞪口呆。

這真的是她夫君嗎？

假的吧！

可薛陸的下一句話，讓她恨不得立即將前面的話收回來。

薛陸湊到常如歡耳邊，小聲道：「娘子妳得督促我好生唸書，只有早日考上舉人，才能和娘子圓房呀。」

要說常如歡剛剛還為薛陸的頭一句話感到欣慰，那麼聽到後面這句話就恨不能立即拿鞭子抽他一頓。

想當年她看過不少電視劇，那些書生寒窗苦讀十年，哪個不是為了光宗耀祖？她可倒好，嫁了個書生，這書生讀書完全是為了和她圓房！

這要是被薛家的列祖列宗知道了，還不從棺材裡爬出來罵她是個禍害！

買好鞭子兩人出了店鋪，薛陸笑嘻嘻的將鞭子塞進袖子裡，道：「等回去就給娘子。不過這鞭子咱只能私底下用，不然對娘子名聲不好。」

常如歡哼了一聲。「知道對我名聲不好，還買這東西？整天腦子裡就不想正事。」

薛陸見外面人多，一些夫妻間的私密話不好多說，便嘿嘿笑著。「咱回去再說。咱來一回府城不容易，要不去書鋪看看？這裡的書鋪可是全省最大的書鋪，書也齊全。」

就是薛陸不說，常如歡也想去看看。本來她打算在他們考試時出來逛逛的，奈何那幾天下雨，所以就待在客棧裡沒有出來。

「走，去看看。」她還想看看她寫的話本子有沒有賣到這裡來呢。

薛陸也不知道書鋪的位置，在路上問了幾個人才找到。

令他們驚訝的是，這間書鋪的名稱和清河縣的書鋪是同一個名字——「清河書鋪」。

「難道這也是那李老闆的鋪子？」薛陸站在門口突然不想進去了。

他與李讓見面的機會不多，大部分時候都是他與李掌櫃溝通，但僅有的一次單獨相處，卻讓他覺得這李讓對他娘子似乎過分關注。

當初他與常如歡說關於話本子的事都由他出門去談，第一次上門時見到的就是李讓。當時李讓還驚訝為何是他過去，聽到他說今後都由他去與書鋪談的時候，李讓明顯的有些失落，甚至兩人說話時都有些漫不經心。

薛陸雖然人單純些，但是不傻，尤其是涉及到常如歡時更加敏感。

而且他也注意到了，後來他再上門再也沒見過李讓，每次出面的都是李掌櫃。

有時他真的很想跟娘子說不要與李讓合作了，但他又真做不來替娘子做決定的事。況且不與李讓合作，肯定要與其他書鋪合作，雖然李讓對他娘子過分關注，但好歹是名君子，換個人來，誰知道又有什麼壞心思？

薛陸盯著門口的匾額，猶豫道：「要不咱們去別家看看？」

他倒不是怕在此遇見李讓，只是覺得能避則避。

常如歡不知道這裡面的曲折，笑道：「來都來了，進去看看。一會兒就走。」她想知道自己的話本子賣得怎麼樣。

薛陸見她堅持，便不阻止了，兩人進了鋪子，立即便被偌大的書鋪吸引。

古人崇尚讀書，這間書鋪又位在府城最繁華的街上，所以裡面有不少客人。不過讀書人重規矩，尚禮儀，雖然人多，書鋪卻很安靜。

書鋪被分成幾個區塊，有關於科舉考試的書籍，也有關於士農工商的書架，至於其他書和話本子則單獨擺放在一個區域。

科舉那邊的書生最多，有的安靜地挑選書籍，也有幾個在小聲討論著。士農工商那邊的人則少了許多。而話本子那處的人倒是不少，不過看話本子的大多是有錢人家的公子或是小姐。

許是府城風氣開放的緣故，一些男男女女毫不避諱地共處一方天地，挑選著自己喜歡的話本子。

常如歡和薛陸先去科舉那邊的書架挑了幾本書，這才去擺放話本子那處，就聽一個身穿紅衣的女子道：「這本《落魄書生的名門妻》寫得倒是有趣，只是這裡面的女子傻得厲害，有門當戶對的好人家不嫁，非得嫁那一窮二白的書生。只是這現實中的大家閨秀又哪裡會那麼容易碰上落魄書生？要我說這作者定是喜歡作白日夢的書生。」

常如歡聽見有人談論她的話本子，抬頭看去，見紅衣女子面容嬌豔，臉上倒無傲慢之色，心中一笑。話本子就是話本子，追究真實性那才是傻呢。

紅衣女子說完，就聽另一位身穿鵝黃襦裙的女子柔聲道：「我倒認為寫這書的是位女子。妳瞧這文筆細膩得很，一般男子可寫不出來。」

紅衣女子哼了一聲。「反正打發時間來看，那就買一本吧。」

鵝黃襦裙女子抿唇一笑。「能讓關大小姐入眼，可真不容易。不過妳恐怕不知道，這本書可在琅琊郡傳瘋了，估計每家的姑娘都人手一本。」

紅衣女子驚訝。「為何？」在她看來也就是一般般啊。

鵝黃襦裙女子笑道：「妳看這文字通俗易懂，不像那些四書五經文謅謅的，讓人一目瞭然，容易看懂。」

關大小姐不屑道：「那是她們沒學識。」

鵝黃襦裙女子搖搖頭，但笑不語。

她們說話聲音不大，但常如歡還是將她們的對話收入耳中。其實她很想跟她們說的是：不是我願意寫得這麼通俗易懂，實在是用文言文寫話本子太累，臣妾做不到啊！

兩個女子最後一人帶走一本話本子，而旁邊一些看書的人也有許多都拿著這本書。常如歡心裡樂呵，看來她的書賣得不錯，這都是銀子啊！

顯然薛陸也意識到了這點，小聲對常如歡道：「娘子，回去後差不多就該和李老闆結這半年的帳了。」

常如歡點點頭，又去士農工商那邊找了兩本關於果樹種植的書籍。

薛陸不解。「娘子，咱們又不種地，買這書做什麼？」

常如歡道：「買回去給哥哥嫂嫂們看看。」

薛陸一想，心中一喜，當即嘴甜道：「娘子妳真好。」

他也希望哥哥嫂嫂們過得好，而且他們村後面的一片山都是無主的，他們若是買下來讓哥哥他們種果樹，那日子還能過得不好？

等他們結完帳往外走，忽然聽見有書生與同伴討論。「這抄書最傷眼睛，一本卻只能得五百文，唉！」

常如歡猛地停住，轉頭問那書生。「這位公子，我聽你說這抄書一本只賺五百文？」

那書生狐疑地看她一眼，瞥見旁邊薛陸眼神不善的看著他，便道：「當然，這五百文還是好的，一般的也就四百文或三百文。」

五百文？

就算她寫得再好，最多也就五百文，可她得到的酬勞卻是一本一兩銀子！

常如歡震驚，她想不透李老闆為何給她這麼高的價格？她字寫得雖然不錯，但還不至於在書法盛行的古代，比這些在地人高出一倍的價格。

薛陸顯然也想到了這一點，不過他見常如歡滿臉震驚，不免鬆了口氣。這表示娘子以前是不知道的。

可為何李老闆會給這麼高的價格？

想到以前的種種，薛陸突然有了危機感。

看來這李老闆真的看上了他的娘子！

常如歡與薛陸在門口跟書生說話時，李讓和李掌櫃也正從內堂出來。近來由於常如歡寫的話本子銷量好，李讓便過來看看，順便商定後續的計劃。

誰知就碰巧看到薛陸夫妻站在門口。

李讓看著常如歡親密的站在薛陸身旁，心裡有些不是滋味。他可以斷定常如歡正是上一世他愛戀的那個人，誰知到了這世，兩人還是有緣無分。

「東家，要不要上前打個招呼？」李掌櫃最近也琢磨出一些想法，現在看東家看那小娘子的眼神，心裡也猜得八九不離十。但對方已婚，東家再怎麼想也無濟於事吧？

李讓愣了愣，苦笑搖頭。「不必……」

只是他話未說完，卻被薛陸看見了。薛陸臉上還帶著惱色，道：「李老闆也來府城了？」

# 第三十四章

常如歡循聲看去，正看到李讓複雜的眼神，想到這一年來自己從書鋪多賺的銀子，心裡像被貓爪撓一般，說有多彆扭就有多彆扭。

不管是她還是薛陸，與李家都是毫無交情。當初李掌櫃甚至只拿了她的字便給她那麼高的酬勞，若是沒有李讓的授意，她是不信的。

常如歡雖然窮，可並不願占人便宜，尤其還不知道對方的目的。

既然已經碰見了，李讓便不能再當沒看見。他笑了笑，走到二人跟前，道：「真巧，在這兒碰上了。」

薛陸臉色有些不好，點了點頭。「是啊，真是巧，在縣城能碰到李老闆，到了府城也經常見著。剛才碰見一位抄書的書生，我與那位仁兄聊了幾句，倒是知道不少事。」

李讓自然知道他說的是什麼事，但他又不能明說，只道：「各家有各家的不容易，讀書難啊。」

薛陸笑了笑，直截了當地道：「李老闆不必顧左右而言他，我說的是什麼意思，李老闆飽讀詩書，自然明白。」

他看了一眼沈默地站在他身旁的常如歡，接著道：「多大的人吃多少飯，我與娘子的字還達不到一兩銀子一本書的程度。我們都不是愛占人便宜的人，以前不管是李老闆可憐我們也好，還是另有目的也罷，多給我們的銀子，我們早晚有一天會還上。」

穿越到這個朝代一年多，李讓已經習慣這兒讀書人的委婉，除了他二弟，薛陸是他碰見的第二個不按常理出牌的男人。

當初他確定常如歡也是穿越過來時，也曾派人調查過薛陸。當得知薛陸過去十七年的種種惡狀，他覺得薛陸配不上常如歡。在他的眼裡，常如歡火辣美麗，是他一輩子都不能企及的女人。卻不想曾經的女神嫁給了一個泥腿子出身的男人，而這男人還不學無術。

他曾想動用一切關係去拆散薛陸和常如歡，可每次看到常如歡與他說起自己夫君時那甜蜜的笑容，他又下不了手，因為他知道一旦常如歡認定了薛陸，就算他去拆散他們，那也是於事無補。

再後來，常如歡不來見他了，變成薛陸代替她與他討論話本子的事，就連抄書這活兒她都不輕易接了。

他很慌張，甚至懷疑常如歡看出了他的念頭。但一想到自己只見過她幾次，每次都掩飾得很好，又放下心來。

誰知這一天還是來了，常如歡的夫君因為自己的特別照顧而與他攤牌。

這一刻，李讓不再認為薛陸是個不學無術的傻子了，看著他的眼睛，李讓竟有些不敢直視——看來薛陸看出了他對常如歡的心思。

「薛兄弟不必如此……這都是小事……」李讓苦澀地張了張嘴，卻又不知該說什麼。

薛陸笑了笑，握緊常如歡的手，道：「李老闆不必特意照顧我們，我們雖然窮，但窮得有志氣。以前不知道便罷，今後我們再不能占李老闆的便宜，中間的差額，我們會慢慢補上，絕不虧欠李老闆一文錢。另外，話本子的利潤，恐怕李老闆也讓我們占便宜了吧？」

「這倒沒有。」李讓急忙開口。「貴家娘子寫的話本子賣得極好，本該四六分成，是貴家堅持三七分成，你們並未占李家便宜。」

李掌櫃見自家東家冷汗都流了下來，心裡不由暗自可惜。自家東家也是芝蘭玉樹之人，卻看上有夫之婦，到底是他的不對。

李掌櫃心思轉了轉，替自家東家辯解。「薛公子若是不信，大可去其他書鋪打聽，現在的確都是三七分成。」

薛陸點點頭。「那好，之前的差額我回去算出來，等回到清河縣與李掌櫃算半年帳時，再從利潤裡扣除。」

常如歡一直沈默地站在一旁看著薛陸與李讓說話。她心裡也猜不出李讓為何對他們夫妻這般照顧？若說看上她，也不像啊，她就算長得好看，也仍是有夫之婦，不如黃花大閨女值錢——雖然她現在是個假婦女。

直到薛陸咄咄逼人地說出這番話，她心裡都為薛陸叫一聲好，原來她的夫君現在口才這麼好了！

正胡思亂想著，只覺得薛陸握著她的手更緊了，她抬頭去看薛陸，這才猛地發現去年還只比她高一些的少年，不知不覺都高出她半個頭了，此刻正面帶自信的笑容看著李讓。

李讓無可奈何地點點頭，餘光瞥見常如歡正一臉溫柔地看著薛陸，心裡的苦澀更甚。

他朝薛陸夫妻點點頭。「那好，就這樣。我先走了。」說完他拱手，快步出了書鋪。

李掌櫃嘆口氣，搖頭道：「薛公子既然想算清楚，那麼等月底時就來與我算吧。」說完也走了。

薛陸心裡舒了口氣，覷眼去看他娘子，生怕常如歡因為他剛才的話而生氣。「娘子……我說得是不是有些重了？」

常如歡挑眉，點點頭。「是有些直接，若是委婉一些，給李老闆個臺階下，今後見面也不至於尷尬。」

薛陸嘴角抽動，心想：娘子，妳罵我時也不見妳委婉呀！

「走吧，我還想去別的地方逛逛。」常如歡將書放到薛陸隨身帶著的布袋裡。

薛陸本以為她沒了興致，卻不料這事根本就不影響常如歡的心情，他的情緒也立刻好了起來。

他揚起一個大笑臉，拉著常如歡道：「走，我知道哪裡的東西好吃！」

這天，除去書鋪裡發生的事，薛陸和常如歡都很開心。

待回到客棧，常如歡見薛陸正在整理白天買來的東西，好奇地問：「夫君就不好奇自己的成績？我看錢公子和喬公子下午回來時已經與其他考生談論考試的事了，你怎麼一點都不積極？」

薛陸聞言一愣，驚訝反問：「那些人又不是考官，又不知道試題答案，與他們討論做什麼？」說著嘿嘿直笑。「有那工夫還不如陪著娘子，他們哪有娘子好看又博學？」

常如歡失笑。得了，說什麼都不能阻止他說好話，況且誰不喜歡聽好話呢？再者，他能調整好心態，不去想考試的事，也有其好處。

薛陸放下東西湊到常如歡身邊，笑嘻嘻地道：「娘子，妳不怪我今日自作主張要將銀子還回去吧？」

他如果過了府試，後面還有院試，後年還要參加鄉試。若是鄉試過了，還要進京趕考，每次考試注定得花費許多銀子。

他們正是缺銀子的時候，他卻毫不猶豫地將到手的銀子又還了回去，且事前沒跟娘子商量，他真怕娘子怪他自作主張。

誰知常如歡根本不在意，比起銀子，她更樂於見到夫君的成長。而今天她看見了，這比得到許多銀子更令人開心。

「銀子本就不是咱們該得的，還回去就是了。不過銀子好還，人情債卻難還，咱們也不能忘記李老闆的恩情。」要不是那幾兩銀子，他們怎麼可能分家出來，又怎麼會有底氣到縣城讀書？

誠然，他們不喜歡李讓的做法，卻不能否認這些銀子給他們帶來的幫助。

薛陸有些不情願，但想想也的確是這個道理，便點點頭。「娘子說得對，是我心胸太狹隘了，今日說的話也重了些，等改日見了李老闆，我再跟他道個歉。」

大丈夫能屈能伸，反正他已經對李讓宣示主權，向他道個歉又何妨，又不會少塊肉。

兩人收拾好東西，次日又去了城外的臥佛寺。之後逛遍整個琅琊郡，收穫頗豐。

五日後，府試成績出來了。

薛陸順利通過府試，而且是第十名。

薛陸現在是童生了，只要再通過八月的院試，那他就是秀才了，這秀才才是讀書人的開始。

而錢文進和喬裕也輕鬆地過了府試，錢文進成績略差些，喬裕則比薛陸稍微好一些。

三人同來，又都過了府試，自然高興，三家又在府城玩了幾天，這才打算回清河縣。

來時幾人還不算熟悉，經過這幾天的相處則變得熟稔多了，就連一向清冷的喬裕也主動加入薛陸和錢文進的話題裡。唯一不變的就是趙氏，幾乎只含笑聽著她們說話，偶爾看向錢文進時，眼中滿是愛意和驕傲。

只是常如歡發現錢文進對趙氏並不怎麼在意，至少她從沒見錢文進拉過趙氏的手，要知道就連喬裕走路時也會拉著孫氏的。

但這是別人夫妻間的事，一個願打，一個願挨，趙氏也樂在其中，她也不必多說什麼。

很快的，他們一行人回到了清河縣。

常海生最先得到消息，高興地誇了薛陸幾句。

薛陸也覺得很自豪，但還是謙虛道：「這都是岳父和娘子教導得好。」

常海生對他的謙虛很滿意，讚許地點頭。「這話在家說說也就罷了，讓外人知曉是自家娘子教的，那可就有失體面了。」

雖然常海生疼閨女，但依舊有這時代的大男人主義，且就算常海生對此感到滿意，卻不能保證外人對此事抱持著和他一樣的態度。

誰知薛陸卻搖頭，正經地答道：「我明白岳父的意思，但娘子是我真正的啟蒙老師卻是事實，不說岳父知道，就是我們薛家莊的人也都知道。況且我不覺得這是丟人的事，相反的，我覺得這是我的幸運。」

他如此態度，反倒讓常海生刮目相看。在這個時代，不管女子如何，都必須依附於男子，像薛陸這種妻子有本事，他覺得與有榮焉的倒是少數。

「這事只要你自己拿定主意就好，我只是提醒你。當然，只要你不介意，能夠頂住他人的壓力，那麼其他的都無關緊要。」天氣炎熱，常海生還是穿得一絲不苟，額頭滲出不少汗珠。

薛陸鄭重地點頭。「小婿明白。」說著站起身，彎腰替常海生倒了杯茶。「岳父請用茶。」

常海生滿意地點點頭。「繼續努力，一次就考中秀才。」

薛陸又是一番保證，當天下午休息過後，便開始用功讀書了。

薛家莊的錢氏和薛老漢，自然也從別人的口信中得知薛陸通過府試的消息。

錢氏激動地又哭又笑，拉著薛老漢的胳膊，大聲道：「我說什麼來著、我說什麼來著？我家老五就是有出息，他就是天上文曲星下凡，天生就是考狀元的，現在怎麼樣，我家老五是童生了！」

薛老漢也很激動，樂得鬍子直顫。「呵呵，老五就是有出息。祖宗啊，咱們薛家出讀書人了，老五現在是童生了！」

薛家世代務農，多少年都沒有出過讀書人，現在他兒子成了童生，臉上有光啊！

薛老漢在屋裡背著手來回打轉，突然看到送信的福根，立刻衝到他跟前道：「福根，等你回縣城時，讓老五回來一趟，我得去找族長開祠堂，給祖宗上香！」

錢氏喜孜孜地道：「對對對，得告訴祖宗，咱們薛家出讀書人了！唉，老五自己怎麼不親自回來跟我們說呢？」錢氏高興完後又想念兒子了。

福根解釋道：「老五兄弟跟我說了，他八月還得去參加院試，等過了院試就是秀才了。時間緊迫，他得好好溫習功課，就不回來了。」

見不到兒子，錢氏有些失望，吶吶道：「應該的、應該的。」

薛老漢皺眉。「他不回來要怎麼告訴祖宗？不行，得讓他抽空回來一趟，不差這一天——」

「不行！」

薛老漢正吩咐著，忽然院裡傳來薛家族長的聲音。

族長今年八十，身體還算硬朗，說起話來中氣十足，也不知從哪裡得知薛陸考上童生的消息，拄著枴杖讓重孫子扶著就來了薛家。

「四叔，您怎麼來了？」別看薛老漢年紀大，到了族長跟前還是小輩。

族長看了他一眼，點頭道：「種存啊，你生了個好兒子啊，咱們薛家總算出了讀書人了！」

薛老漢臉上有光，呵呵直笑。「都是老五自己爭氣。四叔，我正想著叫老五回來開祠堂呢，這事得告訴祖宗不是？」

族長看他一眼，道：「這種時候咱們不能耽誤他讀書，一切等院試結束再說，說不定老五爭氣，考個秀才回來呢。」

這話一落，屋裡所有人都沒吭聲。

先不說其他人，就是薛陸的爹娘、兄嫂，都覺得薛陸這次能考上童生已經是祖宗保佑，誰都不敢想薛陸能考上秀才。要知道，他們薛家莊總共才出一個秀才，且這秀才還不是姓薛的！

如果薛陸真能考上秀才，那絕對是這麼多年來薛家頭一個了。

# 第三十五章

果然，就見薛老漢吶吶道：「誰知道他能不能考上呢……」

族長摸著花白的鬍子，搖搖頭。「就這麼定了，誰都不許去縣城打擾老五讀書，一切等他考完院試再說。」族長說這話時還特意看了錢氏一眼。

錢氏一縮脖子，有些氣悶。

她本來還打算殺兩隻母雞送去給她的心肝寶貝補補身子，現在也不能去了。

薛老大看了爹娘一眼，對族長道：「四爺爺，老五真能考上秀才？」

族長瞪他一眼，枴杖敲在地上噔噔作響。「你可是他親大哥，就不能相信他？這麼辦吧，找個黃道吉日開祠堂、拜祖宗，求祖宗保佑老五考上秀才！」

錢氏和薛老漢相互看了一眼，高興道：「多謝四叔！」

錢氏心想：開祠堂、拜祖宗，她可得好好求求祖宗。

而薛陸考上童生這事，讓薛家幾個嫂子是又愛又恨。愛的是大家怎麼說都是家人，以後自家怎麼也能沾點光；恨的是為什麼分家之前沒考上童生呢？若那時薛陸就是童生，她們說什麼也不會同意分家的。

福根回縣城後，將薛家莊裡發生的事告訴了薛陸，薛陸又轉告給常如歡，最後薛陸感動道：「還是家裡人好啊！」
常如歡甩了甩手中的小鞭子，哼道：「在我們常家受委屈了？」
鞭子小巧精緻，品質不錯，常如歡只是輕輕一甩，便發出清脆的聲音。
薛陸身子一哆嗦，趕緊討好道：「沒有、沒有，不管是岳父、娘子還是小舅子，對我都很好。」
其實薛陸內心淚流滿面，甚至有些後悔自己為啥那麼衝動，竟然主動帶娘子去買小鞭子。
簡直是自己找罪受啊！
常如歡滿意地點頭，笑咪咪道：「這還差不多。我還想說爹和娘這次怎麼能忍著不過來，原來是族長發了話，下次回去得買上兩斤豬肉去看看族長才行。」
自己爹娘被嫌棄，薛陸有些哀怨。
常如歡似笑非笑。「你是不是還想跟我說，我娘一輩子不容易，妳讓著她點？」
「娘子……其實娘也不壞的，妳別和她一般見識。」
薛陸趕緊搖頭。「那可不能，我讓著娘也就罷了，哪能讓妳受委屈？」
「這還差不多。」若薛陸真的為了她和錢氏翻臉，那才真的不是東西呢。
突然，薛陸一拍大腿道：「糟了，之前咱們買的書忘了讓福根哥捎回去了。」
他們買了幾本種果樹的書籍，本打算讓福根帶回去，誰知竟然忘了。
「這次薛竹或許還會過來，到時候讓她帶回去就是了。」常如歡道。
常如歡說得沒錯，族長雖然不讓錢氏他們過來，但最後家裡還是派出薛竹，帶著兩隻老母雞和家裡新下來的糧食送到縣城。

當天晚上，常如歡就燉上一隻老母雞，誰知薛陸喝了之後流了鼻血，大半宿都沒睡著。薛竹回去後把這事一說，嚇得錢氏不敢再亂送東西。倒是薛老三來了一趟，告訴他們租種之地的收成。

薛陸和常如歡想，他們又不回去，兩人吃得又少，只能委託薛老三將剩下的糧食賣了。

月底，薛陸又去了趟書鋪，將上半年話本子的利潤和李掌櫃算清楚。當然，之前他們抄書多得的銀子也一併退了回去。

李掌櫃搖頭道：「有便宜不賺，真不知你是怎麼想的，你讀書不是正需要銀子嗎？」

薛陸將銀兩放入懷中收好，笑道：「君子愛財，取之有道，不該我們得的，我們一文也不該多要。貴書鋪能讓我娘子的話本子在這裡賣，已經是欠了人情了，怎能在抄書上再占便宜？」

李掌櫃與薛陸夫妻打交道也一年多了，可以說是看著薛陸一步步成長，對薛陸的變化都看在眼裡。初見之時，他一眼便看出薛陸事事依賴常如歡，而這半年多來卻都是薛陸來與他接洽，常如歡倒是很少出面了。

除去那日對自家東家的無禮，現在他真挑不出薛陸的錯處來。

「那今後你們是否還抄書？」李掌櫃笑道：「你娘子的字確實是好，許多讀書人都要找她抄的書。」

薛陸搖頭。「今後我還會抄書，但娘子不會再抄書了，不過話本子還會繼續寫下去，只是娘子的身分，還請掌櫃的幫忙保守秘密。」在來之前，他就與娘子商議過，今後娘子不再抄書，而是以筆名的方式寫話本子。

李掌櫃有些遺憾，但聽到對方說會繼續寫話本子，這才道：「那是最好，只是可惜了你娘子的一手好字。」

他也明白這個世道對女子的苛求，若是那些書生得知他們找的書是女子抄寫的，恐怕就不會買了吧？

薛陸與李掌櫃又說了幾句話便回去了。這次半年的收益足足有八十兩，倒是令常如歡十分驚訝。

薛陸有些遺憾地道：「早知道海船那邊就多投資一些了。」

只是世上沒有後悔藥，過去就過去了。

常如歡將銀子收起來，發現除去在府城花費的十兩銀子，現在他們竟然有二百兩銀子。這可不是一筆小數目，如果在薛家莊生活，估計能生活二十年。

「行了，現在銀子的事暫時不用發愁，你就安心讀書吧。」常如歡看著薛陸兀自懊悔，便掏出鞭子，啪地甩了一下，冷下臉道：「還不去讀書？」

薛陸委屈地看她一眼，可憐巴巴的讀書去了。

常如歡看著他的表情，有些哭笑不得。

此後的日子裡，薛陸專心讀書，一遇到不懂的問題就問常海生，而有時他的觀點竟讓常海生都覺得新奇。

常海生私下對常如歡道：「薛陸很有悟性，有些見解我都想不到。我敢保證，只要他保持現在的勢頭，今後一定能超越我。」想到之後薛陸若是考上舉人，或許他們翁婿倆還能一塊進京趕考呢。

常如歡顯然也想到這個，笑道：「這都是爹教導得好。」

常海生不以為意，自嘲地笑了笑。「以我的學識，現在教他還可以，以後可就說不準了。」

他勝在比薛陸年長，讀書時日長，對道理理解得透澈。薛陸短在年輕，書讀得少，經驗少。

但這一年來，薛陸進步得很快，縣學裡那些夫子從對薛陸的不在意到現在的青眼有加，不是沒有道理的。

因此常海生覺得，薛陸超越他只是時間上的問題。

更何況薛陸身邊有女兒看著呢。他女兒現在是什麼脾性，他看得很清楚，難得的是薛陸還樂在其中。

常海生不禁有些慶幸，好在女兒是嫁給薛陸，若是嫁給一般男人，估計女兒根本活不了幾年吧？

「爹，這次薛陸考試，我不打算跟去了。」常如歡對常海生道。

「為何？」常海生驚訝。當初薛陸考府試時，他就不贊成她去，可她和薛陸商量好了非要去，現在都到院試了，居然又不去了。

常如歡道：「以後夫君若是考上進士做官，身邊總該有其他的族人幫襯，所以我想這次讓他的姪子跟著出去見識見識，今後也能有個幫手。」

在這時代，做官都是以家族作後盾，並非一己之力就能在官場上站穩腳跟。她是個女人，後院的事她有把握能處理好，可外面的事卻要其他靠得住的人幫忙才行。而在這家族利益集於一體時，只有自己的族人可以相信，更何況薛陸最不缺的就是姪子。

常海生凝眉一想，也覺得有道理。

「也好，只是人選你們得考慮清楚。」常海生囑咐道。

常如歡點點頭，又和常海生說了幾句，便去和薛陸說了她不去的事。

薛陸急了。「娘子，妳為何不去了？上次有些地方還沒去，我還打算這次帶妳去看看呢。」

常如歡看著他的樣子，皺眉道：「你什麼時候才能成熟一些啊？」

「這、這和成熟有什麼關係……」薛陸有些納悶，娘子怎麼好好的就不願意去了呢？

常如歡把和常海生說的話又對薛陸說了一遍。

薛陸沈默半晌，道：「那就讓薛博和薛東跟著去，但娘子還是可以去啊。」

「我就不去了，有他們兩個小的照看你，我也放心，況且我還得在家寫話本子呢。再說了，這牛車一來一回太顛簸，我可不願再受這罪了。」

一聽是這原因，薛陸才放下心來。他也心疼常如歡，便毫不猶豫地答應下來。

第二日，薛陸便託人帶口信回家。

家裡的人得到消息後，高興壞了，尤其是柳氏和吳氏，嘴都咧到耳朵後面了。小叔子考上童生後沒忘了他們，還讓他們的兒子跟著去府城見識見識！

周氏心裡則是五味雜陳。若她也有兒子，或許現在也能跟著去了吧？可惜他們分家這麼久，就連出嫁的女兒都懷上了，她還是沒能懷上。

而小錢氏則暗恨不是時候，她的孩子太小，還不會走路，沾不了光呀。

七月底，薛陸告別常如歡等人，帶著薛博和薛東再度踏上府城之路。

薛陸離開後，常如歡一下子閒了下來，便開始寫話本子。

這次她寫的是富家公子與農村姑娘的故事，別看這故事和之前那個很類似，但迴響肯定不同。

提筆在紙上寫好書名，又寫下大綱，常如歡就聽見常如年在外面喊她。由於常海生父子並不知道她寫話本子的事，她趕緊將紙張收起來，然後應了聲出去。

常海生正坐在院中納涼，手邊放了本書，身旁的矮几上還放著茶水，一派閒適自得。而常如年則坐在一旁，見她過來，歡快地叫了聲「姊姊」，搬來凳子給她坐。

常如歡誇獎他兩句後坐下，問道：「爹，您叫我？」

常海生點點頭，從袖中抽出一個信封遞給她。「打開看看。」

常如歡打開，發現是一張三十畝地的地契，且位置靠近薛家莊。

「爹，這是……」常如歡疑惑。她爹以前窮得叮噹響，中了舉人後雖然有一些鎮上鄉紳慣例的補貼，卻沒有其他收入。就是他的束脩，也多用在日常生活上，而且爹還要留銀兩進京趕考，哪裡來的銀子買地？

常海生端起茶杯喝了口，神情輕鬆。「這是補給妳的嫁妝。」

常如歡大驚，趕緊將地契還回去。「爹，這使不得！」

「怎麼使不得？」常海生挑了挑眉，解釋道：「妳成親時，家裡正窮，爹還是用妳嫁人的聘禮治病呢，現在爹手裡有些閒錢，總該給妳置辦一些嫁妝。」

「那也不行，這都嫁人一年多了，哪能再要嫁妝？何況爹要進京趕考，弟弟還要讀書，哪一樣不花銀子？爹，我不能要。」常如歡自己有銀子，加上薛陸跟人入股海船的利潤，足夠他們生活。更何況她還在寫話本子，這都是他們的收入。

常海生不接，搖搖頭道：「進京趕考還得等到三年後，我每個月還有束脩，足夠妳弟弟讀書了。況且三年內我也還能攢些其他的，一定不會耽誤考試，妳放心收下就行了。」

對於女兒，他始終覺得虧欠，所以當自己力所能及時，當然想幫襯女兒。

常如歡看著她爹，張了張口。「爹，真的不用，我們有銀子。」

常海生笑了笑。「爹知道，薛陸與我說了他入股海船的事，但這事風險大，不過入了也就罷了，就連妳偷偷寫話本子的事，爹也知道。只是這三十畝地是爹給妳的嫁妝，就算妳有再多的銀子，妳也得拿著。」

常如歡見寫話本子這事被拆穿，有些尷尬。「原來爹都知道啊……」

常海生輕哼一聲。「這事還能瞞得過我？」

其實他也只是聽到薛陸和女兒的對話而猜測罷了，沒想到自己一說出來，女兒就乖乖承認了。

常海生復又將常如歡偷偷推過來的地契推回去。「拿著吧，如果爹以後需要了，再找妳要。」

常如年也在一旁勸，最後常如歡只能無奈地接受。心裡卻想著，等以後常如年成親時再送回來吧。

遠在府城的薛陸，正獨自坐在房間裡想著他的娘子。

這會兒別人都在苦讀，他卻沒有心思，且常如歡告訴過他，讀書不在這一時，考試前最重要的是調整好心態。

這次他仍是跟錢文進和喬裕一同來的，這兩人也沒帶娘子，但都帶了族裡的長輩。錢文進見薛陸只帶了兩個姪子，怕他們不懂，還特意囑咐家裡的族叔帶著他們，提點一二。

薛東和薛博這次跟著來，兩人都興奮不已，怕待在屋裡影響薛陸讀書，兄弟倆早就拿了薛陸的衣服去洗，並準備著考試要帶的東西。

八月還有蚊蟲，像雄黃酒等等都是要準備的。且院試連考三天，還要準備三天的食物，既要頂餓，又要能放得久。好在出發之前，常如歡已經囑咐過薛博，所以薛博到了府城後便去買了肉脯等物。

# 第三十六章

到了八月初四，薛陸等三人排隊進入貢院，等待考試。

每列號房都有茅廁，若是抽到茅廁旁邊的號房便是臭號。考府試時，薛陸比較幸運，但這次卻沒那麼幸運了，正巧抽到了臭號。

剛進來，隔壁茅廁還是乾淨的，並沒有難聞的氣味，薛陸苦著臉進了號房，擺好東西後便打量起這小小的號房。

號房裡有一張木板拼接的床，以及用來考試的桌子，其他蠟燭等物都整齊地擺在桌子上。

此時已經天亮，離考試還有一個時辰，薛陸從籃子裡拿出乾糧吃了起來。他想吃得飽些，就怕待會兒有人上茅廁後，他就吃不下了。

開始考試後，陸陸續續有人去上茅廁，唏哩嘩啦的聲音傳入薛陸耳中，他煩躁地看著卷子，扯了兩團紙將耳朵堵住，但刺鼻的味道還是傳了過來。

接下來三天，薛陸過得苦不堪言。

三天後，薛博和薛東等在貢院門外，等了許久才等到薛陸出來。

薛陸臉色很不好，腳步虛浮，薛博趕緊上前攙扶。「五叔，您沒事吧？」

薛博一人支撐著薛陸，又喊薛東來幫忙。「東東，你先扶著五叔，我揹他回去。」

「五叔這是怎麼了？身上還臭烘烘的。」薛東雖然這麼說，但並沒有露出嫌棄的表情。他人小，力氣也小，只能幫忙扶著。

薛博將薛陸揹起來往客棧走。「定是勞累過度了，你沒看見好些人被官兵抬出來的嗎？咱五叔能自己走出來已經很不錯了。」

經歷了三天非人的考試待遇，薛陸現在只要一想起那個味道都想吐。這三天除了一開始，其他時候他都是邊吃飯邊吐。那滋味……嘖嘖，現在想想都是痛苦的經歷。

能堅持著考完試出來，薛陸已經耗盡了心力，所以薛博揹他時，他也沒有拒絕。

薛東看了周圍一圈，笑嘻嘻道：「讀書可真受罪，瞧他們也都和五叔一樣，等回去五嬸該心疼了。」

回到客棧，薛陸只想立刻去睡覺，但身上味道實在太難聞，他強撐著精神洗了澡，又迷迷糊糊吃了些飯便沈沈睡去。

而在他考試的這幾天，薛博和薛東也出去逛了逛。從小沒離開過清河縣的兩人可算是大飽眼福，加上錢文進的族叔也熱情，跟著他出去逛了一天，更是見識不少。

在來之前，薛博曾聽薛陸跟他說過一些他的所見所聞，這幾天的經歷，讓他決定今後一定要好好跟著五叔學東西。

而薛東過年後本已進了學堂，但他沒耐性，學了幾個月便沒了興趣，正好薛陸要來考試，便讓他過來見識見識。他原是秉著玩樂的目的前來，誰知真見識到府城的繁華，他又想回去讀書了。

他想像五叔一樣考秀才，若是能到城裡做官，那就更好了。

這次考試結果要等十天才揭曉，薛陸睡了兩天，起來後他們也不打算多待，當天便收拾東西、租了牛車回清河縣。

當常如歡看見薛陸的模樣，不禁大吃一驚。薛陸比離開之前更瘦了。

常如歡也沒問他考得如何，只看向薛博。薛博將這幾天的情形一五一十地向常如歡報告，說完立刻發現氣氛不太好。

薛東機靈，見常如歡臉色不對，站起來拉著薛博道：「五嬸，出去這麼多天，我娘肯定擔心了，我們就先回去了。」

常如歡攔住他們。「在這休息一晚，明日再走吧。」

薛東趕緊搖頭。「不用、不用，我們不累。」說完站起來就跑。

薛博雖然沒明白，但還是跟著走了。

常海生去縣學還沒回來，常如年也還沒下學，此刻家裡就只剩下薛陸和常如歡。

薛陸看著常如歡臉色越來越不好，賠笑道：「娘子，妳怎麼了？」

「怎麼成了這副模樣？」常如歡心疼壞了，本想著讓他們鍛鍊一下便沒跟著去，誰承想出去一趟居然成了這副模樣。

薛陸苦著臉道：「我也不想啊，可我被安排在臭號，那三天滿鼻子的屎尿味，吃不下飯。娘子，我跟妳說，我能活著回來就不錯了……」

常如歡覺得好笑又心疼，摸摸他的腦袋，安撫道：「委屈你了，晚上我給你做好吃的。」

薛陸立即順杆子爬，順勢攬住常如歡的腰，將腦袋靠在她腰上，開心道：「娘子，妳真好。」

常如歡笑道：「多大的人了還會撒嬌，我可不是你娘。」雖然嘴上這麼說，卻沒有推開他。

薛陸得寸進尺地在她腰上亂拱。「自己的娘子，哪有不好意思的？」

晚上，常海生和常如年回來，看見他這副模樣也嚇了一跳。

常如年偷偷問道：「姊夫，你怎麼成這副模樣了？」

薛陸皺眉，將他的倒楣經歷說了一遍。

「姊夫，你好可憐。」常如年同情地看著他，想像了下自己在臭號裡吃飯、睡覺的情形，頓時打了個哆嗦。

常海生問道：「那可影響你答題？」

常如歡自然也關心這個，但怕給薛陸壓力，便沒開口問，這會兒常海生問了，她也側頭去看他。

對於這個，薛陸心態調適得不錯，撓撓頭道：「我用紙團塞住耳朵，全神貫注答題，所以答題時並沒有注意隔壁，只有吃飯和睡覺時影響最大。」

「那就好，休息一晚，明日將答案默寫下來給我看看。」常海生又道。

當初他考舉人時，也是寫下答案和同窗核對過。

誰知薛陸卻一臉尷尬地道：「岳父，實不相瞞，我忘記自己都答什麼了。」答題時他全神貫注，一旦考完，他就自動忘了。

見常海生臉都黑了，薛陸趕緊補充道：「雖然不記得自己答了什麼，但我記得答得還不錯。」

常海生冷笑。「敢情你不懂去考試，還當起主考官了？」

薛陸見常海生不高興了，只得訕笑。「小婿不是這個意思，只是考試實在緊張，我是真的記不清楚了。當然，也許明天就記起來了……」

眼見常海生的臉越來越黑，薛陸著急地拿眼去瞅常如歡，讓她出言相救。

常海生看見小倆口的眼神，只當不知，面上仍是黑。

常如歡笑著給她爹倒上茶，勸道：「爹你又不是不知道，他就是個心大的，不過總好過考完試就自怨自艾吧？這樣的心態，我倒覺得正適合考試，也許到時給咱們來個大驚喜呢。」

若是沒有臭號這一齣，薛陸只要答得不出格，考中秀才應該是沒有問題的。但壞就壞在抽中了臭號，他自己雖說答題時沒有影響，但吃飯吃不好、睡覺睡不好，難保不會影響到答題情況。

第二日，薛老大來了，讓他們抽空回去一趟。

「院試成績這幾天就出來了，我想等看到成績再回去。」薛陸道。

薛老大卻不認為弟弟真能考上秀才，不以為意地道：「先回去安下娘的心，你們再回來也不遲。」

常如歡笑道：「大哥，還是等成績出來吧，且你看夫君去了一趟府城，瘦了不少，現在回去爹娘定會心疼，等這幾天我給他補一補，成績也出來了，我們再回去，您看怎麼樣？」

她這麼一說，薛老大也注意到薛陸比以往瘦了不少，皺眉道：「考試雖然重要，但也得注意身體，反正已經是童生了，就算考不上秀才也不打緊，別弄壞了身子，讓爹娘擔心。」

他爹娘將薛陸看得比眼珠子還重，若是看見薛陸現在這副模樣，定會心疼得要命，為了一大家子的安寧，還是聽老五的吧！於是薛老大道：「那成，就這樣吧，我回去和爹娘說。」

薛老大回去後沒幾天，考試成績就出來了。

一大早，薛陸便去縣衙看成績，回來時，臉上滿是喜色。

常如歡正在洗衣服，看了他一眼，便知道通過了。

薛陸見他娘子在洗衣服，心疼壞了，趕緊上前道：「娘子歇著，我來洗。」說著就搶過常如歡手中的衣服洗了起來。

常如歡蹲在他身邊，問道：「考得不錯？」

薛陸見他娘子終於問起，喜孜孜道：「成績還不錯，只比喬裕兄差一個名次，他第一，我第二，縣令高興壞了，狠狠誇獎了我們一番。對了，錢兄也過了，我們三個運氣可真好。」

原本想著能過就不錯了，誰知會是這麼大的驚喜。常如歡驚訝道：「這麼說，你是廩膳生員了？」

「那當然了，每年有四兩銀子，還有六斗米。娘子，我厲不厲害？」薛陸又化身為需要誇獎的大狗，邊洗衣服邊問她。

常如歡煞有介事地點頭，拍拍他肩膀，誇獎道：「嗯，不錯，繼續努力。」

薛陸高興壞了，得意道：「縣令說了，只要我繼續保持，後年的鄉試一定沒問題，到時候就可以……嘿嘿……」想到考上舉人後的幸福生活，他心裡樂開了花。

常如歡見他這沒出息的模樣，真想暴揍他一頓。

兩人正說著話，外面突然傳來一陣腳步聲，就見常海生與附近的鄰居一起進來了。只是眾人看到兩人時，頓時傻了眼——男人在洗衣服，女人蹲在一邊看著？這簡直是大逆不道啊！

敢情這新出爐的秀才公在岳家這麼不受待見，連妻子的衣服都要洗，也太可憐了吧！

常海生站在前面，臉都黑了。若是平日他看見也就睜一隻眼，閉一隻眼，但今日這樣的日子，居然讓外人看了去。他自然知道薛陸是心疼女兒，但其他人不會這麼想，今日之後，恐怕又會傳出許多流言蜚語了。

薛陸卻沒覺得有什麼不對，將衣服放回木盆，對常如歡道：「我待會兒再洗。娘子歇一歇，給大家沏杯熱茶。」

常如歡從善如流地朝眾人點點頭就去沏茶了。

而薛陸則不緊不慢地洗了手，走到眾人面前，先給常海生問了好，又對其他人拱了拱手。「岳父，還是先請大家進屋吧。」

常海生臉色難看地瞪了他一眼，然後笑著邀請大家進屋。

待那些人走後，常海生這才陰沈著臉訓斥兩人。

「你爹我的臉面今日都讓你們給丟盡了，等明日還不知道會傳成什麼樣子！」

薛陸有些懵，不恥下問道：「岳父，我考上秀才給您丟臉了？」不是應該以他為榮嗎？

「你！」常海生快被這蠢女婿氣笑了，他用手指了指薛陸，轉頭看向常如歡。「今日之事，以後不可再有，以前爹當沒看見，但以後薛陸是秀才公，來往的人大多是有功名的人，傳出去只會讓別人笑話他畏妻，還會說我們常家欺負他。」

常如歡還沒說話，薛陸連忙擺手道：「岳父，您別怪娘子，娘子不讓我洗，是我堅持要洗的，而且我根本不在意別人說什麼，我若真在意這些，這些年早就一頭撞死在村口了。」

「你們！」常海生快被這夫妻倆氣瘋了，他怎麼生出這麼大逆不道的女兒，又怎會找了這麼個不靠譜的女婿回來？

薛陸卻覺得自己說得很對，理直氣壯道：「疼媳婦是天經地義的事，那些人若是因為這事而笑話我，那他們肯定都不是疼媳婦的人。」

常海生氣得手指都在發抖，對他們恨恨地點了點，氣得回屋睡覺去了。

薛陸茫然地對常如歡道：「娘子，我說得不對嗎？對妳好有錯嗎？疼媳婦有錯嗎？為何岳父這麼生氣？不應該啊。」

常如歡笑咪咪地摸摸他的臉，鄭重道：「你說得非常對，以後繼續保持，乖。」

薛陸立即開心起來。

第二天，薛陸去縣衙辦理好手續，回來後便和常如歡收拾東西回薛家莊。

而昨日便得到消息的薛家莊則整個沸騰了——以前手不能提、肩不能扛，讀書不行、種地不會的薛陸真的考上秀才了！

看熱鬧的人聽說薛陸夫妻今日回來，都好奇地堵在門口看熱鬧，熙熙攘攘，比趕集還要熱鬧。

而院內的薛家眾人則個個面帶喜氣，錢氏更是挺直了腰桿，坐在正屋裡看著幾個兒媳婦忙來忙去。

「之前說不分家，妳們吵著要分家，現在老五考上秀才了，妳們後悔了吧？」

幾個兒媳婦哪個不後悔？當初就薛陸那廢材樣，誰能想到他會考上秀才？

但家已經分了，好歹都是一個爹娘生的，親兄弟之間難道還不提拔他們一把？

柳氏等人心裡開始盤算著，等五弟妹回來時要好生招待才行。

# 第三十七章

薛家忙得不可開交，大的負責準備飯菜，小的則來來回回招呼上門的親戚們。

「薛家嬸子可真有福氣。」村長媳婦坐在錢氏旁邊，笑著恭維道。

錢氏更是得意，滔滔不絕地說起薛陸的優點。

村長媳婦立即笑著說是，心裡卻有些不以為然。若薛陸真是文曲星下凡，早就考上狀元了，怎會現在還只是個小秀才？而且昨日村長從縣城回來後，還說薛陸在岳家過得並不好，考中秀才還給婆娘洗衣服。嘖嘖，她可沒聽過哪個秀才公洗衣服的。

薛博從屋裡出來，突然看到院外傳來喧譁，緊接著就聽到有人喊：「秀才公回來了——」

薛博一喜，朝屋裡人喊道：「爺爺、奶奶、爹娘，五叔和五嬸回來了！」

饒是薛陸和常如歡做足準備，到家看見這等陣仗，還是嚇了一跳。

「哎呦，秀才公和秀才娘子回來了，快讓讓、快讓讓！」

「老五啊！娘的老五喲——」錢氏被薛美美攙扶著，親自迎了出來。

薛陸看見他娘，趕緊上前一步扶著。「娘，您怎麼出來了？」

錢氏打量著薛陸，心疼道：「兒啊，你受苦了，怎麼瘦了這麼多……」說著也不顧門口許多人，眼睛不自覺地就瞄向常如歡。

常如歡在心裡翻了個白眼。得，她就知道會這樣，這好歹還養了幾天，若是剛考完試就回來，錢氏還不得扒了她的皮？

薛陸見狀不好，趕緊道：「娘，咱先回家。」說著扶著錢氏往家裡走。

這時柳氏等幾個妯娌都出來了，看見常如歡，無不親熱地打招呼。常如歡與她們也熟悉，很快就說到一塊去了。

柳氏拉著常如歡，小聲道：「五弟妹以後可有好日子過了，別忘了咱們這些窮親戚啊。」

常如歡笑道：「瞧大嫂這話說的，當初幾個哥哥、嫂嫂供相公讀書這事，我們不會忘的，大嫂放心好了。」

一聽這話，不只柳氏高興，就是周氏幾個也很開心。本來她們還擔心五弟夫妻倆發達後就忘了他們當初的好，現在有了常如歡這話，心裡如同吃了定心丸，說話的時候更加熱情了。

正屋裡，薛老漢看著薛陸，眼裡滿是欣慰，捋著鬍子一個勁地笑道：「好、好，我的兒子就是有出息。」

錢氏一聽，拉著薛陸坐下，哼道：「那還用說，我兒子天生是讀書的命。」

屋裡還有一些親近的族人，聽了這話，無不恭維。

很快的，屋裡的外人都走了，只剩下薛家人。薛老漢吩咐柳氏準備開桌吃飯，又讓薛老大去請村長和族長過來。

「今日請村長和族長過來商量一下開祠堂祭祖的事情。這麼大的事，可得告訴祖宗，讓祖宗保佑老五能考上舉人、考上狀元。」薛老漢道。

開祠堂祭祖的事定在兩日後，薛家族人每家湊了幾百文錢，用以置辦祭祖的物品和開酒席的酒菜。

到了那日，薛家莊十分熱鬧，村裡很多人都來吃酒席，對薛陸更是讚不絕口。

薛陸喝了點酒，回去時醉醺醺的，一遍遍地和常如歡道：「娘子，我要好生讀書，考上舉人，考上進士，要讓薛家莊的人都跟著過好日子。」

薛家莊大部分人家都姓薛，只有少數的外姓人。一個大家族在此地生活了幾十年，對於讀書人的渴望是前所未有的。

常如歡看著薛陸頭一次沒再說考舉人是為了和她圓房，心裡有點欣慰，覺得經此一事，薛陸又成長了不少。

他們夫妻倆在薛家莊住了幾天，就被薛老漢趕回縣城。經此一事，薛老漢真真體會到兒子讀書的好處，村裡人現在見到他，誰不叫一聲「秀才他爹」？讓他有面子得很。

在錢氏的依依不捨中，薛陸夫妻回到縣城。而薛陸說到做到，讀書更加認真刻苦，除了上縣學讀書的日子，就連休沐日也認真讀書。

眼看著薛陸越發沈穩，常如歡卻有些擔憂。因為薛陸上次考完試的那副模樣實在嚇人，所以她決定加強鍛鍊薛陸強健的體魄。

常如歡將這個計劃告訴薛陸，只見薛陸苦著臉道：「娘子，妳看我每日讀書這麼忙，哪有時間鍛鍊身體啊？」

常如歡冷笑一聲，將小鞭子拿出來在空中揮了揮，道：「再忙也得抽出時間來鍛鍊。」

薛陸一哆嗦，差點就妥協了，可他每日要去縣學已經夠早了，哪有這工夫？

他苦著臉哀求。「不鍛鍊行嗎？妳看我的身體挺好的……」說著還怕她不信似地伸伸胳膊。

常如歡搖動手腕，然後一口拒絕。「沒得商量。你想想，你上次考完試回來時的樣子，聽說你從貢院出來，還是薛博把你揹回來的，也幸虧不是我去，若是我跟你去了，我能揹得動你？」

自己的糗事被常如歡抖了出來，薛陸一點不好意思都沒有，還嬉皮笑臉地企圖蒙混過關。「若是娘子去了，我定能堅持走回客棧。」

常如歡冷笑。「咱們上次住的客棧離貢院有半個時辰的路程，走回去？我怕你直接睡倒在路上。」

「那不能。」薛陸一個勁地搖頭，討好道：「娘子，好娘子，考試又不是天天有，堅持幾天就可以了。」

對於這件事，常如歡卻下定了決心，而且不只薛陸，就連常海生和常如年也一併拖了進來。

於是之後的每天早上，常如歡叫醒薛陸後，便去喊她爹和弟弟起來鍛鍊身體。

不出來?沒關係，常如歡會盡職地站在院子裡一直喊，直到他們出來為止。

第一天，薛陸心不甘、情不願的起來了，常如年倒是很積極的出來了，常海生則一臉黑，也給面子地出來了。待常如歡帶著他們滿院子跑的時候，常海生覺得有礙風化，便想退出。

常海生一想退出，薛陸眼睛立刻亮了，也跟著想退出。

常如歡看著兩個大男人還不如常如年有毅力，道：「爹、薛陸，不是我非要逼你們，實在是你們身子太弱。我可聽縣學王夫子說了，爹考完鄉試出來時，差點栽在地上。」

被女兒揭破，常海生臉上有些不自在。「那是意外……」

「可是爹，我不想再有意外。」常如歡平靜地看著他們。「您之前生病時也看到了，大伯娘和三嬸是如何欺負我們的?若是您以後再有什麼事，我和如年怎麼辦?」

常海生沈默了。以前他剛考上秀才，那在常家莊也是有頭有臉的人物，大嫂和三弟妹哪會欺負他們?也就他病了不能賺銀子時，她們得不到好處，這才翻臉欺負人。

若是再來一次……他現在掙下的這點家底，估計又被她們看在眼裡了吧?

常如歡又看向薛陸。「你是我的夫君、是我的依靠，鄉試的壓力遠比院試要大，若是你身體熬垮了，我怎麼辦?家裡的爹娘怎麼辦?全村人都看著你呢，沒有好的身體，如何抵抗壓力?」

常如歡說著，臉上帶了哀色。「這只是比平日早起一會兒，還能讓你們精神變好，為什麼不能堅持一下呢?你們都是我最親的人，我想看著你們身體好好的，輕鬆地去考試，即便考不上，也有一副好身體。」

常如年眼睛亮晶晶的，點頭道：「姊姊，我聽妳的。」他自小聽姊姊的話，有時候姊姊說的話比他爹說的都好使。

常如歡朝他笑了笑，又去看常海生和薛陸。

常海生最終還是點了點頭。他是該有強健的體魄，就算考不上進士，也能長長久久護著自己的一雙子女。

薛陸拉過她的手，含情脈脈道：「娘子，我也聽妳的。」他也要護著娘子呢，有了健壯的身體，以後有人欺負娘子他也不怕了。

常如歡欣慰地笑了，跟他們說了鍛鍊計劃——先圍著院子跑三圈，然後由她教他們太極，之後每天都多跑一圈，慢慢增加力度。

於是從這天起，每天早上一家四口都早起鍛鍊身體，接著洗澡、吃飯，該上學的去上學，該去縣學的去縣學，該寫話本子的寫話本子，一切井然有序。

時間一晃而過，一轉眼又到了秋天。

二十歲的薛陸越發沈穩，學問大有進步，身體更加康健，與薛博站在一處，比他高了半顆頭。

這回薛博依舊跟著薛陸去琅琊郡參加鄉試，不過薛東沒來，因為兩年前受他五叔的鼓舞，他又重新去學堂讀書，聽說讀得還不錯，夫子時常誇獎他。

而薛博自己雖然也跟著五叔唸了點書，但他自認沒有這個頭腦，便不肯再讀了。這兩年五叔幫他在縣城找了活兒，掙的銀子比以前多，回到村裡也是讓人羨慕的。

更何況他五叔成了秀才後，名下有三十畝地免稅名額，他五叔拿出一部分給他們四家分了。因為這事，他爹娘都很感動，囑咐他在外一定要好生照顧他五叔。

現在五叔要去參加鄉試，他二話不說便辭去活計，打算跟著五叔去考試。

「薛博，你先去門口檢查一下行李，我馬上就出來。」越發穩重的薛陸淡定地吩咐姪子。

薛博看了薛陸夫妻一眼，了然地出了門。他去年就成親了，很了解夫妻間的不捨分離，就是他這次出門，他娘子也很捨不得。

薛博出去後，薛陸下一秒就像變了個人，將常如歡攬進懷裡。「娘子，我捨不得妳～～」

鄉試要考九天，他們還要提前過去，加上來回路程，怎麼著也得要花半個多月，他還從沒和娘子分開這麼久過。

常如歡哭笑不得，不得不安慰道：「好了、好了，等你考完試就趕快回來。」

薛陸不肯鬆手。「我還是捨不得娘子，等明年進京，娘子說什麼都得和我一起去。」

要不是娘子不喜歡坐牛車，他肯定堅持娘子陪他去。

常如歡笑著推開他。「說得好像一定能考上舉人似的。」

嘴裡雖然這麼說，但她對薛陸還是很有信心。這兩年，她將薛陸的努力看在眼裡，而薛陸進步的速度更是令常海生驚訝。

毫無疑問，薛陸是天生的讀書人。在縣學的這幾年，不管是同窗間的比試也好、年末考核也罷，薛陸一步步超越了他人，穩居第一名，當初考秀才的廩膳生名額也一直保持著。

而薛陸聽見常如歡這麼說，非但沒有生氣和失落，反而自通道：「娘子又不是不清楚，雖沒把握拿頭名解元，但考上舉人應該是沒問題的。」想到院試時的遭遇，又皺眉道：「但願這次別再抽到臭號了。」

常如歡安慰他一番，好不容易才將他哄出門。

臨上車，薛陸又回過身對常如歡道：「妳大伯娘和三嬸娘若是再來鬧，妳就別出門了，一切等我回來再說。」

常如歡笑道：「你還不瞭解我？我會怕她們？」

李氏當初得了自家堂妹的好處，想方設法想將堂妹嫁給常海生，不料在她那吃了虧，回去又被族長關起來，一直忿忿不平。今年好不容易族裡放鬆警戒，就跑到縣城來鬧了。

不過常如歡不是輕易吃虧的人，當即叫家裡的劉媽去報了官。

薛陸考上秀才後，在縣衙也是排得上號的人，當即派了人來，嚇得李氏兩股戰戰，立刻求饒溜了。

但李氏死性不改，難保以後不會再來搗亂。

薛陸也想到自家娘子的彪悍，笑了笑點頭，又道：「若是娘……再帶人來借銀子，妳就說家裡的銀子都被我帶走了。」

常如歡的大伯娘、三嬸娘，他們可以不放在眼裡，但薛陸的親娘卻不好對付了。

許是錢氏上了年紀，這兩年身體也不好，腦子有些糊塗起來，被娘家的一些親戚攛掇或者哭兩聲就心軟。錢氏娘家嫂子也是當曾祖母的人，到了薛家對薛陸一頓猛誇，接著就開始哭窮。當時薛陸和常如歡都在家裡，耐不住錢氏一哭二鬧，便拿了二兩銀子出來。

這有了開頭，之後錢氏的妹妹和弟弟也來了，都想貪點便宜。最後薛老漢上了火，將人都攆了出去，錢氏還不依不饒，因此老倆口已經冷戰有些日子了。

親戚不怕窮，就怕窮成極品，逮著他們不放。薛陸自知他娘的糊塗，自然擔心娘子的處境。

尤其去年他們從常家搬出來，在外面新買了宅子，錢氏更是如入無人之境。離譜的是，竟然還帶著她娘家姪女上門來借錢。

好在最後薛老大及時趕來，將人帶走，否則錢氏又是一通鬧騰。

# 第三十八章

薛陸嘿嘿笑了笑。「那我走了。」

等牛車走遠了，常如歡才進屋。家裡一下子空下來，有些冷清。

常如歡照舊白日寫話本子，晚上早睡。其實這兩年，薛陸跟著別人小額入股海船也小賺了一筆，已經不怎麼需要常如歡寫話本子賺錢，但常如歡沒有別的愛好，便繼續寫話本子。現在她的話本子在市面上已經小有名氣，跟書鋪的合作也穩穩地進行著。

八月初九，薛陸開始考試，這次他很幸運地沒有分到臭號，可喬裕就有些倒楣，雖然號房沒有靠近茅廁，但也只隔了一間，味道便有些刺鼻，加上喬裕有潔癖，更是苦不堪言。

薛陸心態調適得很好，在號房裡考了九天，出來時心情很平靜。

錢文進和喬裕則是灰頭土臉，瞥見薛陸很有精神地走出貢院，有些驚訝。「薛陸，你不累嗎？」

薛陸眉頭一挑，俊雅的臉上掛上壞笑。「不累。」

若是這會兒錢文進和喬裕還有力氣，肯定想暴揍他一頓。

喬裕穩了穩身子，朝自家大哥走去，道：「我先走了，改日再揍。」渾身臭烘烘的，他只想回去洗澡。

錢文進靠在他族叔的身上，哼道：「等睡醒了再找你。」

薛博看著他們離開，關心地看著薛陸。「五叔，您真的不累？」

薛陸瞥了他一眼，驕傲地抬了抬下巴。「哼，就他們這些四體不勤、五穀不分，整日屁股底下長釘子的人能和我比？我可是受過你五嬸摧殘的人。」

這兩年，薛陸和常海生父子不只晨起跑步、打太極，每隔半年還有一次關小黑屋模擬考試的摧殘體驗。除了小黑屋裡的被子沒發霉外，其他地方跟考鄉試沒什麼兩樣。

所以這次常如歡沒有跟來，一是對他的心態很有信心，二是對他的抗壓能力很放心。

薛博看著他五叔，半晌才憋了句。「五叔，咱們回去吧，在外面說五嬸這話不好。」

薛陸整了整衣衫，將考試用的籃子遞給薛博。「這個我自然知道，我只是想表達一下我娘子的厲害之處。哎呀，我娘子可真有先見之明。」

薛博滿腦子黑線。他怎麼沒發現他五叔越來越逗了呢？平日不是挺穩重的嗎？

許是他的目光太過明顯，薛陸一下子驚醒過來。天啊，他到底說了什麼呀，說好的穩重呢！

薛陸立刻斂下得意的笑，換上平日穩重又溫和的笑容。「不急，我在街上逛逛再回去。」

薛博哭笑不得地跟在薛陸身邊，看著他左看看、右看看，然後聽見他搖頭道：「今日開店的少，等明日再出來給娘子買禮物。」

到了第二日，在其他考生還在睡覺時，薛陸已經揣著錢袋子出門逛街了。

而令薛博大驚失色的是，薛陸第一個目的地居然是間賣兵器的鋪子，就看到他五叔與掌櫃的說了會兒話，然後買了一條鞭子。

對於這鞭子，薛博有些印象，好像在五叔家裡見過。他很好奇這小鞭子有什麼用，便拉了拉薛陸的袖子，問道：「五叔，你買鞭子幹啥？我記得你家有一根。」

薛陸跟掌櫃的談好價錢、付了銀子，聽見薛博這話，認真地看了他一眼。「你怎麼知道我家有條鞭子？」他記得他藏得挺好的呀？

薛博撓撓頭。「偶然間看到的。」

薛陸故作沈穩地點點頭，囑咐道：「嗯，這事別說出去。」

薛陸自然不會傻到回答他姪子的問題，難道他要告訴自己的姪子：大姪子啊，你五叔買鞭子是給你五嬸用的，之前那根鞭子已經太舊，不能用了。至於為什麼用鞭子……呵呵，專門收拾你五叔的。

這小鞭子是讓常如歡督促他讀書用的，雖然這鞭子多半是被常如歡拿在手裡把玩，真正抽到他身上……他想了想，還真沒有。

當然，這一切的前提是他這兩年比較聽話，每日除了讀書就是鍛鍊身體，偶爾出門會友，那也是謹記娘子的教誨，不敢多飲一杯酒，天黑早回家，不在外面亂來。

薛博不知道這些，心裡的疑惑有增無減，但他五叔都這麼說了，他只能答應下來。

出了兵器鋪子，薛陸又去首飾鋪子買了一支赤金簪子。簪子很細，但是做工精緻，花了不少銀子。薛博心裡覺得他五叔是真的很疼他五嬸，他也想給他娘子買禮物，可惜他沒有銀子。

薛陸瞥了他一眼，拿出二兩銀子給他。「出來一回，好歹給自家媳婦買點禮物。」

薛博辭去工作跟著他出來照顧他，他當然也不能讓姪子吃虧了。

薛博一喜，嘿嘿笑了笑，跟他道了謝。

他在店裡選了一支銀製的簪子，又想起他娘，於是又買了一對耳環，這才跟著薛陸離開。

這一日，薛陸帶著薛博買了不少東西。衣服、首飾，樣樣都有，可讓薛博開了眼界。當然，薛陸也沒忘了他娘和妹妹，給她們一人裁了一身衣裳。

過了兩日，錢文進和喬裕終於休息夠了，邀他出去喝酒。錢文進道：「萬花樓聽說新來了個姐兒，漂亮得很，要不咱們也去看看？」

喬裕面色還有些白，搖了搖頭。「去那幹麼？」

薛陸一聽到萬花樓，立刻想起他和常如歡剛成親時，他跟著張武去花樓的事，立即搖頭。「不去，我不去。」

錢文進笑道：「你倆也太膽小了吧，就這麼怕媳婦？」

喬裕哼了一聲。「現在剛考完試，實在沒有興致。」

自古以來，書生都認為風流才子的名聲更佳，喬裕也不例外，但他甚少去這種地方，去了也只是喝花酒，留宿卻是不肯的。倒不是他對娘子有多忠貞，而是他有潔癖，嫌棄那裡的姑娘不乾淨罷了。

錢文進不置可否。「就因為剛考完試，才要出去放鬆一下，不然回到家裡，哪有機會出來？而且今日許多人都去，大家一塊喝酒，討論文章和考試，豈不樂哉？」

他這麼一說，喬裕明顯有些心動。他對姑娘興致不大，倒是對大夥兒一起討論文章很感興趣，於是沈默著沒有回答，而是看向薛陸。

薛陸則笑嘻嘻道：「我不是怕我娘子，我是心疼我娘子，所以我才不去，況且我對喝花酒、玩姑娘更不感興趣了，至於你說的討論考試，我覺得完全沒必要，在那種場合下，你覺得大家能討論出什麼來？咱們三個倒不如多找幾個要好的朋友，找間僻靜的茶樓上壺茶，一起談論更有氛圍。」

笑話，他才不會說他怕娘子呢！雖然這是事實，但也只是在家中，在外為了自己和娘子的名聲，他也不會認的。

對於薛陸的提議，喬裕覺得頗為合適。「我覺得薛陸說的不錯。」

錢文進的提議沒得到好友的贊同，有些急了。「難得出來一回……」怎麼也得快活一次呀！

喬裕下定決心跟著薛陸。「我跟薛陸走，你自便。」他覺得薛陸剛出貢院時的神態值得他學習，他打算好好請教。

「你們兩個真是……」錢文進扶額，最後只得妥協。「得了，認識你倆算我倒楣，今日一切費用包在我身上，行了吧？快走吧。」

他以為是銀子的問題，畢竟三人當中就數他家最富有，而薛陸和喬裕都是農家出身。

薛陸笑道：「你就算給我一百兩，我也不去。」這是原則問題，他可不能犯。要知道薛博雖然是他親姪子，但對常如歡卻是欽佩有加，他若真的跟著錢文進去了萬花樓，那麼薛博肯定會告狀。

再說了，他心裡只有娘子一人，哪是那些姑娘能比的？在他心裡，常如歡就是天山上的雪蓮。

錢文進快被他打敗了，又哀求地看向喬裕。「喬兄，你整日面對嫂子不膩嗎？」

喬裕抬頭看了他一眼，想了想，還是搖頭。「我還是不跟你走。」

最後錢文進也洩了氣，哀怨地看著薛陸道：「都是你害的，今日你請客。」

薛陸自然答應。「沒問題。」

錢文進哼道：「這兩年居然讓你和劉敖那個混小子勾搭上了，這兩年沒少賺吧？」

錢文進口中的劉敖就是當初薛陸幫助過的同窗，只是劉敖考完試後便回了府城，這次來並沒見到，也不知道有沒有參加鄉試？

薛陸諱莫如深。「這哪能告訴你，只是今日的茶錢卻是夠的。」

錢文進嘖嘖有聲地將他笑話一頓，這才順著街往茶樓走去。

薛博跟在薛陸身後，終於鬆了口氣。還好他五叔講原則，否則他回去會糾結著要不要告狀啊……

錢文進嫌人少不熱鬧，又叫了幾個剛考完試的秀才過來。大家見過幾次，又大多是清河縣的，所以一下就熟了起來。

許多人都很好奇薛陸剛考完試時為何可以那般從容？於是就有人問了出來。有人一問，其他人也七嘴八舌地詢問，而喬裕看著漫不經心，其實耳朵卻豎了起來，他也很想知道薛陸是如何做到的？

薛陸慢騰騰地喝了口茶，看著他們好奇的眼神，笑了笑道：「很簡單啊，平日多鍛鍊身體就好了。」

「你每日鍛鍊身體？你哪來的時間？」這人是薛陸縣學的同窗，對他的回答有些不相信。

「一開始，我每日早起半個時辰，與我岳父還有小舅子一起繞著院子跑，後來我們搬出去後就剩下我自己了。哎呀，一個人寂寞啊……」薛陸笑呵呵地道。其實他一點都不寂寞，因為他娘子每日都和他一起鍛鍊，結束後還體貼地拿布巾幫他擦汗，這是多好的待遇啊。

其他人將信將疑。「當真？每日跑步半個時辰就行？」

薛陸點頭。「這是自然。」當然了，他除了跑步還打太極。「不過，我每隔半年都會關一次小黑屋，全程類比鄉試考場。」

錢文進恍然大悟。「原來這才是你如此從容的緣故。我就說，怎麼可能只鍛鍊身體就可以了。」他可不想早起啊。

喬裕認真地看著薛陸，說道：「這個法子不錯。唉，有個舉人岳父就是好啊。」他的妻子孫氏也是農家女，只是比平常的農家女稍微漂亮了些。

薛陸得意地道：「這法子是我娘子想的。」

「你娘子？」錢文進和喬裕都見過常如歡，尤其當初薛陸被張武打，還是錢文進和幾個同窗將人送回去的。

錢文進癟著嘴，嘖嘖道：「薛陸，你娘子長得是真不錯。」

薛陸有些不高興的瞪了他一眼。「不許說我娘子。」

錢文進擺擺手。「好好好，不說。」他轉而又回到之前的話題。「這個方法真的管用？」

「當然。看我就知道了。」薛陸有些自得。

這日，大多數人都討論著這事。最後，有人下結論道：「若是這次薛陸真的考中了，那麼回頭我也回家試試。」

就算鄉試過了，還有會試，只要身體好，能適應號房的環境，考試自然事半功倍。

薛陸也不敢保證自己考得很好，只是根據自己答題情況覺得還不錯罷了。

這次考試結果要半個月後才揭曉，薛陸本打算早些回去，但又聽錢文進等人說，若是考上了還有鹿鳴宴要參加，到時怕是來不及趕過來，他這才找了書鋪的人幫忙帶信回去。

八月下旬，鄉試成績出來了。

一大早，薛陸還沒去看榜，就有報喜的官差來到客棧。

官差滿臉笑容，進了客棧便喊道：「誰是薛陸薛舉人？」

客棧裡住的大多是趕考的秀才，一大早便有人去看成績了。這會兒聽見這麼一嗓子，都看了過來。

其中有人認識薛陸，便問道：「可是清河縣薛陸？」

官差笑道：「自然。」

那人點頭道：「我認識他，我替你去叫他。」

這人來叫薛陸時，薛陸還沒起床呢。薛博坐在外間看書，聽見喊聲才開門讓人進來。

這人進門就道：「薛陸不會還沒起來吧？」

薛博小聲道：「好不容易不用早起跑步，他肯定會賴床。」

雖然這麼說他五叔不大好，但是他忍不住啊。

這人神色莫名。「你五叔中舉了。」

薛博驚喜地大叫。「真的？」接著轉頭朝裡面喊：「五叔快起來，你中舉了！」

正抱著被子睡得香的薛陸，迷迷糊糊聽見這麼一句，臉上露出滿意的笑容，嘟囔道：「娘子，我中舉了，咱們圓房吧……」

薛博沒聽清薛陸說什麼，又叫了聲。「五叔，你中舉了，快起來！」

「中舉了？」薛陸從睡夢中驚醒，噌地一聲坐了起來。可人雖然醒了，腦子卻還糊塗著。「我中舉了？」

薛博哭笑不得，點了點頭，重複道：「嗯，中舉了，是五叔您的同窗說的。」

薛陸的同窗在一旁道：「薛兄，報喜的官差還在下面等著呢！」

這下薛陸終於清醒了，他下床披衣，對那人道：「多謝張遠兄。」
張遠點點頭後並未離開，而是等著薛陸一起下樓。
官差看見薛陸，笑道：「這位可是薛舉人？」
待薛陸點頭稱是，官差立即抱拳恭喜道：「恭喜薛舉人，恭喜薛解元！」

# 第三十九章

「解元？」

大堂裡秀才不少，聽到這句話頓時譁然。解元竟然在這個客棧，還如此的年輕！

張遠羨慕又嫉妒地看著薛陸，抖了抖嘴角，恭喜道：「恭喜薛兄。」

「呵呵。」薛陸這下只記得要傻笑，完全忘了給官差賞錢。

好在這兩年薛博跟著歷練過，見他五叔發傻，趕忙用手拽了拽他，然後拿出腰間一直掛著的荷包遞了過去。

官差掂了掂，大概有一兩銀子，還算滿意，又道了聲喜這才離去。

官差走後，客棧大堂頓時恭喜聲不斷，薛陸終於回過神來，笑呵呵地與人寒暄，心中真是樂開了花——他真的考上舉人了，還是第一名解元，真是意外之喜啊！

隨後第二波、第三波報喜相繼到來，薛博在一旁挨個兒打賞。他出發時，五嬸就交代過，只要有人來報喜就要不斷打賞，若為了幾兩銀子傳出閒話，對他五叔不好。

錢文進和喬裕一大早就跑出去看成績了，這會兒兩人站在薛陸跟前，奇怪地看著他，問道：「你是怎麼考的？」

薛陸奇怪。「什麼怎麼考的？」

錢文進這次掛在末尾，好歹過了，喬裕卻榜上無名，上了副榜。好在兩人都不是小氣之人，並沒有因為薛陸考上而疏遠他，反倒真心替他高興。

錢文進搖搖頭，嘖嘖有聲道：「我還道為何不願與我們去花樓，敢情是有把握考個好成績啊！」

薛陸白他一眼。「我只覺得自己答得還不錯，卻沒想過能考第一名。」

他答題受常如歡的影響，有時非常大膽，之前他還聽說這次主考官是剛正嚴肅之人，並沒有十足把握會被對方看中，卻不想這次居然能夠奪得頭名。

這年頭，舉人或許常見，但二十歲的解元可說是非常稀罕。於是薛陸在考完試的這幾天，簡直成了國寶級人物，不少書生慕名前來，要與他探討學問。

當然，也有人不服氣，在大堂裡當場考校薛陸。

薛陸淡淡地瞥了他一眼，輕而易舉就答了出來，便不再理會那些故意刁難他的人。「在下也不知主考官如何判斷，且在下不過是農家子出身，著實不認識主考官。只是這位仁兄這樣說話，莫不是懷疑主考官大人故意給薛某走後門？」

誣衊朝廷命官可是大罪，這書生氣得臉紅脖子粗，加上薛陸說出的答案確實很好，站在那裡不知如何是好。

錢文進嗤了一聲。「嫉妒就直說，說些有的沒的幹麼，小家子氣。」

其他人也紛紛笑了起來，那人被笑得難堪，趕緊離去。

既然得了頭名解元，自然要等到鹿鳴宴結束後才能回家。

鹿鳴宴在八月下旬舉辦，主考官是京城翰林院大學士曹正，在朝中有嚴肅剛正的名聲，在宴席上說話也是一板一眼。

鹿鳴宴的席位是根據考生的成績來安排的，薛陸高中解元，位置自然最靠近主考官。曹正看解元只是個二十歲的年輕人，外貌又好，在席間說了不少話，越發滿意，突然想起家中尚未婚配的小女兒，心中一動。

「薛解元可成親了？」曹正不經意地問。

薛陸一怔，想起常如歡，眉間變得柔和起來。「回大人，在下已經成親。」說起娘子，他還真有些想念他的娘子。

「哦。」曹正心裡滿是遺憾。這年輕人的卷子答得的確是好，大膽新穎又論據全面，若是不出意外，明年的春闈，這年輕人也大有可為。

只可惜，這麼優秀的年輕人竟然早早就成了親。

由於喬裕落榜，早早就回鄉去了；錢文進雖然去了鹿鳴宴，但席位在末席，沒能與曹正說上話，甚是遺憾。

宴席結束後，幾人在回鄉路上便詢問起曹正的事來。

自薛陸走後，常如歡便一個人住在小院子裡，有時候去常家，但薛家莊卻很少去了，原因不是她看不起村婦，實在是錢氏自從身體不好之後，變得更加神經質，一言不合就出么蛾子。

這事薛老漢也發愁，除了逢年過節外，就不讓他們回去了。

雖然常如歡早就做好薛陸能考上舉人的準備，但當她從報喜人口中得知，薛陸得了頭名解元時，依舊又驚又喜。

「劉媽，快賞這位官爺！」常如歡趕緊讓劉媽拿出先前準備的賞錢。

她每個荷包都裝了一兩銀子，報喜的官差掂了掂，心裡高興，樂呵呵說了幾句恭喜話，這才離去。

縣衙的衙役最喜歡做這報喜之事，走了一個後，隨後又來了幾批，常如歡也不小氣，每個都有賞錢。

街坊四鄰聽到動靜，出來詢問，得知薛陸考中頭名解元，紛紛過來道喜。

過沒多久，常海生就腳下生風地帶著常如年來了。

常如年年輕，性子活潑，隔著老遠就喊道：「姊姊，姊夫真的中了解元？我要向姊夫學習！」

常海生滿面笑容地進了院子，對常如歡道：「果然不負眾望。」

對薛陸的學識，常海生心裡有數。不過每屆鄉試也是要看運氣，運氣好，答題正好對了主考官的胃口，那麼成績便好些；若不合胃口，則會差些。這次曹正是主考官，常海生還為薛陸捏了把冷汗，沒想到薛陸居然能考上第一名。

常如歡笑著給她爹倒茶，恭維道：「這都是爹教得好。」

常海生嘆了口氣，搖頭道：「唉，早在去年我已經教不了他了，又談何教導？」欣慰之餘，又有些感慨，看來是免不了明年翁婿兩個一同進京趕考了。

常如歡明顯也想到這點，安慰道：「若沒有爹，哪有現在的他？難不成爹真以為我的學識能教出一個解元來？說白了，我也只有啟蒙和督促的作用，真正引導他的卻是爹，沒有爹把他弄進縣學，就沒有現在的他。」

常海生自嘲地搖搖頭，無奈道：「淨拿這些來糊弄我。對了，這事還得趕緊找人去薛家莊報信，我估計薛家莊又該開祠堂祭祖了。」

常如歡一笑。「還是爹想得周到，我這就讓劉嬤去找人帶信。」她想了想，又道：「我算著這幾日夫君也該回來了，或許還得準備些禮品，讓他去答謝縣學的夫子，然後我們再一同回薛家莊。」

常海生點點頭。「合該如此。」

過了兩日，薛陸回來了，常如歡見他沒和考院試時一樣憔悴，心裡很是滿意。只是……這廝為何眼睛冒火似的盯著她？

好在薛陸回來後又忙碌起來，她也沒細問。待薛陸拜訪完縣學的夫子，收拾東西，打算第二日回薛家莊時，終於又雙眼冒光地瞄向常如歡。

常如歡將最後一個包袱打包好，漫不經心地道：「說吧，這幾天心裡憋著什麼？你這雙眼都要冒綠光了。」

薛陸正趴在炕上看著她，見她終於問出口，嘿嘿直笑，開心道：「娘子，我考上舉人了，還是解元，咱們是不是可以圓房了？」

說起來，他們成親也三年了，居然都沒有圓房。這幾年雖然常如歡時常用手幫他「解決」，但是他更期待真正圓房的到來。

常如歡難得臉紅。「有這事？什麼時候說的？」

薛陸瞪大眼睛，不敢置信。娘子這是忘了還是反悔了？

不能這麼欺負人的！

若說成親前，薛陸為什麼讀書，錢氏會說她兒子天生就是讀書的料，在薛陸看來也是這樣，而且讀書可以讓他不必像幾個哥哥一樣下地幹活，還能跟著其他人一起去鎮上、去縣城，以讀書的名義遊玩。

可後來他有了娘子，知道以前錯了，他應該要努力讀書，可這時候讀書的目的，卻變成為了和娘子圓房。

這個在其他人眼裡上不了檯面的理由，卻真的是他讀書的動力。

或許夫妻間圓房本該是正常，尤其在這以夫為天的世道裡，如果丈夫真的要求娘子履行妻子的義務，娘子是不能拒絕的。

但薛陸是真的愛常如歡，他捨不得她委屈，他想要一個心甘情願。

等了這麼久，終於等到他考上舉人，薛陸的內心無疑是興奮的。雖然他現在讀書的目的不僅是為了這個，可這也是不容忽視的啊。

然而，現在他娘子居然不承認了？

薛陸愣愣地看著常如歡，上一刻有多期待，這一刻就有多失落。他總覺得雖然這事一直是他在期待，但娘子應該也是喜歡他、對他不反感的。

常如歡看著薛陸表情變來變去，心裡快笑翻了，她強撐著讓自己不要笑出來，眨眨眼，反問道：「你怎麼了？」

薛陸哀怨地看了她一眼，頭一撇，恨聲道：「妳騙我！」

「我騙你什麼了？」常如歡笑了起來。

這笑在薛陸看來卻像是在嘲笑他，他頓時有些惱怒，剛要發脾氣，可對著自家貌美的娘子，卻又發不出來！

薛陸有些氣悶，將腦袋埋進被子裡，使勁地捶了幾下，悶聲道：「咱們成親時約定過，等我考上舉人就圓房，妳不能說話不算話！」

他等了那麼久，容易嗎？

常如歡將最後一個包袱包好，上前戳戳他的腦袋。薛陸不動，還哼了一聲。

常如歡搖頭失笑，將屋內的油燈熄滅，脫鞋上炕，鑽進被窩。「我可沒騙你。」

薛陸剛才還扭來扭去的身子突然頓住，接著一下子跳起來，驚喜道：「不騙我？」

常如歡不說話了。以前的她雖然大膽，但這是古代，她要矜持、矜持！

還有，這個傻瓜居然還問她？一般男人不都是吹燈上炕，直接扒娘子衣服的嗎？

薛陸懵了一瞬，見她不說話，高興的嘿嘿直笑，三兩下扒下身上的褻衣，朝常如歡湊去。

常如歡感覺得到一具溫熱的身子靠攏過來。

薛陸心裡緊張極了，雖然夫妻倆睡同個被窩好幾年了，但他從未像現在這樣興奮過。

還好他事先偷偷看過這類的話本子，否則他都怕事到臨頭會功虧一簣。

薛陸在黑暗中吞了吞口水，接著伸出胳膊將常如歡攬進懷裡，小聲問：「娘子，我可以親妳嗎？」

見常如歡沒有吭聲，薛陸拿不定主意，但又想，既然沒拒絕，那就是可以。

薛陸心裡歡喜極了，他抬起身子，在黑暗中輕輕吻上常如歡。

常如歡也很緊張，因為這三年他們最親密的時候就是她用手幫他紓解，再就是一碰即離的頰吻，像薛陸這樣吻在她唇上還是頭一回。

薛陸對親吻只是一知半解，他試探著舔了舔常如歡的唇，覺得美味極了。可這樣還不夠，他愛極了這個味道，再也無所顧忌地吻了上去。

作為生於二十一世紀、見識過各種秀恩愛手段的常如歡，被薛陸這個吻弄得哭笑不得。敢情這男人不光「啪啪啪」不懂，連親吻也沒有過？

不過她很高興，這代表他們是彼此的唯一。

常如歡感覺到薛陸的緊張，伸出舌尖，輕輕舔了薛陸唇角一下。

薛陸頓時呆在原地——原來還能這樣！

他如同發現新大陸，很快地佔據主導地位，將舌尖頂入常如歡口中來回攪弄。

兩人吻得氣喘吁吁，情動不已。

接著薛陸撐起身子，朝仰躺著的常如歡開口。「娘子，我、我要開始了。」

薛陸的嗓音帶了一絲沙啞，既有急切，又有情慾。

常如歡避而不答，只將身子往被子裡縮了縮。這人怎麼問來問去的，實在太難為情了。

薛陸嘿嘿笑了笑，將被子蒙在頭上，然後俯身下去——

許久之後，常如歡都睏極了，卻還沒結束。

「還、還沒好？」

初嚐甜蜜滋味的男人不願離去，埋頭耕耘。「還沒，還得過一會兒……」

說是一會兒，又過了好幾會兒，常如歡終於怒了。「快點，老娘累死了！」

薛陸不樂意，期期艾艾道：「娘子，好娘子……再給一回……」這滋味太美好，他真想一輩子都不離開。

常如歡見他不聽，趁著薛陸不注意，一腳踢在他胸上。「下去。」

薛陸沒防備，被她踢了個仰跌。他愣了愣，並沒有覺得疼，只是想：為什麼他娘子還有力氣？

還有力氣的意思就是，還可以再來？

薛陸覺得一定是這樣，嘿嘿笑著也不惱，重新過去親常如歡。「娘子，可憐可憐我吧……」

「呸，我可憐你，那誰可憐我？」常如歡見這男人居然還敢用委屈的眼神看她，頓時將手伸入枕頭下，將小鞭子掏出來，然後輕輕一甩，啪地抽在薛陸身上。「給我老實點。」

誰知薛陸眼睛一亮。「娘子，妳抽我一頓，然後讓我再來一次，可好？」

常如歡哭笑不得，將鞭子一扔，往炕上一坐，耍賴道：「不管，你去給我弄熱水，我要洗澡。」

薛陸肩膀一下子垮下來，他知道今晚只能這樣了，便下炕披著外套去外面燒熱水。

等他回來，常如歡已經歪在炕上睡著了。

薛陸的心又軟了，就著昏暗的油燈，蹲在炕前看著他的娘子，深深覺得他的娘子比剛嫁給他時又美了許多。

那時候常如歡瘦瘦小小的，有些發育不良，現在身體很好，體態正常，臉色更是紅潤，怎麼看都好看。

常如歡睡得不舒服，動了動身子，薛陸猛地驚醒，小心翼翼地將水倒進浴桶裡，再輕輕抱起常如歡，將她放進水裡幫她清洗身體。

饒是燈光昏暗，薛陸還是發現常如歡身上的青青紫紫。

他有些自責，甚至悔恨自己沒能考慮到娘子。

下次一定溫柔一些，再溫柔一些……

# 第四十章

常如歡這一覺睡得很沈，醒來時身上已經變得清爽，只是渾身的痠痛還有那處的腫脹，都實實在在地告訴她——她和薛陸真的圓房了。

想到昨夜開葷不肯甘休的男人，她扭頭一看，就見到薛陸正笑咪咪地瞧著她。

薛陸咧開嘴，露出大白牙，道：「娘子妳終於醒了，妳餓不餓，餓的話我起來做早飯。」

常如歡輕哼一聲，悶悶道：「我要吃雞蛋煎餅。」

「哎，娘子妳等著，等我做好再叫妳。」薛陸見她沒有發怒，偷偷瞥了眼她露在外面的肌膚，趕緊起床去做早飯。

薛陸沒成親時，別說做早飯了，就連摘菜都不會，十足的大男人主義。誰知成親後，在常如歡的調教下，他連飯都會做，這就太令人驚奇了。

當然，薛陸覺得這是夫妻間的情趣，若是讓錢氏知道常如歡讓她的寶貝兒子做飯，那還不吃了她啊！

薛陸洗漱完，立刻鑽進灶房，打雞蛋、弄麵粉，接著生火煎蛋餅，動作一氣呵成，一副熟練的樣子。

不多時，灶房裡傳出一陣陣雞蛋的香味，常如歡心情總算好了些，這才起身穿衣。

誰知這一動，渾身更加難受，尤其雙腿間更是痠痳，她在心裡暗罵薛陸幾句，但想到薛陸正拋下讀書人的尊嚴在灶房做飯，又在心裡原諒他了。

這時，門口突然傳來敲門聲。

常如歡穿上鞋去開門，竟是她爹常海生和薛老大。

「爹，你怎麼來了！大哥，早安。」

常海生進門，鼻子嗅了嗅。「嗯，味道不錯。」

常如歡嘿嘿直笑。「還行。」

薛老大覺得他五弟妹還挺賢慧的，不僅識字，還會做菜，上得廳堂，下得廚房。只是在他看到從灶房裡出來的人時，突然想收回這句話。

薛陸從灶房出來，先是愣了愣，接著嘿嘿一笑。「爹、大哥，你們來了，來得正好，蛋餅正好做多了，一塊吃。」

常海生有些尷尬，薛老大則是不知道該說什麼。

常如歡摸了摸鼻子。

「岳父、大哥，你們快進屋。」薛陸笑呵呵的，絲毫沒將這事放在心上。

常海生手背在身後，經過常如歡，狠狠瞪了她一眼。

常如歡心虛地訕笑。

薛老大落在後面，拽住薛陸的袖子，小聲呵斥。「一個大男人進廚房，成何體統？虧你還是讀書人！」

薛陸瞅了瞅前面的岳父，對薛老大道：「大哥，千萬別告訴娘，否則又是一場大戰，而且做早飯是我心甘情願的。」

薛老大還想呵斥，薛陸擺擺手道：「大哥，你不懂，這叫夫妻情趣。」

情趣是什麼東西？薛老大瞪眼，張了張嘴，最後沒說話。兄弟雖然親，但也分家了，人家夫妻間的事，他做大哥的還是少摻合的好。

進了屋，常如歡將蛋餅端上來，又切了一盤臘肉，招呼他們吃。

薛老大咬了口香噴噴的蛋餅，心情更加複雜了。這蛋餅是放了多少雞蛋啊，居然這麼香。

還有，這居然是曾經衣來伸手、飯來張口的弟弟做的！

薛老大咬了這一口，香得舌頭都要吞下去了。他瞥了眼吃得正歡的常如歡，又看了眼滿臉笑意瞅著自家娘子的薛陸，心情更加複雜了。

一頓早飯吃得著實無趣。飯後，薛老大道：「娘知道你們今日回去，讓我過來看看有什麼需要幫忙的？」

常如歡瞥了他一眼，沒有開口。

薛老大卻有些心虛，因為他是被柳氏派來的，用柳氏的話說就是——五弟現在是舉人了，可他兄弟太多，咱們要想被他記住，就得多走動走動。他們今日回來，做大哥的去幫忙也是應該的。

起初他覺得自家二兒子與薛陸關係不錯，已經足夠，但最後還是被柳氏說服了，於是一大早就過來了，誰知卻在門口碰見了常海生。

薛陸了然地笑了笑，也不說破，點頭道：「多謝大哥，咱們收拾一下就回去。」

一直默不作聲的常海生道：「我那邊還有一些給親家的禮品，你們出發前去常家一趟。」

收拾完，三人坐上牛車，去常家帶上禮品，這才往薛家莊出發。

經歷過上一次薛陸考上秀才的熱鬧，這回十里八鄉的人都來薛家莊了。現在誰不知道，曾經沒有姑娘願意嫁的混帳東西考上舉人了！

錢氏這兩年身體不大好，時常犯糊塗，但這日還是被幾個媳婦攙扶出來，坐在上首。

薛家幾個媳婦忙得腳不沾地，心裡卻很樂。這說明什麼？這說明他們家老五考上舉人比考上秀才時更厲害了。

上次只是考上秀才，薛陸就將免稅的名額分給他們，讓他們幾房的地都掛在他的名下。這次考上舉人，以後豈不是有更多的好處？

所謂一回生、二回熟，薛陸和常如歡回來時，淡定地進了胡同，又進了薛家。沿路居然沒人打招呼，全都站在路邊，帶著羨慕和畏懼的眼神看著他們，似乎是畏懼舉人的名頭。

而正屋裡，錢氏的大嫂正拉著錢氏的手小聲說話。「大妹子，我聽說老五家的還沒有孩子？不會是有什麼毛病吧？」

錢氏想到這個，也有些不高興。「可不是，進門都三年多了，這要是能生的，都得生兩個了。」

錢大嫂混濁的眼珠子轉了轉，突然對錢氏道：「大妹子，我可是聽說過，做了舉人老爺的人都不止一個媳婦，現在的官老爺都要納幾個小的……」

關於這些，錢氏有些不明白。在鄉下，每個漢子不都是一個媳婦嗎？

「真有此事？」若真能給老五添幾個婆娘，那孩子還不一個個的蹦出來？

錢氏越想越興奮，眼前似乎出現幾個孩子在她面前叫奶奶的場景。可她又犯愁了，對錢大嫂道：「大嫂，這上哪去找啊，哪有人願意做小？」

「我的大妹子喲，這外甥可是舉人老爺了！那是要當官的，官老爺家是什麼日子，還會有姑娘不樂意？在咱們鄉下，有的是姑娘願意進薛家的門！」錢大嫂越說越高興，將話題往自家身上引。「大妹子，我家裡還有個小閨女呢，年紀和老五差不多，長得比那常氏好看多了，妳看……要不讓妳姪女給妳做小兒媳婦？」

錢氏突然對錢大嫂的話沒了興趣，那姪女她又不是沒見過，仗著家裡最小，跋扈得很，幾個小輩被欺負得都抬不起頭來，所以到了十九都沒嫁出去，現在居然想嫁給她兒子？想得美！

而且就那長相還說比常氏美？呸，常氏雖然不聽她的話，但是自家小姪女的長相卻比常氏差遠了。

錢大嫂見她不接話，有些著急。她家裡的老姑娘若是再不嫁出去，可就真的嫁不出去了。

「大妹子，妳看妳那姪女……」

錢氏腦子突然靈光了一下，呵呵笑了笑。「大嫂，我兒子和媳婦就要回來了。」給老五找小這事可以，但她姪女不行。

錢大嫂更加急了，她來之前可跟小閨女打了包票，這次一定能成。當然，他們也知道常氏有個舉人父親，要想讓常氏下堂、自己閨女上位有些困難，但做個小還是可以的，況且以後薛陸做了官，就算是小的，那還不是吃香喝辣的？

「嫂子知道妳嫌棄妳姪女脾氣不好，可這些她都改了，若是她進了門，一定和妳一條心，幫妳把老五照看好，絕不讓常氏迷惑了大外甥。」錢大嫂聽外面逐漸傳來說話聲，而錢氏還是不吭聲，更加急迫。「大妹子，妳就忍心看妳姪女在家哭得死去活來？她還說非她表哥不嫁呢。」

錢氏眨眨眼看她。「當初不是說，死也不嫁給她表哥嗎？」

當初薛陸說親時，錢氏頭一個就想到娘家同樣是老來女的小姪女，親上加親是多麼好的事，可不光自己大哥和大嫂不同意，就是那姪女也尋死覓活，放話說死也不嫁。

想起這些，錢氏更加不高興了，轉過頭就去和其他人說話。

錢大嫂氣得牙癢癢，想著等會兒再套套關係，怎麼也得把自家閨女塞進薛家不可。

一直待在錢氏身邊玩的薛菊突然起身，對錢氏道：「奶奶，我出去看看我五叔回來沒。」

得到錢氏答應，她立刻跑了出去，正巧薛陸和常如歡進門，薛菊趕緊跑過去，抱著常如歡的腿要討抱。

薛菊大大的眼睛加上聰明的腦袋瓜，再配上有些稚嫩的動作，讓常如歡喜歡極了。她抱起薛菊，笑著問道：「小菊出來迎接五嬸？」

薛菊大眼彎彎，點點頭，趴在她耳邊道：「舅奶奶要讓五叔娶舅奶奶家的姑姑。」

常如歡想了想，對這錢家表妹還真有點印象。長得還算清秀，但脾氣卻是不敢恭維。

「不過奶奶好像不同意。」薛菊又補了句。

常如歡點點頭，點了點她的鼻子。「就妳機靈，還知道出來給五嬸報信，不錯，值得獎勵。」

薛菊眉眼彎彎，想著再找五嬸要書來看。

薛陸看著兩人開心的互動，有些吃味地看著薛菊，笑問：「妳們說什麼悄悄話呢？」

常如歡眼睛帶著壞笑。「小菊說大舅母想讓你娶了表妹呢。」

薛陸一聽大驚失色，趕緊表忠心。「娘子，妳可得相信我，我對妳的心天地可鑑！」

院子裡人多，都好奇地看著他們。薛陸趕緊調整表情，恢復成翩翩公子的溫潤模樣，偷偷看了常如歡一眼，心裡七上八下。

薛菊捂著嘴笑，趴在常如歡耳邊道：「五嬸，我五叔好傻。」

「的確是傻。」傻到像個驚弓之鳥，到底是她不信任他，還是他不信任她呢？

薛家的院子大，兩人到了正屋門前，就看見錢氏被柳氏和周氏攙扶著，連同薛老漢一起出來。

薛陸上前幾步，撲通一聲跪下，抱著錢氏的小腿哭道：「爹、娘，我回來了。」

當初他從戲文裡看到這樣的場景，還覺得不可能會這樣，可當他真的考上舉人回來，居然如此的有感觸。

這一跪，他心甘情願。若是沒有爹娘這麼多年的堅持，他恐怕早就迫於壓力放棄讀書，下地幹活了。

錢氏老淚縱橫，拿手背擦著眼淚，伸手去扶他。「好兒子，娘的好兒子喲！」

薛老漢也很激動，顫抖著手去扶他。「快，快和媳婦進屋。」

屋內早就擺好了茶水，薛陸扶著爹、常如歡扶著娘進了屋，和哥哥、嫂嫂們又是一通寒暄。

來看熱鬧的人紛紛起身告辭，唯有錢大嫂坐在那裡不動，看薛陸是越看越滿意。

閨女若是運氣好，比常氏早些生下兒子，那麼也就沒常氏什麼事了。

錢大嫂越想越美，薛老漢卻突然打斷了她的幻想。「大嫂，妳還不回去？」

薛老漢看著他這個外家大嫂，心裡很不以為然。以前嫌棄他兒子不會種地，不願讓閨女嫁進來，更一度與他們家斷絕往來。

他們家老五考上秀才後，立刻變了臉，天天往薛家跑，現在老五考上舉人，越發跑得勤快。在薛老漢看來，錢大嫂的臉皮真不是一般的厚。

「呵呵，我這、這不是和大妹子的話還沒說完呢，是吧，大妹子？」錢氏有些尷尬，要不是為了自己的老閨女，她也不想在這裡看人臉色呢。

錢氏已經將注意力放在薛陸身上，哪裡還記得她之前說了什麼？不耐煩道：「大嫂沒事就回去吧，我得好好看看我兒子。」

錢大嫂臉上的笑意一僵，將目光投向常如歡。「我還沒和外甥媳婦說上話呢，不急著走。」

常如歡笑咪咪道：「舅母想與我說什麼？是說將表妹嫁過來的事嗎？來，咱們好好談談。」

常如歡一開口就道破錢大嫂的目的，錢大嫂一臉尷尬，瞥了眼正拉著兒子噓寒問暖的錢氏，眨了眨眼，終是下定決心，朝常如歡招招手。

常如歡眉頭一挑，想看看這女人想說什麼，便笑吟吟地過去，坐在錢大嫂身旁。「大舅母想說什麼，儘管說。」說完我再想怎麼收拾妳。

錢大嫂見她態度不錯，很是滿意，拉過她的手，道：「外甥媳婦啊……」

常如歡瞥一眼自己的手，不動聲色地抽回來，在身上擦了擦，見錢大嫂正瞧著她，便笑了。「大舅母接著說。」

錢大嫂嘴角抽了抽，又將對錢氏說的話說了一遍。

這外甥媳婦看上去脾氣還不錯，如此自己閨女嫁過來，應該不至於被欺負。

常如歡聽完，挑了挑眉。「那依大舅母之見，我應該大度一些，主動下堂，還是主動給夫君納幾個小妾？」

見她如此上道，錢大嫂很高興，剛想去拍常如歡的手，又想起剛剛她嫌棄的模樣，將舉在空中的手慢慢放回自己腿上。「外甥媳婦不愧是讀書人家的閨女，雖然妳爹也是舉人，但妳爹已經老了，我外甥還年輕呢，前途無量。要我說，自己生不出來就該給外甥納小。」

她見常如歡神色平靜，越發說得上癮。「這麼著，咱們都是一家人，不說兩家話。我家裡還有個小閨女，妳也見過，長得溫柔大方，雖然性子急了些，可身子骨一看就是好生養的，到時候妳們好生相處，這日子也就更好了，妳也不寂寞了。」

# 第四十一章

「大舅母這是嫌棄我不能生養了？」常如歡將垂下來的頭髮塞回耳後，神色不變。

錢大嫂眉開眼笑，覺得這外甥媳婦比自己小姑子好說話多了。「大舅母也是為了妳好。妳想，妳現在年輕貌美，但我外甥也不差，等他做了官，與其被外面的野花野草迷了眼，還不如在他還沒做官時給他納兩個，妳表妹又是知根知底的，可比外面的野花野草強多了。」

她小閨女也是個聰明的孩子，眼看她表哥考上舉人，非他不嫁。當初她這做娘的還勸她不要做小，但閨女卻說先做小再圖謀扶正，有她姑母在，還怕常氏不成？所以錢大嫂想了想便答應了，趁著這個機會來做說客。

現在看來，常氏也不是難纏的人，想必以後讓她下堂也容易些。

常如歡瞇眼看著這老女人打得一手好算盤，笑咪咪道：「多謝大舅母提醒，等我回去就告訴夫君，然後給夫君張羅小妾，不過表妹是不行的。」

錢大嫂一凜。「為何不行？」

常如歡笑了。「因為她太醜了，我夫君喜歡貌美的，表妹除了胸大了點，可以說就是個矮胖挫，偏偏表妹還有個了不得的脾氣，嘖嘖，大舅母，這讓我很為難啊。」

常如歡話說得很溫柔，聽在錢大嫂耳中卻很刺耳。錢大嫂怒火中燒，噌地站起身，對錢氏道：「大妹子，我往後可是不敢來了，妳這媳婦眼裡哪還有我這個舅母！」

錢氏正聽薛陸說府城的事聽得眉開眼笑，突然被自己大嫂打斷，有些不高興。「大嫂，又怎麼了？」

錢大嫂很不滿意地哼了一聲。「妳媳婦居然嘲笑我閨女！我的心肝寶貝喲……」

吳氏在一旁，一臉不耐煩。他們這大舅母早先和他們斷絕往來，現在看薛陸考上舉人又貼上來，可真不要臉。而且這會兒居然和五弟妹說讓薛陸納小，這是舅母該管的事嗎？她早就憋不住了，笑道：「大舅母，五弟妹嘲笑表妹什麼了？」

錢大嫂一噎，有些說不出口，求助地看向錢氏。

誰知最近一直有些糊塗的錢氏突然恢復清明了，故意疑惑地看著她。

錢大嫂一張老臉更加難看，恨聲指著常如歡道：「妳一個做表嫂的，怎麼能說自己婆家表妹矮胖挫，還長得醜！」雖然她不知道矮胖挫是指什麼，但醜字她可是知道的。

「噗哧！」也不知是誰，忍不住笑了出來。

錢大嫂臉更黑了，對錢氏道：「大妹子，妳這媳婦也是讀書人家的閨女，怎麼這麼沒有教養？這樣的媳婦就該休了，重新說一門好的媳婦！」

常如歡冷笑道：「休了我，然後娶妳家的小閨女？」

那當然了。錢大嫂心裡添了句，哼了一聲。

錢氏搖了搖頭，沒有說話。她只是想給薛陸納幾個小的，對於常氏，人家的爹是舉人，他們可不能休了她。

錢大嫂見眾人不說話，以為他們都站在她這邊，說得更加起勁。「哪家的媳婦像常氏般這樣對夫家舅母的，還公然嘲笑表妹醜？先不說我閨女不醜，就是真醜，那也不是妳能說的呀！」

一直和錢氏說話的薛陸其實都在注意著這邊的動靜，聽見大舅母說他媳婦，立刻不樂意了。「大舅母，妳這話說得不妥，我覺得我媳婦沒說錯啊，表妹的確是醜。」

「噗！」

屋內其他人都不厚道地笑了，他們這些小輩們對這舅母沒有一絲好感，就是薛老漢對這老女人也沒好臉色。

「你們……」錢大嫂臊得臉通紅，恨不得直接找個洞鑽進去。

錢大嫂氣惱地看向錢氏。「大妹子，妳就這麼看人欺負妳娘家人？」

錢大嫂還真不夠瞭解錢氏，錢氏是一心撲在小兒子身上的人，錢大嫂這話卻將薛陸也概括了進去，又怎會高興？

錢氏頓時拉下臉。「大嫂，今日人多，我就不招待妳了，妳趕緊回去吧。妳年紀也不小了，來回折騰出病來，我也沒法和我姪子交代。」

「妳！」錢大嫂瞪大眼睛，不敢置信。她站起身，生氣地往外走。「這親戚沒法聯絡了！」

屋裡的人趕緊站起來送她。「大舅母慢些走啊，大表哥還在外面等著呢。」

錢大嫂年紀比錢氏還大些，但是走路還算健壯，聽見這話差點氣得仰跌。

將錢大嫂送走後，吳氏拉著常如歡道：「咱們這個大舅母就是無利不起早，就她家那個表妹，不說也罷。她還想讓表妹跟了老五，先不說納不納妾，就算他納妾，也不能納表妹那樣的。」

吳氏剛說完，薛老三就怒聲呵斥。「給我回屋去！」

吳氏頓時住了嘴，察覺到自己話中的不妥，尷尬地笑笑，急忙解釋：「五弟妹，我、我說錯話了，別見怪，老五定然不是那種人。」

常如歡知道吳氏的為人，且以現在的情況，吳氏也不至於得罪他們。她笑了笑。「三嫂不必擔憂，我不在意這個。」

聽她這麼說，吳氏鬆了口氣。

可薛陸卻有些著急，他當著全家的面，直接道：「娘子不用擔心，我今天不會納妾，以後也不會納妾，這輩子就只有娘子一個妻子。」

薛陸是什麼樣的人，常如歡一直都知道，所以她根本不擔心，但聽到薛陸當著全家人的面表忠心，她還是很歡喜。

常如歡遞給薛陸一個滿意的笑容，薛陸立即咧嘴笑了。他娘子笑起來可真美啊。

兩人互動得太明顯，幾個嫂嫂們不禁羨慕。她們成親得早，每日勞作，與丈夫也就是和和氣氣的，像老五夫妻這麼恩愛卻是少有的。

錢氏有些不高興，尤其聽見薛陸說今後不納妾，立刻急了，也不顧場合，直接道：「那不成，常氏進門三年多了，連個孩子都沒有，你若不納妾，今後想絕後不成？」

錢氏話音一落，屋裡一下子靜了下來。

周氏推推薛竹。「帶弟弟、妹妹們出去。」

薛竹正要牽著薛菊幾個出去，卻被常如歡攔住。「二嫂，不妨讓幾個孩子也聽聽，他們早晚都要面對人生的變故，況且多些見識，到了婆家也能應對。」

周氏張了張嘴，沒有再堅持。她嫁進薛家這麼多年，受了這麼多氣，可不想自己的女兒也走老路，既然五弟妹都這麼說了，那就聽一聽吧。

錢氏哼了聲。「怎麼，還要學妳不聽婆婆的話？」

常如歡眉頭一挑，笑道：「我怎麼不聽婆婆的話了？」

「妳！」錢氏氣結，關鍵時候竟然找不到常如歡的錯來。

薛陸站在一旁，不禁著急。「娘，您胡說什麼呢，我們以後會有孩子的。」他們昨晚才圓房，若能立刻懷上孩子，那才叫奇怪呢。

錢氏滿臉恨鐵不成鋼。「娘還不是為了你？這常氏空有美貌，卻是善妒的，竟然讓你三年都沒個孩子。你看看人家，進門三年抱倆，她不說倆，就是一個都沒有，不下蛋的母雞，留著有何用？」

眼見錢氏越說越離譜，薛陸脹得滿臉通紅，去看薛老漢，希望爹能說幾句，可薛老漢似乎也很認同錢氏的話，竟然對他的目光視而不見。

倒是柳氏幾個看不下去了。柳氏道：「娘，五弟妹還年輕，有的是機會要孩子，再晚兩年也許就有了。」

吳氏也附和道：「我聽大夫說，女人早生孩子不好，等十八、九時生的孩子最健康。」

小錢氏和周氏也跟著勸。

誰知錢氏卻哼了一聲，對周氏道：「家裡有隻不下蛋的母雞也就罷了，現在又來一個。」

周氏沒想到火會蔓延到她身上來，且還直戳她的心窩，頓時眼淚都出來了。她捂著嘴，哽咽道：「就因為沒生兒子，您就這麼對我？」

周氏話剛說完，便轉身匆匆跑了。

薛竹瞪著錢氏道：「奶奶，您欺負我娘十幾年，還不夠嗎？」

薛菊搖搖頭，看著錢氏道：「奶奶嫌棄我們是女娃兒，可我們女娃兒今後就要讓奶奶瞧瞧，我們不比兒子差。我決定了，今後招贅夫婿進薛家。二姊，咱們走。」

姊妹倆看了爹一眼，立刻追上周氏。

薛老二滿臉痛苦地看著錢氏，臨走時道：「娘，您不能這樣。」

薛陸沒想到他娘說話如此難聽，眉頭緊皺。「娘，這話您不該說，只要二哥不嫌棄是三個閨女，誰都不能說這話。還有，娘，不管您如何說，我這輩子都不會納妾，就算以後如歡不能生，我們就夫妻倆過一輩子，我不會對她生出二心。我不管誰給您灌輸這觀念，您趁早死了這條心吧！」

錢氏疼了薛陸這麼多年，還是頭一次被他這麼嚴肅地拒絕。

她看著薛陸，顫抖著道：「娘這是為了你好，常氏除了一張臉，還有什麼能看的？你若是不喜歡你表妹，咱們納其他的姑娘，好歹給自己留個後，行嗎？」

薛陸痛苦地看著錢氏道：「娘，您生了我，給我的是養育之恩，但娘子給我的是後天的再造之恩。後面的幾十年，我們將一起生活，我不想有第三者在我們中間。您若真疼我，就不要為難我，也不要為難娘子。」

薛陸說得很直白，讓錢氏眼中的亮光慢慢熄滅，取代的是失望和痛苦。她沒想到會被自己最疼愛的兒子傷心至此。

她發現，她已經不認識自己的兒子了。

「你愛怎樣就怎樣吧，娘管不了你了。」錢氏頹然地坐回去。

薛老漢不贊同地看了薛陸一眼，轉身去攙扶錢氏。「老婆子，孩子大了，不需要咱們這些老傢伙了，以後消停著過日子吧。」

老倆口回了裡屋，正屋裡，只剩下大眼瞪小眼的後輩們。

薛老大不大高興地看著薛陸，道：「你好歹也是個舉人了，什麼事都以一個婦人為重，像什麼話，看你把爹娘氣的……」

薛陸默不作聲。

柳氏在一旁急了，去拉薛老大的衣袖，小聲勸道：「都分家了，你管這麼多幹麼？」

薛老大想起早上的一幕，哼了一聲，瞪向常如歡。「妳好歹也是讀書人家出來的姑娘，行事卻不如鄉村婦人，妳自己好好想想吧！」

常如歡眨眨眼。想什麼呀，不就是讓你兄弟做了頓早飯嗎？老娘我給你兄弟做了多少次了？

薛陸拉過常如歡的手，道：「咱們先回去吧，明天估計還要忙呢。」

到了晚上，薛陸沒有纏著常如歡，只是抱著她一言不發。

常如歡看出他心情不好，說實在的，任誰攤上這事，心情都好不了。

自古婆媳關係就複雜，在古代，若是媳婦甘願受氣，婆媳還能相安無事，但攤上她這樣有血性、不聽話的，那就是雞飛狗跳了。

往往男人夾在娘和妻子中間，兩頭不討好，更有甚者，男人以娘為重，認為娘養大自己不容易，妻子就該順著他娘。

但常如歡卻認為，娘養大了你，卻沒養你的媳婦，憑什麼讓你的媳婦受這氣？

「唉，我知道你受委屈了。」常如歡摸摸他的腦袋，安慰道。

薛陸嗚嗚兩聲又緊了緊手，悶聲道：「娘以前對二嫂就不好，再怎麼說，二嫂也生了三個閨女，雖然不如兒子金貴，但好歹也是薛家的血脈。」

常如歡眉頭一挑。「閨女不如兒子金貴？」

「不、不，我不是這個意思。」薛陸意識到自己說錯話，趕緊辯解，接著有些氣惱道：「都怪大舅母非得挑起這種事端，但願她往後別再來了。」

常如歡放過他，不再糾結之前的問題，贊同道：「希望如此，但我猜很難。」

無利不起早的人，怎麼會因為別人的態度而輕易放棄呢？

常如歡笑了笑。「估計明天又拖家帶口的來了。」

第二日是祭祖的日子，錢大嫂果然拖家帶口的來了。她都做曾祖母了，下面的小輩們更是有十幾個，其中還包括被錢大嫂極力推銷的薛陸表妹，錢小月。

錢小月今年十九，至今未能嫁出去。三年前，錢氏說遍了附近有點姿色的姑娘，都找不到兒媳婦，一氣之下，便回去娘家想讓錢小月嫁過來，誰知錢小月心氣高，揚言若是嫁給薛陸，她就一頭撞死在薛家門口。

現在看見薛陸考上舉人，她萌生了嫁給他的念頭，奈何薛陸娶了常如歡，讓她恨得咬牙切齒。

要知道，他們鎮上才幾個秀才，而她的表哥居然是舉人，若是她跟了表哥，就算是小，那也能吃香喝辣，保不齊還有丫頭伺候自己呢。

# 第四十二章

錢小月想得挺美，誰知她娘出師不利，她心裡不服氣，所以今日她打算親自出馬，向她表哥表明心跡，然後嫁進薛家。

今日常如歡是各家婦女們巴結的對象，從一大早就忙得不可開交。

錢小月跟著嫂子裴氏進了屋，看見常如歡，便道：「妳就是常氏？」

常如歡抬頭看了她一眼，心想又不是沒見過，現在是想來給她下馬威？她連個眼神都不給，繼續和村長媳婦說話。

錢小月見常如歡不理她，頓時有些惱怒。「妳不過是命好罷了，在我跟前擺什麼譜？本來嫁給表哥的人應該是我，哪有妳什麼事？等我日後進了門、生了兒子，我讓表哥把妳趕出去！」

常如歡驚訝於她的自信，眨眨眼，感嘆道：「我從不知世上有如此自信之人，可敬可佩。」

錢小月以為常如歡怕了她，挺了挺胸脯，哼了聲。「還算妳有眼光。」

常如歡盯著她高聳的胸脯，嘴角直抽搐。「嗯，的確，極品。」起碼她沒有這麼大的胸部。

吳氏捂嘴笑道：「這世上的人啊，最怕的就是看不清自己，還當自己是天上下來的鳳凰呢。」

吳氏說完，屋裡便哄堂大笑。

「妳們笑什麼笑，我說的不對嗎？」錢小月有些惱怒，雖然她不覺得自己哪裡說錯了，但這些人衝著她笑，她就覺得心裡毛毛的。

「妳說得很對。」常如歡笑得很歡，不忘肯定錢小月的話。

錢小月哼道：「我表哥就是命不好，才娶到妳這樣的女人，要長相沒長相，身子扁得跟竹竿似的。我可聽說了，妳進門三年都生不出兒子，像我可就不一樣了，我娘說了，我這樣的一看就好生養，等我進門，一定三年讓表哥抱倆。」

常如歡笑著點頭。「對、對，三年抱倆，六年抱一窩。」

錢小月有些得意。「還算妳識相。」

跟著錢小月進來的裴氏都快臊死了，她扯扯錢小月，要她別說了，誰知卻被錢小月甩開。裴氏看著屋內的人笑話她小姑，真寧願自己今天沒來。

「嫂子，咱們走。」錢小月自認示威完了，便趾高氣揚地離去。

她一走，屋內立刻爆出哄堂大笑。

吳氏笑得眼睛抽筋，指著門口道：「這、咱這表妹，笑死我了……」

周氏昨日被薛老二哄了幾句，今日一早又出來幫忙了。她抿唇笑了笑。「別讓大舅母聽見，否則又該說咱們欺負她寶貝女兒了。」

村長媳婦搖頭笑道：「我有個妹子在妳們表妹那村，聽說她在村裡是有名的跋扈，附近幾個村子的人都沒人敢娶她。妳們瞧，這都十九了還在家裡，現在倒是打上舉人老爺的主意了，也不瞧瞧自己是什麼模樣？」

她環視一圈屋內的人，視線落在常如歡身上，道：「要我說，咱們整個清河縣，估計再也找不出第二個如舉人太太這般標緻的人了，妳們說是不是？」

她話音一落，其他人紛紛附和。

常如歡笑道：「妳們可別誇我，我也就是整日不幹活，養出來的罷了，妳們若是換身衣裳打扮打扮，可不比我差。」

她話說得好聽，這些農家婦人心裡聽著很是熨帖，對薛家的好感度直接往上升。

屋內言笑晏晏，屋外，錢小月對裴氏道：「嫂子，我有點事，妳找娘去吧。」

錢小月在家裡就是囂張跋扈的性子，在她面前吃過幾次虧後，裴氏便不與她爭了，聽她這麼說，二話不說痛快地離開。

錢小月在院子裡搜尋，終於在角落看見她心心念念的表哥。她開心地上前，扭著身子，小聲道：「表哥，我是小月。」

薛陸回頭一看，嚇了一跳，這是哪裡來的醜八怪？

他看著眼前這個只能看見胸、看不見其他的表妹，眼睛不知怎麼放，只能後退兩步，低下頭。「表妹。」

「表哥。」錢小月羞答答地拿著洗得發黃的帕子，捂嘴輕笑，上前一步，聲音都快滴出水來了。

薛陸渾身一哆嗦，驚恐地看了錢小月一眼，飛快道：「我還有客人要招待，先走一步，表妹慢慢賞景。」說著迅速轉身。

「表哥～～」錢小月好不容易逮著薛陸，哪肯輕易放他走？就見她手一伸，將人拽了回來。「表哥，和我說幾句話嘛，好些天沒見著表哥，我很是想念。」

薛陸被她拽了個趔趄，才剛穩穩站住，就聽錢小月繼續道：「前幾年咱們就該做夫妻的，奈何我娘沒與我說便拒絕了姑母，當我知道時，表哥竟然已經娶了那常氏。」

錢小月拿帕子抹抹根本沒有的眼淚，嘆了口氣。「我當時傷心欲絕，差點撞死在家門口，可表哥為何不等等我，竟然聽從姑母的話娶了那常氏？那常氏有什麼好，瘦得跟竿子似的，連孩子都生不出來。表哥，我等了你三年，你肯定願意和我在一起的，對吧？」

這女人腦子裡裝的是便便嗎？薛陸目瞪口呆，這樣的極品，他還是生平第一次見到，當真不要臉至極。

錢小月見他不說話，心裡有些得意，繼續道：「表哥，我為了你，不顧忌身分，委身於你，你以後可得對我好，不能讓常氏壓在我頭上欺負我。」

「等等、等等——」薛陸見她越說越離譜，連忙打斷她。「妳為什麼要委身於我？我說過要讓妳進薛家門了嗎？」

昨日大舅母回去，沒和她這傻閨女說明白嗎？

錢小月呆了呆，眨眨眼道：「你我情投意合，天生一對，奈何之前坎坷，讓常氏搶了先，現在我不顧身分委身於你，與你雙宿雙飛，有什麼不對嗎？」

薛陸真想仰天大笑，他失笑問：「我與妳情投意合？天生一對？表妹啊，妳出門前沒吃藥嗎？」

「吃藥？為何要吃藥？」錢小月不明白。

薛陸跟著常如歡學了不少現代用語，得意地解釋道：「有病就去看病，別在我這裡胡說八道，誰跟妳情投意合、天生一對？那都是妳幻想的。昨日我已經與大舅母說得很明白了，先不說我沒打算納妾，就算納妾，我也不會納妳。」

「表哥……」錢小月臉都白了，急著上前想去拉薛陸的衣袖，嚇得薛陸趕緊往後退。

薛陸看著她，一字一句道：「我昨日就與大舅母說了，此生絕不可能納妳為妾，妳若知道好歹，咱們以後還是親戚，若是敢糾纏不休，去找我娘子的麻煩，那就別怪我不客氣。」

他說的是實話，他以前就不喜歡錢小月，只是他娘非要去試一試，結果他居然被錢小月給拒絕了，且還那般侮辱於他。

現在看他考上舉人，又貼上來說自己當時不知道，一切都是大舅母的問題，啊呸！

薛陸轉身往人多的地方走，正碰見薛老四從外面進來，忙道：「四哥，多注意一下表妹，我怕她去找我娘子麻煩。」

薛老四神色莫名地看著他。「我猜她來找你之前，已經去找過五弟妹了。剛才你四嫂說表妹剛才去跟五弟妹炫耀你們是青梅竹馬來著。」

薛陸驚恐地瞪大眼睛。「這個不要臉的老姑娘！」

薛老四想笑又不好意思笑，用肩膀頂了頂他。「哎，你真沒打算以後納個小啊？」

「那是自然，我薛陸說到做到，我要對我的娘子從一而終。」薛陸揚起下巴，頗有舉人老爺的樣子，只是說的話卻讓人發笑。

薛老四點頭稱讚。「不愧是我的弟弟啊。」

這頭，兄弟倆正在嘮嗑，另一頭的錢小月不甘心，又跑去找錢氏撐腰了。

只是錢氏屋裡聚集了村裡的老太太們，錢小月等了一會兒，也沒等到機會。

過了一會兒，祠堂開了，眾人離去，錢小月才鬆了口氣。

錢氏要攆老太太的譜不肯去，錢大嫂也留了下來。

錢氏奇怪道：「大嫂不是最喜歡看熱鬧了嗎？」

錢大嫂眼珠子亂轉。「去了也沒什麼好看的，倒不如留下和妳說說話，打發時間。」

錢小月也在一旁笑著附和。「姑母，小月最喜歡您了，我以後天天在這陪著您，怎麼樣？」

錢氏眼皮一跳，想起昨夜兒子的話，臉上淡了些。「怎能天天在這陪著，妳還得嫁人呢，再不嫁人，就不好找婆家了。」

這話一落，錢大嫂心裡又是一沈。她昨日鎩羽而歸，想著是因為常氏回來的緣故，所以今日厚著臉皮再來，就是想單獨和這小姑子談談，誰知自家閨女才開個頭，就被堵了回來。

錢小月心思不是太深，見姑母如此回答，頓時委屈。「姑母是嫌棄小月嗎？」

錢氏訕笑。「沒有……」

錢小月急道：「我到底哪裡不如常氏了？」表哥喜歡常氏，不願意搭理她，所以她巴巴地過來討好姑母，可姑母卻讓她快點嫁人。

錢小月傷心地抹淚。「小月知道以前做錯了事，可小月也得到教訓了，姑母難道就不能原諒小月的年少無知？只要姑母讓小月進門，小月以後一定陪在姑母身邊，什麼都聽姑母的，絕不會像常氏那樣惹姑母生氣，更不會像常氏那樣讓表哥洗衣服、做飯。」

「洗衣服？做飯？」錢氏眼皮一跳，聽到關鍵字。

錢小月驚訝地抬頭，突然捂住嘴。「您不知道嗎？這都是兩年前的事了。那時表哥考中秀才，有人親眼在縣城常家看到表哥蹲在井邊給表嫂洗衣服，我以為姑母知道呢！」

錢氏頓時覺得五雷轟頂，眼前一黑，差點暈過去。

她疼了十幾年的寶貝疙瘩，從小到大都沒洗過衣服，更沒做過飯，這才成親幾年，竟然被家裡的婆娘叫去洗衣服、做飯！

錢氏恨不得立即賞給常如歡兩巴掌。

「這個常氏……」錢氏恨得咬牙切齒，當即就要站起來去找常如歡算帳。

錢小月沒想到自己的無心之語，竟會帶來這麼大的效果，當即樂開了花，拉著錢氏不讓她走。「姑母，常氏簡直沒有一點女子該有的婦德，居然敢讓舉人老爺洗衣服、做飯，我覺得表哥肯定是被她迷惑了，否則一般男人早就將常氏休了。」

見閨女難得開竅一回，錢大嫂心裡很是高興，趕緊附和道：「就是，大妹子，我如果是妳，就讓兒子把她休了！就是我閨女，都比常氏好了一百倍。」

錢氏在心裡將常如歡罵個半死，哪裡聽得見錢大嫂說什麼？她站起來往外走。「不行，我得去問問她，憑什麼讓我的兒子洗衣服、做飯！」

錢小月沒得到回話，有些急了，攔住錢氏不讓她出去。「姑母，您給我句話呀，休了常氏，把我娶回來可好？我一定將表哥當祖宗一樣供著，早晚三炷香，保佑表哥早日考中狀元，我一定比親閨女照顧您還妥帖。」

錢氏終於聽見了錢小月的話，她愣愣地看了她半晌，道：「小月啊，不是姑母看不上妳，實在是……妳平日都不照鏡子，看看自己是什麼樣子嗎？」

錢小月愣了愣，呆呆地問：「我什麼樣子？」

錢氏一噎，轉頭直接對錢大嫂道：「大嫂，老五說了，他不會納小月為妾的，妳們就死心吧。」

「您騙我！表哥不會的，一定是常氏逼迫的！」錢小月心裡最後的期望終於落空，她不甘心地大吼著，用力推了錢氏一把。

錢氏上了年紀，這兩年身體又不好，被她一推，腳下一個趔趄，在錢大嫂的驚呼中摔了下去。

「姑母！」

「大妹子！」

錢氏只覺得頭疼得厲害，眼睛越來越花，接著暈了過去。

錢小月嚇壞了，不禁哭了起來。「娘，這可怎麼辦？姑、姑母不會死了吧？」

出了這樣的事，錢大嫂也害怕得不行，這若是被人發現，被捉去見了官，那她們娘倆可就沒了活路啊。

「娘，怎麼辦呀？」錢小月抓著錢大嫂的手都在顫抖。

錢大嫂抖著唇，哆哆嗦嗦道：「這裡沒、沒人，咱們快些離開，別人就不知道是咱們了。」

錢小月趕緊點頭。「咱們快走。」

只是她腳都軟了，有些走不動，靠在錢大嫂身上往外走去。

「娘，您怎麼不去看熱鬧呢？」

聽見這聲音，錢小月和錢大嫂對視一眼，眼中頓時出現驚恐。

薛美美回來了！

錢小月嚇得快要暈過去，可這會兒再躲也來不及了，就見薛美美掀開簾子，帶著薛竹幾個進屋。錢大嫂腿一軟，比錢小月更早一步癱在地上。

薛美美進門，看見她們還笑著打招呼。「大舅母和表姊要出去看熱鬧嗎？這會兒人都散——娘！」

薛美美後半句沒說完，就看見倒在地上的錢氏，立即大叫一聲，衝上前去。

薛竹幾個小輩也發現不對，趕緊跑上前。薛菊看了錢小月母女一眼，立刻轉身跑了出去。

很快的，她就帶了人過來。

# 第四十三章

薛家五個兄弟和薛老漢都回來了。

薛老漢若有所思地看了錢大嫂一眼，立刻前去查看錢氏。其他兄弟幾個也紛紛圍了過來。

常如歡幾個妯娌聽見消息也趕了過來，見眾人都圍著錢氏，她立即拉來薛陸，小聲問道：「怎麼還不去請大夫？還有，娘傷著了，身旁不可圍這麼多人。」

薛陸回過神來，趕緊喊道：「都散開、散開，讓娘周圍空氣流通。薛博，快去請大夫！」

薛博應了一聲，趕緊跑出去。

「誰幹的？」薛陸將目光落在哭得上氣不接下氣的薛美美身上。

薛美美抬起袖子擦眼淚，瞪向錢大嫂和錢小月。「我們進來時，大舅母和錢小月正要出去，而娘就躺在地上，一定是大舅母和錢小月。」這對母女害了母親，薛美美連表姊也不想叫了。

「我不是故意的……」錢小月嚇得抽噎著辯解。

薛陸哼了一聲。「是否故意，等我娘醒了再說。」

「表哥……」錢小月有些害怕，不自覺就想和薛陸說說好話。

薛陸扭過頭去，對常如歡道：「煩勞娘子弄些熱水來給娘清洗一下。」

常如歡點點頭，往灶房走去，周氏看了眼眾人，也跟著出來，對常如歡道：「難道是表妹？這是為何？」

常如歡冷著臉，哼了一聲。「定是在我這沒討著好，也沒在娘那裡得到答覆，狗急了跳牆唄。」

周氏嘆了口氣道：「做個正頭娘子多好，為何非得上趕著做妾呢？」

「這人最貪心，擺在面前時，棄之如敝屣；別人不要時，非得一頭扎進去作死。」常如歡眼神微瞇。「就看娘能不能醒來了。」

若是錢氏能醒來，估計錢大舅家這門親戚也不能再走動了；若是沒醒來，以薛家兄弟的孝順，定然會報官。尤其是薛陸，他可不會管對方是不是自己的大舅母和表妹。

常如歡和周氏端了水進屋，給錢氏擦拭一番，又換上寬鬆的衣服，大夫這才趕來。大夫六十多歲了，走得慢，還是被薛博揹來的。

大夫閉眼把脈，半晌搖頭道：「你們去縣城找大夫吧，老夫沒有這本事。」

屋內的人都嚇壞了。「這可怎麼是好？」

最後還是薛陸強自鎮定道：「從這裡去縣城來回一趟太費時間，不如咱們用牛車拉著娘直接去縣城。」

薛老漢焦急道：「我這就去套牛車！」

薛陸對常如歡道：「娘子，咱們一起去吧。」

常如歡點點頭，開始收拾東西。

最後，薛陸夫妻、薛老大夫妻和薛博一起上了牛車，其他人暫時在家等薛博的消息。

錢氏這一摔，摔得很厲害，等他們到縣城時都沒醒過來。

天已經快黑了，醫館也關門了，薛陸往熟悉的醫館而去，直接將門拍開。

好在薛陸剛考上舉人，在清河縣名氣正響，很快的，一行人便被請了進去。

坐館的大夫把了脈，接著開藥方。「老太太年紀大了，就算救回來，估計也沒幾年活頭了。」

薛陸等人一聽，差點掉下淚來。他們是錢氏的親人，只希望錢氏健健康康的。

常如歡比較務實。錢氏若是死了，薛陸必須守孝三年，明年春天就不能進京趕考了。

「天色不早，咱們先到我那裡去吧。」薛陸見他爹勞累了一天，又遇上這樣的事，便安慰道：「爹，娘肯定會好的，先到我那裡休息，明日再請大夫過去看看。」

現在也沒有其他法子，只能聽從薛陸的安排。

回到薛陸的宅子，常如歡趕緊收拾空屋，鋪上厚厚的被褥，這才讓薛陸將錢氏抱到炕上躺下。

常如歡和柳氏去熬藥，柳氏嘆了口氣，道：「以前老是和她置氣，現在看著她躺在那裡一動不動，怎又覺得心裡不是滋味呢？」

常如歡笑了笑，安慰道：「娘會好的。」

這話其實也就安慰人，大夫雖說若能救回來，最多能活個幾年，可這事誰都不能把握，也許明日一早，或許後日。

柳氏默默點頭。「她若好了，以後我不再氣她了，爭了半輩子又能怎麼樣，還是一家人安安穩穩過日子比較好。」

常如歡對這話深感贊同，這也是她並不討厭柳氏等人的原因。雖然有小心思，卻都是為了她們自己的小家，並沒有真正傷害到誰，況且這些小心思在前面那麼多年的付出面前，真的是九牛一毛。

妯娌倆餵錢氏喝了藥，薛老漢便攆他們回去休息。

薛陸不肯。「爹，我和您看著娘，您看前半夜，我看後半夜。」

薛老漢無奈地點了點頭，又對薛老大道：「薛博回去了？」

「回去報信了。」

薛老漢點點頭。「這事不能這麼完。」

薛陸冷笑一聲。「自然不能這麼完，明日一早我就去報官。」

「會不會不妥？畢竟是咱們的大舅母和表妹……」薛老大有些遲疑。

薛陸抬頭看他一眼。「舅母？咱們舅舅早就沒了！況且這大舅母從不和咱們走動，現在突然開始聯絡，不就是看我考上舉人了？之前只考上秀才時，就三天兩頭糊弄娘往家裡弄錢，這些大哥都不知道？」

薛老大臉脹得通紅，站起身往外走。「我先回去睡了。」

薛陸有些失望。他的大哥是兄弟間的老大，遇事卻還不如大嫂，大嫂都能在自家人受欺負時站出來和人拚命，大哥卻不敢，只擔心惹上麻煩。難道大哥都不會想一想？他現在都考上舉人了，哪裡用得著怕大舅母他們？

況且這事本就不是他們的錯，總不能娘摔成這樣，還放過那兩個凶手吧？

他做不到。

常如歡出來後，又去灶房做了些晚飯端來讓眾人吃，這才對薛陸道：「夫君，你明日去報官？」

薛陸點頭。「嗯，不能這麼便宜了她們。」

薛老漢抽著煙，抬頭看他一眼。「就該如此。」

這兩年，雖然頭疼錢氏變得越來越不可理喻，但好歹是陪了他大半輩子的女人，現在看她一動不動地躺著，心裡還是十分難受。

薛陸一夜沒有睡著，後半夜時一動不動地看著錢氏，就盼她能睜開眼看看他。

可惜的是，到了第二天早上，錢氏還是沒能醒過來，而且呼吸越發微弱。

熬了一夜的薛陸滿臉疲憊。他從未想過考上舉人後，他娘會變成這副模樣。

薛老漢一夜之間彷彿又老了不少，滿是溝壑的臉上帶著悲切。「你娘……怕是不行了。」說著痛哭失聲，雙手都顫抖起來。

「爹，咱們再找大夫來看看，只是摔了一下，怎麼就救不回來呢？」薛陸也不願意相信這樣的結果，飯也沒吃又跑了出去。

他又去了其他幾家小有名氣的醫館，將所有大夫都請了回來。

幾個大夫最後都搖頭嘆氣。

薛陸臉都白了，不敢相信他娘就這樣沒救了，他坐在炕上看著錢氏，心裡很是懊悔。為何他沒有早點用功讀書，為何沒能早些考上舉人？

常如歡看著曾經霸道不講理的錢氏，如今安靜地躺在炕上一動不動，感覺一切是那麼的不真實。她都做好準備應付錢小月和錢氏的「聯合攻擊」，誰知錢氏會摔成這樣？

大夫走後，薛老漢抹了把臉，站起身，顫抖著聲音道：「我要帶你娘回家。」人死講究落葉歸根，他必須帶她回去。

薛陸呆呆地看著薛老漢。「爹，娘真的沒救了？」

薛老漢搖搖頭，撇過臉。「老婆子，我帶妳回家。」

昨天，薛博已經回薛家莊報了信，眾人雖然不能接受，但還是做好了心理準備。待看到錢氏真的被帶回來時，眾人還是哭了出來。

薛老漢有些煩躁，喝道：「哭什麼哭，你娘還沒死呢，哭也早了些！」

幾人噤了聲，薛老二立刻上前幫忙，卻被薛陸攔住。「二哥，我來吧。」

錢氏還是由薛陸抱了進去。

「錢小月和舅母呢？」常如歡走在後面問吳氏。

吳氏眼神冰冷，冷哼一聲道：「關在屋裡了，今日大表哥他們幾個來要人，這些人居然還有臉，我呸！」

「這次大舅母和錢小月可沒那麼幸運了。」常如歡冷冷地道。錢氏再不好，那也是薛陸的娘，不管對別人如何，對薛陸卻是一心一意。說不定就是因為錢氏沒同意錢小月的事，才被錢小月摔在地上。

她這麼想著，錢氏已經被薛陸抱進裡屋。屋裡，薛美美正哭著，看錢氏被抱進來，立即大哭起來。

常如歡看著薛美美，心裡搖頭。她這小姑子也倒楣，該找婆家時，錢氏卻出了事，待出了孝期再找婆家，在這年代卻已是大齡了。

就在她胡思亂想時，就聽薛陸大喊一聲。「娘！」

接著其他人也哭了起來。

常如歡再去看錢氏的手，已經垂了下去，儼然沒了呼吸。

這就是世事難料吧，在薛家莊好強了一輩子，頂著眾多壓力供薛陸讀書，到頭來卻這樣死了。

這一刻，屋內的人都為了錢氏而掉淚。隔壁房間內，錢小月卻已與錢大嫂對好了口供。

薛家人當然不會善罷甘休，現在錢氏死了，薛陸當即讓薛老大等人安排喪葬事宜，而他則帶著薛博前往縣城縣衙。

薛家出了這麼大的事，全村人都感到驚詫。昨天薛家族人還開祠堂祭祖，並祈求祖宗保佑薛陸明年能高中，現在錢氏卻突然沒了，還是被自己的親大嫂和姪女害死的。

族長和村長也帶著人來了，本來他們都期盼薛陸明年能高中，現在可好，接下來薛陸有三年的孝期，這春闈得再等三年。

待縣太爺知道這事，親自帶人來到薛家莊，將錢小月和錢大嫂帶走審問。

錢氏的葬禮結束後，縣衙傳來消息——錢大嫂將罪責都攬到自己身上，且於昨夜在牢內畏罪自殺，錢小月則被縣衙放了回家。

對於這樣的結果，薛家自然不滿意，但是錢大嫂已死，錢小月又一口咬定不是她做的，不定案也不行。

只是這樣一來，錢家和薛家是徹底撕破臉了，兩家再也不走動。再到幾年後，常如歡等人才聽說錢小月被幾個哥哥說給山裡的屠戶，但那時常如歡已經在京城扎根，對無關緊要的人也不在乎了。

葬禮結束後，薛陸他們開始閉門守孝。

常如歡與薛陸商量後，決定暫時關上縣城的宅子，兩人收拾東西回了薛家莊。

對於這樣的決定，常海生也是贊成的，在縣城是非多，還不如回村裡安安靜靜讀上三年書，等三年後一飛衝天。

如今的薛家，皆籠罩著一層悲傷的氣氛，尤其眾人看著薛老漢迅速衰老，更加難過。他們怕薛老漢想不開，但錢氏已死，他們除了偶爾陪伴薛老漢外，已經沒有其他的法子。

誰知一個月之後，常如歡突然暈倒，找大夫一看，診出有了身孕——已經一個多月了！

常如歡一算，恰好是他們圓房時懷上的。她心裡哭笑不得，人家成親好幾年都懷不上，他們才圓房了一次，居然就懷上了！

原本悲傷的薛家總算有了一點喜氣，全家都道這孩子來得太是時候，就連薛老漢精神也好了些，日日盼著小孫子出世。

常如歡從未想過自己會生孩子，可現在，孩子真真切切在她肚子裡了。本還想著還要拖三年再生孩子，這下可好，什麼都不耽誤，三年後估計都來第二胎了！

這一年的春節，薛家過得很平靜，眾人只圍坐在一起安靜地吃了飯，在正屋裡呆坐著守歲，再也沒有前幾年的熱鬧。

小孩子早就睡了，大一點的則圍著火爐烤地瓜。

在香味瀰漫中，春天漸漸來了。等出了正月十五，常海生又一次踏上趕考之路，只是不知這次結果會如何？

常如歡緊張地等了一個多月，才又見到了常海生。

常海生搖搖頭，對常如歡道：「爹又落榜了。」

十年寒窗，一朝科舉，到頭來還是落榜。

「爹，您還年輕著呢，急什麼？三年後咱們一塊進京，興許就能中了。」常如歡安慰道。

常海生只笑笑沒應答，他有種直覺，他可能這輩子都考不上了。

薛陸聽著這話，卻不好說什麼。三年後，他們翁婿倆一同參加，萬一他考上了，岳父卻沒考上，這該多尷尬？

這時，常海生突然下定了決心，對二人道：「爹不打算再考了，中了舉已經足夠了。」

對於常海生的決定，常如歡雖然有些驚訝，但也能理解。

她明白常海生內心壓力一定很大，三年後翁婿倆一同參加科舉，若是都考上也就罷了，可萬一常海生依舊落榜，外面會說出什麼閒話？

並非他們害怕外面的流言，只是她隱晦地聽薛陸說過，常海生的學識已經出現了瓶頸，若想突破很困難。

與其三年後再落榜，倒不如安安穩穩地守著舉人的功名過日子。且他現在在縣學教書，已經很讓人尊重，這在清河縣來說，也是別人求不來的生活。

# 第四十四章

六月，常如歡的肚子已經很大了，再過半個月就該到生產期。

村裡的老人時常看著她的肚子搖頭。「肚子圓滾滾的，該是個姑娘。」

往常聽到這話，大多是傍晚薛陸陪她在村子裡散步的時候。每當聽見有老太太說這話，薛陸都瞪眼。「閨女怎麼了？我就喜歡閨女。」

薛陸閒著沒事時，也會對著常如歡的肚子「閨女、閨女」地喊，還翻遍了古書給他閨女取名字。

薛老漢將他叫去，呵斥道：「傳宗接代當然是男娃兒好，你也老大不小了，這頭一個孩子竟然盼著是閨女！」

聽薛老漢這樣說，薛陸有些不高興，他看著薛老漢日益蒼老的臉，道：「爹，兒子又如何？女兒又如何？不都是自己親生骨肉嗎？大姊為什麼不願意回來，不就是因為您和娘不顧她的意願將她嫁出去嗎？」

說起來還是錢氏為了給薛老大娶親，為了幾兩彩禮，匆忙將薛大姊嫁了出去。而薛大姊也是個倔脾氣，出嫁二十年了，只有在錢氏死後，薛陸親自上門，才將人叫回來。

本是血親母女，卻因為嘔氣而二十年不見，再相見卻是陰陽兩隔。薛陸不知道錢氏和薛老漢心裡是否後悔，但他卻不願自己的孩子生出來就遭人嫌棄。

況且只要是常如歡生的孩子，他都喜歡。

薛陸說完，薛老漢的臉就沈了下去。

其實這些年，若說不掛念大女兒，那也是騙人的。時隔二十年再見，看女兒生活得似乎不錯，他也放了心。

可在兒子面前，薛老漢自是不能承認，他瞪眼道：「爹說的你還不信？讓你別喊就別喊，就算喊也得喊兒子！」

薛陸不以為然，回到屋裡對著常如歡的肚子還是喊「閨女」，又是「小棉襖」又是「小貼心」，聽得常如歡直發笑。

預產期一天天臨近，薛陸每日都很緊張，可以說寸步不離，書也不讀了，整日跟在常如歡後面，生怕她下一刻就肚子疼，要生孩子。

誰知到了預產期那日，常如歡依舊沒有動靜，村裡的老人對薛老漢道：「估計是閨女，閨女都是拖日子。」

自從錢氏走後，薛老漢滿心盼著小孫子出生，聽到這話，自然不高興，只牽著薛老四家的薛北快速離去。

距離預產期已經過了七天，常如歡正與薛陸在書房裡寫話本子，忽然覺得身下一熱，一股暖意流了出來。

「夫君，我好像要生了。」常如歡手裡還拿著筆，看著薛陸，眼睛眨了眨。

薛陸一愣，當即就要往外跑。

常如歡失笑，喊道：「回來！把我抱炕上去。」

「對、對、對。」薛陸頓住腳，回來小心翼翼地將常如歡抱上炕。

肚子開始隱隱的疼，常如歡忍著疼痛，看著薛陸焦急的眼神，安慰道：「別怕。」

薛陸緊張地吞了吞口水，小心翼翼地幫她蓋上被子。「娘子等著，我去請產婆。」

薛陸先去告訴周氏，這才跑出去找產婆。

周氏一聽，趕緊叫上柳氏等人趕過來，這時常如歡的肚子已經疼得很厲害了。

薛老漢也聽到消息，領著幾個小的急急忙忙到了門外。

「爹，您來做啥，回去等消息吧，一時半會兒生不了的。」柳氏忙著燒熱水，見薛老漢幾個來了，趕緊攆人。「這裡亂著，你們先回去吧，等生了我們會送信去的。」

薛老漢吶吶，覺得兒媳婦生孩子，他在也不太好，便又走了。

只是柳氏剛端熱水進去，忽然聽見一聲驚呼，接著便傳出一陣嬰兒啼哭。

「這就生了？」吳氏眨眨眼，看向柳氏。

柳氏將孩子迅速包起來，笑道：「咱五弟妹命好，生個孩子都不折騰人，這產婆還沒來呢，孩子就生下來了，這前前後後有一個時辰？」

吳氏、周氏和小錢氏都笑了，「可不是，五弟妹命就是好。」

現在整個薛家莊的女人，甚至清河縣的女人，哪個不羨慕常如歡命好？而且現在外面還瘋傳常如歡旺夫！

再有，自她進了薛家，薛家的日子也越來越好了。薛陸考上秀才時，還從府城帶回種果樹的書籍，親自與幾個兄弟商量種樹的事，雖說大部分的錢是五房的，但其他兄弟也真正得到了實惠。

正說著，妯娌幾個忽聽常如歡問：「嫂子，是男孩還是女孩？」

柳氏笑了，抱著孩子放到她旁邊。「瞧我都忘了，是個大胖小子呢！」

常如歡心想：哦，兒子啊，別人都說是閨女呢，這下薛陸該失望了。

而孩子的爹此刻正揹著產婆跑進院子裡，院子裡喜氣洋洋的，幾個小的見到薛陸回來了，趕緊圍上前。「五叔，您回來晚了！」

薛陸嚇了一跳，臉都白了，趕緊將產婆放下，拔腿往屋裡跑。「如歡娘子，妳怎麼了？」

他不管不顧地衝進去，就看到常如歡正與柳氏等人說笑。

見狀，吳氏打趣道：「喲，孩子的爹回來了！」

薛陸一愣，瞥見炕頭上的襁褓。「生了？」

產婆揉著腰進來，問道：「產婦在哪裡？」

小錢氏一看，捂嘴笑了笑，這才打發產婆回去。

常如歡躺在炕上，看著薛陸的呆樣，笑道：「還不過來看看你兒子？」

「兒子？」薛陸是真的驚呆了。他去請來產婆，誰知媳婦居然提前生了？且本來以為是閨女的孩子，竟然成了兒子？

他還傻傻地想了一堆閨女的名字，就等孩子生下來選一個，卻不想竟然是兒子！

薛陸同手同腳的到了炕前，探頭看了兒子一眼，皺眉道：「好醜。」他娘子長得這麼美，自己長得也不差，為何他兒子這麼醜？若是女兒肯定很漂亮。

周氏收拾好東西，正拉著柳氏等人往外走，聽見這句話，笑著回頭道：「剛出生的孩子都這樣，過兩天長開了就漂亮了。」

薛家的孩子長得都不錯，常如歡更是貌美，生下來的兒子長大後，還不知有多好看？

薛陸傻笑著道謝，等周氏等人出去後，這才坐上炕，拉著常如歡的手噓寒問暖。「娘子，疼不疼？聽說生孩子最疼了。」

常如歡摸摸他的臉，搖頭道：「生得太快，還沒感覺到疼呢。」怎麼可能不疼呢？只是若說疼，這個傻子又該心疼她了。

薛陸一聽才放了心。「看來這臭小子還知道心疼他娘，長大了，我少打他一頓。」

常如歡不禁失笑。這孩子才剛出生，這當爹的就想打兒子了。

過了會兒，周氏端了碗小米粥過來。「先喝些粥，薛竹正在灶房燉著雞湯。這小碗裡的是小米粥上的油，先給孩子餵這個。」

對於這些，常如歡不懂，但她卻聽結了婚的好友說過，生孩子後要及時讓孩子吸奶，這樣奶水才會多。

等周氏走後，常如歡撩開衣襟，笨拙地將孩子湊上去。還閉著眼睛的娃娃許是嗅到母親的味道，立即張大嘴巴，含了進去。

薛陸看得眼睛都直了。這原來可是他的，現在居然被這臭小子霸占了！

「娘子，」薛陸期期艾艾地看著常如歡。「咱們找個奶娘吧。」有了奶娘，娘子就是他的了。

常如歡頭也不抬。「不用，我自己餵就好。況且這鄉下人家，哪有人請奶娘的，讓人笑話。」

薛陸唉聲嘆氣，覺得自己的娘子真的被這小東西勾走了。

到了洗三時，整個薛家莊無人不知常如歡生孩子只用不到一個時辰，都道常如歡是有福氣之人，而薛家更是上輩子積福，才娶到這樣的好媳婦。

常如歡不禁汗顏。人怕出名豬怕壯，只是生個孩子都成了旺夫女，這若擺在現代，一定上頭條。

由於還在孝期，洗三也只請了相熟的人過來。饒是這樣，這日得到消息的人都送來了禮品。

常如歡讓薛竹幫忙將禮品一一登記，想著今後好回禮。

薛竹如今已經十四，也算是大姑娘了。薛湘的孩子都有兩個了，大房的薛繡也已於兩年前出嫁，那時薛陸剛考上秀才，沒什麼名氣，薛繡只找了平常的人家。

因為這個，柳氏很是懊悔。「還不如等上兩年再找婆家，雖然年紀大了點，但能找個富足的人家，總好過找這麼個窮鬼家，還攤上那樣的婆婆。」

薛繡嫁的男人挺老實，對薛繡也不錯，但是家裡窮些。柳氏也是疼女兒的人，這兩年日子又好了，臨出嫁時還給了二畝地，但薛繡有個厲害的婆婆，剛嫁過去，那二畝地就被她婆婆要了去。

若非薛博和薛照找上門去恐嚇一番，那婆婆指不定連嫁妝都不給薛繡留一點。

直到去年，薛陸考上舉人，對自己幾個兄弟又十分親近，薛繡的婆婆這才對她有了好臉色。

有了前車之鑑，對薛曼的婚事，柳氏是慎重又慎重。

況且錢氏之死，小輩只需守孝一年便可，只要出了孝期，他們便可以給適齡的姑娘們找婆家了。

薛竹和薛曼都是十四，周氏也開始煩惱薛竹的婚事，於是兩人一合計，便來五房找常如歡。

如今常如歡已經出了月子，臉上越發紅潤。

對於坐月子，常如歡是真心感激這幾個妯娌。她沒了婆婆，本想著讓劉媽過來幫忙照顧，但柳氏幾個卻說她們可以輪流過來照顧她。

柳氏和周氏進屋，將心中所想告訴了常如歡。

常如歡早就考慮過這些，誠心地對柳氏和周氏道：「大嫂、二嫂，妳們若是信得過夫君，就再等兩年。兩年後，曼曼和小竹也才十六，找婆家也不算晚。」

柳氏和周氏聞言，非但沒有不高興，反而眉開眼笑。兩年後，薛陸進京趕考，若考上就是進士，只要有機會就能做官，到時進士的姪女可比舉人的姪女吃香多了。

柳氏笑道：「那大嫂聽五弟妹的，兩年後再說。」

周氏也點頭。「以後再有人來問，我就說孩子還小，不急。」

周氏走後，又去了三房，和吳氏說了說。吳氏也沒不高興，反而比她們更高興，因為薛函今年十二，兩年後十四，在姊妹中更佔優勢。

「我就說五弟妹是個好的，怎麼樣，咱們四房不都指望著五房？」吳氏笑道。

周氏也笑了。「可不，就五弟和五弟妹弄來的書，又帶著他們兄弟幾個買樹苗栽種，又找銷路，咱們幾房這兩年就小賺了一筆，這可是以前想都不敢想的。」

之後，再有人暗地探聽薛家的姑娘，都得到了回絕。時間長了，知道薛家打定主意，心裡便打了退堂鼓。

一傳十，十傳百，慢慢的真沒人上門了。

在鄉下的日子說快也快，常如歡平時就是照顧孩子，偶爾薛竹過來幫忙，她就寫寫話本子，倒也自在。

薛陸則和以前一樣，每日讀書，也會關進小黑屋模擬考試。

但是薛老漢卻不滿意了。「你們夫妻都是有見識的人，我小孫子的名字居然還沒定下來？大名沒定還說得過去，你們好歹也取個小名啊！」

常如歡眨眨眼，看了她家胖兒子一眼。「不是叫胖兒子嗎？」

薛老漢臉都黑了，但是他也不好對兒媳婦發脾氣，又看向薛陸。

薛陸本就因為不是閨女而有些鬱悶，隨口道：「就叫狗蛋兒得了。爹不是說過賤名好養活嗎？小名就叫這個吧！」

薛老漢的臉更黑了，一巴掌拍在薛陸頭上。「我怎生出你這麼個兒子，早知道我該給你取個小名叫狗剩！」

「那不成，我叫狗剩，兒子叫狗蛋兒，不知道的還以為咱們是兄弟倆呢。」薛陸閒著沒事，混不吝道。

「你們！」薛老漢氣得鬍子一翹一翹，指指他們，背著手走了。

常如歡放下話本子，看向薛陸。「你兒子真要叫狗蛋兒？」

薛陸抬抬下巴。「那當然。狗蛋兒——多好聽啊！」

常如歡若有所思地點點頭，摸摸下巴道：「如此甚好，等他長大後，我定要好好跟他解釋他小名的由來。」

可憐的胖兒子。

於是，常如歡的胖兒子被他不靠譜的爹取名為「狗蛋兒」，大名說是要等周歲時再取。

無論薛老漢如何反對，薛陸都不改主意，一口一個「狗蛋兒」，聽得薛家眾人無奈至極。

# 第四十五章

更令人驚奇的是，每當薛陸笑嘻嘻喊狗蛋兒時，小娃娃就咧嘴笑，而薛老漢固執地只喊寶貝時，小娃娃卻不搭理他。

柳氏幾人無奈地看著兩口子，對常如歡道：「五弟瞎胡鬧，妳怎麼也跟著瞎胡鬧？早些年取賤名是為了好養活，現在哪有給孩子取這種名字的，等孩子長大了，有這種小名，說出去還不讓人笑話？」

「狗蛋兒」這小名的確不好聽，但也只是個名稱罷了，常如歡覺得無所謂。她看了眼正逗兒子玩的薛陸，笑道：「大嫂，妳又不是不知道，薛陸滿心以為是閨女，天天閨女長、閨女短，小名、大名的取了一堆，就等著孩子生出來選一個，誰知生下來是個兒子，他正忿忿不平呢。」

柳氏搖頭失笑。原以為五弟真的成熟了，卻還是有小孩子心性。

不管別人如何覺得他們夫妻胡鬧，狗蛋兒的名字是逐漸叫起來了。

薛老漢冷眼瞧著，就盼著狗蛋兒早點週歲，好取個大名，這樣他以後就能叫大名，將小名棄之不用。

薛陸抱著狗蛋兒舉高高。「狗蛋兒喲，長大了好好讀書，你爹受過的苦，咱可都得嘗嘗。」

薛老漢從屋裡出來，脫下鞋就要打薛陸。「我看你越活越回去了，居然想著讓孩子受苦，看我不打死你個混蛋，有你這麼當爹的嗎！」

轉眼到了第二年夏天，狗蛋兒終於滿週歲了。

早在一個月前，薛老漢就催促薛陸給他小孫子取個大氣的名字，以改變狗蛋兒這小名的土氣。

薛陸只能認命地翻閱古書，查找適合的名字。

歷經一個月的斟酌後，薛陸敲定了三個名字——薛慶林、薛鴻源、薛立言。

但究竟要選哪個，薛陸也拿不準了，他問常如歡，常如歡只道：「都好，要不抓鬮？」

薛陸眼睛一亮。「這個主意好。咱們不抓，讓狗蛋兒自己抓，抓到哪個就是哪個。」

薛陸當即寫下三個名字，揉成一團扔到炕上，再將狗蛋兒放到炕上，拍拍他肉乎乎的屁股，道：「狗蛋兒，去撿一個回來。」

狗蛋兒只當他爹娘陪他玩，蹭蹭地爬了過去，順手撈起一個又爬了回來，獻寶似地將紙團遞給常如歡。

常如歡摸摸狗蛋兒的頭，展開紙團，上面赫然寫著「薛鴻源」三個字。

「胖兒子，以後有名字了，薛鴻源。」只是狗蛋兒這名字卻是要跟著他一輩子了，若是以後也讀書……

常如歡不厚道地笑了。哎呀，還是別讓別人知曉小名的好呀。

當薛家眾人得知狗蛋兒定名為薛鴻源時，紛紛過來祝賀，可當他們得知孩子定下名字的過程，不由得嘴角抽搐。

他們薛家最有出息的人，做事怎麼這麼不靠譜呢！

但好歹怎麼說，大名也定下來了，不用再狗蛋兒的叫了，薛家眾人很有默契地開始叫他薛鴻源，而狗蛋兒這個名字，恐怕也就只有常如歡和薛陸在叫。

可也不知是不熟悉還是怎麼，往往別人叫他狗蛋兒時，他會答應；叫他薛鴻源時，卻不答應。

薛陸偷笑。臭小子，讓你跟我搶娘子，狗蛋兒這名字怎麼也得跟著你一輩子。

常如歡明白他這點小心思，也隨他去了。畢竟自從有了狗蛋兒，薛陸認為自己在常如歡心中的地位一降再降，往往晚上兩人還沒親熱上，狗蛋兒就哇哇亂叫，這讓薛陸鬱悶不已。若不是還沒出孝期，他真想再弄個孩子出來，讓倆孩子自己玩去，都別來和他搶娘子。

但是這些狗蛋兒都不知道，他最初的兩年都是在鄉下薛家莊度過的。

過了年後，薛陸又要準備進京趕考。這一次，他的信心比三年前要足，準備得也更充裕。

這次他打算帶著妻兒一起進京，但卻遭到薛老漢的反對。

「鴻源太小了，你們怎麼忍心帶著他上路？不如你自己去趕考，老五家的和鴻源留在家裡，等你考中進士再說。」

老人心疼狗蛋兒，又捨不得他，且他心裡怕兒子、兒媳婦和小孫子一起離開就不回來了。

常如歡笑笑不說話。這件事他們早就商量好了，他們娘倆是一定要跟著的，不管薛陸有沒有考中，他們都會留在京城。

當然，薛家莊也不是不回來了，這裡是薛陸的根，不管走到哪裡，都不會忘了這片土地。

薛老大看著兄弟，勸道：「爹說得也對。」現在家裡過得好，多虧五弟的福氣，若是五弟走了，他們還能這麼安穩地過日子嗎？

薛陸像是看透了大哥的想法，只笑了笑，問向薛老二等人。「二哥，你們認為呢？」

薛老二撓撓腦袋，憨厚一笑。「我聽五弟的。五弟學問高，見識也好，做出的決定肯定也錯不了。」

他話音一落，薛老大立即有些不滿，但薛老三卻也道：「二哥說得對。」

薛老四眼珠子轉了轉，對薛老大道：「大哥想什麼，其實五弟都知道，咱們都是親兄弟，有什麼話直說就是了，不必藏著、掖著。我倒覺得五弟帶著五弟妹和小姪子一起去京城挺好的，一家人沒有分開的道理。」

「老五，你真的決定了？」薛老漢緊張地看著薛陸。「你說說你的打算吧。」管不了兒子，問清楚他的打算也好。

薛陸點點頭，看著他爹和幾個哥哥道：「我與娘子成親也許多年了，我們從未分開過，以後也不會分開，且狗蛋兒早慧，等我考完試，也要準備開始給他啟蒙了，待在京城，孩子見識也多些。至於家裡的果園，幾個哥哥都管理得不錯，我的那份就分給幾個哥哥吧，但我有另外的想法，需要幾個哥哥支援。」

他頓了頓，接著道：「在人際交往方面，四哥比較拿手，我如果考上進士，留在京城，我之前暗地裡做的生意，我希望四哥和薛博能過來幫忙。」

薛老四一喜，當即答應。「這肯定沒問題。」

就連意見多多的薛老大也滿意了，點頭道：「你儘管帶他走。」

薛老二和薛老三有些不是滋味，但他們沒本事也沒法子。

哪知薛陸笑了笑，看向薛老三，道：「等在京城站穩腳跟，我打算把薛東帶過去，那邊的學堂更好，薛東有潛力，咱們薛家還能出個讀書人。」

薛老三也立即轉悲為喜。

現在就只剩下薛老二了，薛老二沒有兒子，兩口子這幾年也沒少折騰，但周氏就是懷不上，現在兩口子也放棄了，反正他們就是沒兒子的命。

薛陸看了常如歡一眼，常如歡笑著對薛老二道：「二哥，我喜歡小竹這孩子，我打算這次帶她一起去京城，她的婚事也包在我身上。」

「當真？」薛老二頓時激動。

薛陸笑咪咪地道：「這哪還能有假？小竹能幹，去了京城可以幫著她五嬸做事，我們求之不得呢。」

薛老二笑著點頭。「不給你們添麻煩就好，她如果不聽話，儘管打罵。」

一旁的周氏也一個勁地點頭。「就是、就是。」說著拉過站在後面早就笑得見牙不見眼的薛竹道：「快謝謝妳五叔、五嬸，以後要聽他們的話。」

薛竹當即跑到常如歡身邊。「謝謝五嬸。」她最喜歡五嬸了，本來還因為五嬸他們要進京，以後見面機會少了，有些難過，誰知他們竟然要帶她走呢。

只是同樣是姑娘，薛曼卻沒有被提及，心情有些難受。

她們都十六了，薛竹跟著五叔、五嬸，自然能找到更好的婆家，而她在老家就不一定了。

薛曼心氣高，紅著眼圈跑了出去。

柳氏尷尬地看了常如歡一眼，有些不好意思。她知道五房已經很公平了，大房帶走薛博，二房帶走薛竹，三房帶走薛東，四房的薛老四去管生意。自家已經有兒子跟著出去闖蕩，閨女自然要吃虧一些。

常如歡笑笑，對柳氏道：「今年夏天，夫君的夫子娘子曾經找過我，說在我那邊見過曼曼……」

這幾年，他們大多數時間是在鄉下度過，但偶爾也要進縣城，常如歡與夫子娘子關係不錯，時常走動，有一次薛竹與薛曼過去，就入了夫子娘子的眼。

「大嫂，等會兒咱們再說。」現在周圍有許多小輩，也不好多說。

柳氏喜上眉梢，當即點頭。

他們已經出了孝，於是這個年過得很熱鬧，現在又是走親戚的時候，各家各戶都紛紛到薛家來蹭喜氣。

日子過得飛快，一轉眼就到了正月十六，薛家五房一家三口帶著薛竹一起坐上客船往京城出發。

因著早就決定今年進京，早在幾年前薛陸就開始做準備了，當然最重要的就是銀子，若沒有銀子，寸步難行

所以當海船再一次滿載而歸時，薛陸果斷地又將所有現銀投資進去。也不知是他們運氣好還是怎麼，幾次投資的海船都平安地歸來，給他們帶來豐厚的利潤。

而劉敖家裡，也因為海船生意發達起來，如今在整個琅琊郡，那是首屈一指的富戶。

這兩年，薛陸與劉敖關係越來越好，劉敖與父母商議後，又讓薛陸入了夥。

是以這幾年，薛陸也賺了不少銀子。當然，這些他只在薛家眾人面前提了一下，他如今有多少銀子，除了常如歡，就連常海生也不知曉。

除了薛陸平時的花用，其餘的銀子都由常如歡掌管，還是年底薛陸問起，才知道自己現在也算是個有錢人了。

船順著內河一路往北而去，雖然還未出正月，天氣寒冷，但內河上早就有來往的客商。

薛陸在甲板上與錢文進告別後，回到自己的房間，就見常如歡正給狗蛋兒讀詩詞。

對於狗蛋兒，薛陸是又愛又恨。愛是因為狗蛋兒很可愛，讓他招架不住；恨是這個小魔星時刻黏著他娘子，他想單獨和娘子在一塊都不成。晚上兩人行夫妻之事，都得等這小魔星

睡著，才能偷偷摸摸地進行。

當然，他不否認這種感覺很刺激，有種偷情的感覺。只是他看著狗蛋兒，瞬間覺得他當初起的這小名非常棒！

薛陸將門關上，笑道：「喲，狗蛋兒在讀書呢！」

薛鴻源聽見這三個字，立即瞪眼大喊。「不許叫我狗蛋兒！」

這兩年，他慢慢懂事，雖然薛家莊的孩子們都不敢在他面前說，但他也明白狗蛋兒這名字不好聽。

就在年底，他還跟他爹要求改小名，哪知他爹卻道：「名字是父母給的，哪能你說不要就不要？」

他哭著找他娘評評理，他娘卻笑咪咪道：「這名挺好聽的呀。」

薛鴻源幼小的心靈被爹娘傷透了，所以但凡看到他爹來找他娘，他都不遺餘力地來破壞！

可薛鴻源實在太小，哪有薛陸這多吃了二十多年飯的人心眼多？每每都在薛陸叫他小名中敗下陣來。

薛陸挑眉，看著坐在凳子上晃來晃去的兒子，瞇眼道：「哎呀，狗蛋兒都兩歲了，明年該請夫子啟蒙了。」

薛鴻源反駁道：「我還小呢！」

薛陸失笑。狗蛋兒自一歲起，就表現得與其他孩子不一樣，聰慧得緊，因此對他來說，兩歲已經不算小了。

薛鴻源見他爹笑，不由心虛，大叫一聲。「我讓我娘給我啟蒙！」

「你娘忙著，沒空管你。」薛陸毫不留情地道。

薛鴻源爬下凳子，靠到常如歡腿上，得意道：「我爺爺說了，爹當初就是娘教的，現在都考上舉人了，說明我娘很厲害，所以我誰都不要，只要我娘。」說著轉過頭來對常如歡道：「娘，今晚鴻源跟娘睡好不好？」

聽到這話，薛陸立即緊張了。上船已經五天了，這五天他只跟常如歡睡了一晚！

剩下的四晚，薛鴻源說第一晚他害怕，第二晚還說害怕，第三天薛陸好不容易能和娘子睡，誰知到了半夜，薛鴻源又抱著小枕頭，哭哭啼啼地站在他們面前。

第四晚……唉，說起來更想哭。三口擠在船上的小床上，半夜，薛陸偷偷將薛鴻源挪進床裡，卻被薛鴻源鬧了半個晚上都沒能睡覺。

現在這小魔星又要來搶他娘子了！

「不行，今後你得自己睡一張床。哼，等到京城安頓下來，你就該一個人住一屋了。」薛陸嚴肅地將薛鴻源從常如歡身邊「拔」下來，放到一邊教訓。

薛鴻源大眼立即蓄滿淚水，可憐兮兮地去看他娘。「娘，鴻源好可憐……」

這麼小的娃娃就知道和他爹玩心眼了。常如歡心裡笑到不行，只是兒子軟萌，可比薛陸可愛多了。

常如歡剛要答應，就見薛陸也癟著嘴，可憐兮兮地向她看來。

# 第四十六章

薛竹坐在一旁看熱鬧，捂著嘴，拚命不讓自己笑出來。

常如歡這下有些哭笑不得了，眼珠子轉了轉，道：「要不你們抓鬮？」

說到抓鬮，薛鴻源臉都黑了。他可是聽堂哥說了，他爹居然讓自己抓鬮，抓到哪個名字就是哪個。

可憐的是，這麼不靠譜的爹居然是他的！

「娘親，鴻源晚上想和娘親睡，不抓鬮。」薛鴻源飛快跑到常如歡跟前，抱著她的腿搖晃起來。

常如歡摸摸他的小腦袋，嚴肅道：「不行，娘得公正一些，不然你爹該生氣了。他可是咱家的頂梁柱，咱娘倆還得指望你爹賺銀子給咱娘倆花呢。」

薛鴻源瞪大眼睛。原來他們家是爹賺銀子啊，他一直以為是他娘賺銀子養家呢！

如果是這樣，那就能解釋得通了，怪不得他爹對他這麼蠻橫，他娘也不敢公然站在他這邊。

薛鴻源勉為其難道：「那好吧，就抓鬮。」

薛陸心裡冷笑。臭小子，跟你爹鬥，你現在還嫩著呢。

薛陸取來紙筆，在紙上寫上字，當著兒子的面將兩個紙團放進一個小罐子裡晃了晃。

「你來抽，抽到寫『娘親』的字條，今晚就是你陪你娘，否則就是我。」

薛鴻源沒反應過來，見他娘也沒說話，以為他爹這法子很公正，懵懂地點點頭，將小手伸進去取出紙條，交給常如歡。

常如歡展開字條，對薛鴻源道：「這兩個字是『娘子』。」

唉，兒子還是太小了，看多好騙呢。

薛鴻源一下子苦了臉，委屈地快要哭了出來。

薛陸大度的拍拍他的腦袋，道：「狗蛋兒啊，今晚就和你竹姊姊睡吧。」

薛竹笑著上前，牽過薛鴻源的手道：「狗蛋兒不難過，竹姊姊陪你睡。」

她不說還好，這下薛鴻源更委屈了，大喊道：「不許叫我狗蛋兒——」

晚上，薛鴻源心不甘情不願地被薛竹領走了，薛陸頓時覺得身心舒暢，將艙門一關，快步上前將常如歡抱進懷裡。

「娘子，真是想死我了，狗蛋兒這個壞傢伙太討厭了。」

常如歡將頭靠在他胸前，用手指戳他。「多大的人了，還跟兒子吃醋？」

薛陸將人抱到腿上，在榻上坐下，悶聲道：「以前還沒生他時，咱倆每天都能在一個被窩，現在有了他，時不時都來搗亂。等到了京城，買個丫頭專門盯著他，再請夫子給他開蒙，就沒這麼多精力來吵妳了。」

他一邊說，手一邊不老實地鑽進常如歡的衣襟裡慢慢摸索。

常如歡深吸一口氣，差點軟在他懷裡。「是不是……是不是還太小了……」

雖然她每日讀詩詞給他聽，但也只是打發時間，若說開蒙，她覺得實在太早。

薛陸將腦袋埋進常如歡脖頸啃吻，不滿意道：「不要提他了。如此良辰美景，提狗蛋兒那壞小子實在不雅……」

常如歡被他啃得脖子癢，笑著推他。「你屬狗的嗎？」卻也真的不提愛當電燈泡的狗蛋兒了。

薛陸循著脖子往上走，一把抱起常如歡，輕輕放到榻上，俯身壓上。「今晚就屬狗。」

這一晚，薛陸真的化身為狗，且是餓瘋了的狼狗。常如歡只覺得一晚上都顛簸不斷，已經分不清是船在搖晃，還是她在搖晃？

半夜，薛陸終於吃飽喝足，又殷勤地起來伺候他家娘子，最後才抱著香軟的娘子沈沈睡去。

這一晚，小名狗蛋兒的小娃娃卻很不開心，第二天見到自家爹娘也沒好臉色。

薛陸昨晚吃得飽，現在心情好極了，見到兒子，態度也沒那麼惡劣了。「狗蛋兒，爹的好兒子喲，昨晚睡得怎麼樣？你爹我睡得可真不錯。」

薛鴻源噘著嘴，轉過頭去不看他爹，而是委屈地看向他娘。

常如歡挑眉。「怎麼？」

她不說還好，一開口，薛鴻源更委屈了，淚眼汪汪地看著她，一字一句道：「昨夜，鴻源睡得非常不好，半夜醒來，非常想念娘親。」

見她不說話，薛鴻源繼續道：「娘親，今晚鴻源跟您睡可好？」

薛鴻源話音一落，薛陸就覺得不好，他飛快抬頭去看他娘子，就見他娘子已經滿臉笑容地摸著狗蛋兒的腦袋，準備要答應了。

「娘子，不可！妳答應過為夫，今日只和為夫一同睡。」薛陸眨眨眼，努力讓自己看起來比小兔崽子可愛一些。

但他年紀擺在這裡，即便再裝可愛，也不如軟萌的狗蛋兒可愛。常如歡只當看不懂他的眼神，轉頭對兒子道：「娘親今晚和你睡。」

說完，她示威地看了薛陸一眼。哼，誰教你昨夜不知節制！

明明是常如歡反悔，薛陸反倒有些心虛。他摸摸鼻子，心想難道昨晚要得太多了？

當晚，薛陸果然被攆下榻去，無奈之下，只好去睡狗蛋兒的狗窩。狗蛋兒還太小，平時都與他們住一間屋子，就睡在小榻上。

直到船到了京城，薛陸再也沒能踏上他娘子的榻，因為兒子就像個狗皮膏藥（薛陸說的）似的貼在娘子身上。但凡他一靠近，都表現出極大的敵意，然後委屈掉淚，找他娘親討抱。

錢文進已經是兩個孩子的爹，卻唯獨喜歡薛鴻源，因為他兩個兒子性子都像趙氏，不愛說話，錢文進鬱悶至極，過來與薛陸說話時便會逗逗薛鴻源。

「薛弟，這次你可有把握？」錢文進三年前就來考過一次，卻名落孫山，這次他和薛陸一起，就是想聽聽薛陸的想法。

至於喬裕，則在考舉人的關卡栽了跟頭，去年又沒考上。

薛陸搖搖頭，道：「這個不好說，誰知道今年考題會如何？」

在常如歡的影響下，近些年的會試考題他都涉獵過，就是三年前的題目，他也將自己關在小黑屋裡答了出來，再寄到京城請他的恩師曹正指教。

曹正覺得他答得不錯，雖然達不到前面的名次，但二甲後面還是沒問題的。

曹正是他當初考鄉試時的主考官，曹正對他印象頗佳，他因為孝期沒能參加會試，還特地寫信來詢問。一來二去，曹正覺得薛陸資質不錯，就收了他做弟子。

這也是為何錢文進會和他一起上京，並詢問他的意見。

錢文進見他如此回答，知道薛陸是不想在考試前說大話，畢竟若是真考不上，那麼今日大話便是明日的笑話。

「你呀你，就是謙虛。」要說不羨慕那是假的，但是他了解薛陸的為人，這幾年他們關係也親近，薛陸發達了，他以後也沾光，倒不嫉妒。

薛陸笑著給他倒上茶。「聽恩師說，這次的主考官為人沈穩，特地囑咐我答題只要規規矩矩，穩重著來就好。」

錢文進眼睛一亮，抱拳道謝。「多謝薛弟。」

薛陸斜睨他一眼。「咱們是朋友，無須言謝。」

船靠岸後，兩家人要分開了，這次錢文進沒帶妻兒，便自己住進琅琊會館，而薛陸則帶著妻兒和薛竹前往早前託劉敖在京城購置的小宅子。

這小宅位置雖然在內城，但是比較靠外，價格卻一點都不便宜，足足花了一千兩銀子。
小宅子只有一進，正房三間，兩邊各一間耳房，在正屋兩側則是各三間的廂房，南面還有三間倒座房。雖然不大，但是很精緻，對他們這種三口之家來說已是足夠。
「你們在這邊等著，我去找馬車。」薛陸不放心常如歡，有些後悔在老家時沒買上幾個下人。
只是還沒等他去找，就聽有人喊道：「薛弟！」
薛陸抬頭去看，笑了。「劉敖！」
雖然薛陸與劉敖相交，但常如歡卻是頭一回見到傳說中的劉敖。本以為劉敖如薛陸一般，該是讀書人的樣子，誰知劉敖竟是身高八尺、體格健碩的漢子。
劉敖為人爽朗，見到常如歡等人，當即笑道：「這就是弟妹吧，長得比薛弟還好看。喲，這是你兒子吧，更好看。」
若是別人這麼說，薛陸許會覺得對方心懷不軌，但劉敖就是這性子，心裡有什麼就說什麼，所以薛陸當下便高興笑道：「多謝劉兄誇獎，我家這小魔頭……唉！」
劉敖拍拍他肩膀道：「你兒子已經很好了，我家裡那幾個，才是貓嫌狗憎的，沒一刻消停的時候。
「對了，我是來接你們的，宅子位置不好找，我帶你們過去。」說著便叫過下人幫忙搬行李。
薛陸知道劉敖這人不喜別人推託，便高興地道了謝。

劉家富裕，劉敖身為嫡長子，乘坐的馬車更是豪華。本來他給薛陸一家安排了其他馬車，但見薛鴻源實在可愛，便將自己的馬車讓給常如歡母子和薛竹，自己則拉著薛陸坐上另一輛馬車。

薛鴻源頭一回跟著爹娘出遠門，對什麼都充滿好奇，他扒在車窗上，一個勁地瞧著外頭。一會兒問這是什麼，一會兒又問那是什麼。

常如歡笑著給他解釋，碰到她也不知道的，便跟他說等等回去問他爹。

薛鴻源卻哼了一聲，道：「娘都不知道，我爹肯定更不知道了。」他可惦記著他爹和他搶娘的事呢。

「你爹是舉人，娘可不是。等回去咱們就考考你爹，他若不知道，晚上就不給他飯吃。」常如歡佯裝和他一夥，憤怒道。

薛鴻源一下子高興起來。「讓爹去跪洗衣板！讓他晚上自己睡小榻！」他娘都站在他這頭了，他可得抓住機會將他爹打敗。

而被自己兒子坑害的薛陸，此刻正與劉敖坐在馬車內說話。

劉敖笑問：「這次來了，就不打算走了吧？」

薛陸點頭。「無論有沒有考上，暫時不走了。若是考不上，就在京城想法子進國子監讀上三年。」恩師曹正說若真的不幸沒考上，他有法子讓薛陸進國子監讀書。

劉敖點頭。「我相信薛弟一定能考上的。」

薛陸笑著道謝。「多謝劉兄信任。」

劉敖挑眉笑笑。「你有這實力，為兄以後還指望你做靠山呢。」

說話間，馬車進了內城，街上更是繁華，薛陸看著外頭，突然道：「劉兄，我若是著人去南方，販些絲綢茶葉等物來京城，可好出手？」

劉敖驚訝地看他一眼，笑道：「我就知道薛弟不是甘於平凡的人，實不相瞞，我也有這想法，倒不如咱們兄弟倆合夥，到時候咱們分成。」

薛陸笑著擺手。「那不成，我哪能一直占你便宜？」

劉家不愁貨源和銷路，自己與劉敖合夥，簡直是在占人便宜。

劉敖也不強求。「那成，有什麼困難可以跟我說。我家二弟三月要去南方，你若是有打算，可以讓人跟著我二弟去一趟走走看看。」

劉敖的弟弟是一母同胞，兩人關係親密，跟著去倒是可以。薛陸打算讓薛老四跟著去一趟。

薛陸立即笑著道謝。「多謝。」

馬車穩穩停下，劉敖率先跳下馬車，指著眼前的宅子道：「就是這裡，劉家離你們這邊不是很遠，等你考完試，我請你們入府一敘。」

薛陸自然應下。

常如歡抱著薛鴻源下了馬車，看著眼前的宅子，驚訝道：「比咱們縣城的宅子竟然還大些。」

劉敖笑道：「這是一進的宅子，在這一片不算最小的，但也不是大的。你們先住著，等有適合的宅子，我再幫你們盤下來。」

「這樣就夠了。」常如歡搖頭。既然他們已經來到京城，也該由他們自己去看宅子，哪能夠老是麻煩別人？

這時，一個四十多歲的中年男子上前，在他們跟前磕頭。「小的章成見過老爺、太太和小少爺。」

薛陸疑惑地看向劉敖。

劉敖一拍腦袋。「這是買宅子時順便買的下人，一家三口，小子也有十五、六了。」

章成趕緊叫過娘子和兒子過來磕頭。

常如歡趕忙對薛竹道：「小竹，快給賞錢。」

薛竹拿出幾個荷包遞過去，想著她五嬸可真有先見之明，下船時讓她備著，沒想到現在就用上了。

劉敖將他們送來後便回去了，薛陸帶著妻兒和姪女，在章成的帶領下進入京城的新家。

常如歡心道：京城，我來了！

# 第四十七章

章嫂有些無措地跟在身後，小聲問道：「太太有什麼不滿意的，儘管說。」

常如歡笑道：「我這沒那麼多規矩，只要你們忠心耿耿，我和老爺定不會虧待你們。」

章嫂趕緊拉著兒子跪下表忠心。「小的一定忠於老爺和太太。」

看她如此膽小，常如歡只能無奈地搖頭，只是他們到了京城，買下人是必須的，今後若是薛陸做官，家裡不能沒個端茶倒水的人。

一家四口進了屋，發現屋內打掃得非常整潔，常如歡驚訝之餘，重新打量章成一家，發現他們一家三口雖然穿的衣裳不怎麼好，但是洗得很乾淨，連一絲綴褶都沒有。

章嫂見她看過來，以為她有什麼不滿意，趕緊低頭。「我、我這就重新打掃一遍。」

常如歡叫住她。「不用，你們打掃得非常乾淨，很用心。」

見常如歡笑咪咪地說話，態度也好，章嫂驚訝極了。他們一家是老家發大水才逃難出來的，實在沒法子，這才賣身為奴。之前還聽別人說從鄉下出來的主子最不好伺候，可真見到了主家，卻發現竟是如此和善。

薛陸幾人連日坐船，已經身心疲憊，洗漱後簡單用了飯便上床休息。

第二日，薛陸出門去衙門辦理考試的手續，常如歡則在家休息，順便整理帶來的行李。

他們帶的東西不多，還要出門採購，但她擔心薛鴻源年紀小，還沒休息夠，便打算過幾日再出去。

此時已經二月初，許多趕考的舉子都趕到京城，就等二月初九這日進貢院考試。

薛陸進京前就給曹正寫過信，說到了京城會前去拜訪。

常如歡笑道：「夫君可等一日？待我與小竹上街添些衣衫吧，我若穿著這身衣服去，豈不是丟了你的人？」

他們都只做尋常打扮，在清河縣還算過得去，可在京城就有些看不過眼了。

薛陸瞧著娘子頭上只戴著他之前去府城買的金簪，再無他物，有些心疼。「是我疏忽了，這幾年掙了銀子，竟未再給娘子添些首飾，明日咱們去挑一些。」

常如歡驚訝道：「你要與我們一起去？我們娘三個去就行，你還是在家溫習功課吧。」

薛陸堅持。「再幾天就要考試了，我就算天天在家，也看不了幾頁書，倒不如跟娘子出去散散心，心態好了，說不定就能考個狀元回來。」

常如歡失笑，若換作是她，她覺得自己早就崩潰了。也許就像常海生說的，薛陸天生就適合考試，腦子活，讀書快，抗壓能力強，這樣的人若是考不上進士，那其他人更沒機會了。

兩人說好後，第二日一早便穿戴整齊出門逛街，薛竹不想去，要在家看著薛鴻源。

常如歡卻道：「妳今年十六了，妳以為我帶妳來京城，真只是讓妳來幫我的？」

薛竹一下紅了臉，吶吶的有些不好意思。「五嬸，我擔心……我只是個鄉下丫頭，再怎麼打扮也比不上那些小姐。我知道五嬸是為了我好，可我這樣的身分，也只配找個鄉下漢子。」

常如歡看著她，彷彿看到曾經的原主常如歡——懦弱、膽怯、害怕。

她看著薛竹，鄭重道：「妳五叔這次只要不出意外，一定能中，到時妳就是新科進士的姪女。有進士的名頭在，妳找婆家就有靠山，難道妳甘心嫁給一個鄉下漢子過一輩子？他不懂妳、不瞭解妳，更不懂妳想要的，難道妳想過那樣的日子？」

「不想。」薛竹想也不想地搖頭，她怯怯地看著常如歡。「五嬸，我真的能在京城嫁出去？」

常如歡笑了。「當然，我們家小竹要相貌有相貌，還能幹，當然能嫁個好人家。」

雖然剛過完年沒多久，但街上卻人來人往。各地舉子都來到京城，自然趁著考試前採購的採購，交流的交流。

就連京城東街，一向是名媛聚集的地方，也多了不少出來採買的婦人。

薛陸一路抱著薛鴻源，在路上接收到不少的目光。常如歡一臉自在，拉著薛竹進入成衣店，打算先買幾件成衣湊合著穿，等空閒下來再買些布找繡娘做新衣裳。

付款時，薛竹當先掏出銀子付帳，掌櫃笑道：「這疋鵝黃色的衣服一共十五兩，另一件桃紅色的十兩。」

薛竹臉上尷尬，袖中的五兩銀子頓時拿不出來。

常如歡只當沒看見，笑著對掌櫃道：「我來付。」

薛陸立即狗腿地上前，與掌櫃的結帳去了。

常如歡在後面握住薛竹的手，安慰道：「京城物價貴，妳不必逞強，我帶妳出來，自然要負責照顧妳，只要妳以後好好的，還愁沒機會報答妳五叔和五嬸？」

薛竹眼中含淚，點頭道：「五嬸，我以後一定孝敬您。」

常如歡不禁笑了。其實薛竹也只比她小幾歲，談孝敬似乎遠了。

那邊薛陸付完帳，湊到常如歡跟前。「娘子，咱們買首飾去。」

常如歡點頭。有了衣裳，自然要有首飾，否則就搭配不起來了。

薛陸對京城不熟悉，特意問了成衣店的掌櫃，才知道哪家鋪子的首飾好。

「多寶閣」是京城最大的首飾鋪子，這裡的首飾新穎好看，最受京城貴婦的喜愛。

大周風氣還算開放，所以薛陸帶著妻兒進入鋪子，也沒遇到姑娘看見外男就離開的場面，反倒是薛陸主動與掌櫃攀談，替妻子選首飾時，這才引起那些姑娘側目。

男人最不喜歡陪女人逛街了，這些姑娘、婦人，早就見多了不耐煩的男人，乍一見到如此歡喜與娘子逛街的男人，自然覺得驚奇。

「娘子，這套頭面實在漂亮，妳喜歡嗎？」

常如歡正在櫃檯看著裡面的首飾，忽然看見薛陸捧著一個盒子過來。

她探頭去看，是一套大紅色寶石的頭面，做工精緻，上面的一隻蝴蝶跟真的一樣。她眨眨眼，道：「很貴吧？買便宜些的就好。」

薛陸笑咪咪地擺手。「不貴，娘子戴上肯定好看，那咱就要這套了，等我多賺點銀子，再給娘子買更好的。」

常如歡笑道：「好，我等著。」

薛鴻源笑嘻嘻地站在薛陸腿邊，拍手道：「好看、好看！」

薛竹也幫腔。「是挺好看的。」

薛陸怕常如歡再拒絕，當即對掌櫃道：「幫我包起來。」

常如歡拿他沒轍，只能應了，接著她又給薛竹選了一套適合姑娘佩戴的珍珠頭面，這才帶著盒子離開。

他們離開後，櫃檯轉角處走出一對少女，其中一人穿著考究，眼睛還盯著店鋪門口，癡癡地不肯收回，正是曾家的大小姐，曾寶珠。

旁邊的少女比她略小些，心裡嗤笑一聲，面上卻關切道：「大姊，妳看什麼呢？」

曾寶珠回頭瞪了她一眼，喝道：「關妳什麼事？曾慶瑤，我警告妳，管好妳的嘴巴，否則有妳好看。」

曾慶瑤咬唇，心裡恨透她這嫡姊了，仗著自己嫡長女的身分，處處壓她一頭，現在倒好，居然對著一個有婦之夫挪不開眼？

她臉上露出恐懼，可還是小聲開口道：「大姊，那人有妻兒了，妳沒機會的。」

曾寶珠啪的一巴掌摑在曾慶瑤臉上，咬牙切齒道：「只要我想要，沒有我得不到的！」

另一頭，尚且不知因為寵媳婦而被人看上的薛陸，喜孜孜地和妻兒、姪女出門又逛了幾圈，替薛鴻源也選了兩身衣裳後，這才高高興興回家。

曾家大小姐曾寶珠派人跟蹤的小廝回到府裡，立刻去回話。

曾寶珠這才知道，原來薛陸是進京趕考的舉子。她從手上拔下一只戒指，扔給小廝，囑咐道：「幹得不錯，但是不許讓我爹娘知道，還有，找個可靠的人盯著薛家。」

她看上的人也是個有學問的，若是通過會試，那麼爹娘或許會同意吧？

第二天一早，薛陸夫妻倆帶上兒子和姪女去了曹正家。

曹正今年四十多歲，有兩兒兩女，目前只有一女待字閨中。

薛陸帶著薛鴻源拜訪曹正，常如歡則帶著薛竹去見曹正的夫人鄭氏。

鄭氏年長，與常如歡說話很是和氣，倒是曹正的小女兒曹心怡，表情一直淡淡的。起初常如歡以為是不熟，可到後來才發現，這曹心怡是真的很冷淡，對鄭氏也是如此。

若不是知道鄭氏是曹心怡親娘，她都要以為鄭氏是曹心怡的後母了。

曹心怡也沒有不耐煩，靜靜坐在一旁，別人問話，她答一句，別人不問，她絕對不開口。鄭氏見她這樣，無奈地將曹心怡打發了，與常如歡說了些婚事上的操心事。

常如歡笑著勸了幾句，倒得了鄭氏的好感。

常如歡與鄭氏相談甚歡，鄭氏也不忘誇獎薛竹。將這個年紀的姪女帶出來，鄭氏自然明白其用意，只是有些事她得和自家老爺商量，有些事現在也不好說。

前院裡，薛陸正將自己在家學的策論拿給曹正看。

曹正做了幾年的主考官，對於科舉可謂很熟悉。他指著這篇策論，道：「馬大人為人沈穩，只要答得有理有據就不要緊，但你這篇策論，卻有些激進了。」

薛陸受教道：「學生知曉。」

曹正卻笑道：「激進是激進了些，觀點卻是不錯。會試只是第一步，後面還有殿試，今年殿試由陛下親自主持，你可得把握機會，陛下年富力強，野心極大，你的觀點說不定能得陛下青眼。」

薛陸眼睛一亮，點點頭。「學生明白了。」會試要迎合主考官的口味，等到了殿試，再發表自己的觀點，到時勝算就大了。

主要的事說完了，曹正逗著薛鴻源道：「孩子，你可真乖。」

薛鴻源笑咪咪地回答。「謝爺爺。」

曹正很喜歡這不認生的小娃娃，呵呵笑道：「你大名叫薛鴻源，那小名呢？」

一提到小名，本來開心咧嘴笑的薛鴻源臉立即黑了，委屈地癟著嘴。

薛陸幸災樂禍地道：「老師，他小名叫狗蛋兒。」

「啊哈哈哈——」曹正雖然只有四十來歲，頷下卻留著一撮小鬍子，笑起來鬍子一顫一顫的。

他笑得喘不過氣，薛鴻源的臉色更難看了。

薛鴻源瞪著他爹，憤聲道：「我要回去告訴我娘。」

薛陸得意道：「你的小名難道不叫狗蛋兒？」

薛鴻源癟嘴，瞅瞅自家笑得歡的爹，再瞅瞅笑得鬍子打顫的曹正，一顆心真是被傷透了。

曹正看著小娃娃委屈的樣子，心裡歡喜極了，笑道：「狗蛋兒挺好聽的。」

薛鴻源哼道：「謝謝爺爺，我老家的爺爺說了，他都後悔當初沒給我爹取名叫狗剩兒。」

薛陸臉直接黑了，當初他定了狗蛋兒這名字，薛老漢非常不滿，甚至發脾氣似的見了他就叫狗剩……

都是被爹坑的孩子，薛鴻源有些生氣他爹居然不和他惺惺相惜。

薛鴻源偷偷挪到曹正身後，伸出腦袋對他爹道：「我今晚要和娘睡，明天也是，後天也是，爹，你就繼續住我的小窩吧。」

薛陸的臉更黑了，想他當年混遍清河縣，那名聲臭得十里八鄉的姑娘寧願死也不願嫁給他，現在居然被自己兒子氣成這樣？

若不是在別人家做客，他真想立即將這臭兒子暴打一頓！

薛鴻源似乎感受到他爹的目光不善，裝作懵懂地看向曹正，問道：「曹爺爺，我爹是怎麼了？是要打鴻源嗎？」

曹正捋著鬍子，更喜歡這小娃娃了，直接將他抱到腿上坐好，答道：「在爺爺這裡，他不敢。」不過出了爺爺家，爺爺可就不知道了。

薛鴻源總歸還小，聽了這話便放下心來。

薛陸則瞇起眼，心道：回家再算帳。

薛家幾人在曹家用了午飯後，這才告辭離去。

待他們走後，鄭氏問曹心怡。「妳覺得薛夫人如何？」

曹心怡看了鄭氏一眼，回了兩個字。「不錯。」接著很高冷的走了。

鄭氏搖搖頭，去正屋問丫頭。「老爺回來了嗎？」

小丫頭道：「回太太，老爺剛回來。」

鄭氏進去與曹正互通有無，對這一對夫妻都很有好感，待曹正說起當日的心思，不由笑道：「多虧當日沒多言。」

這邊夫妻倆談論著薛陸夫妻，另一頭的回家路上，薛陸也正與常如歡討論曹家事。

聽聞常如歡對曹心怡印象不錯，薛陸心裡直冒冷汗。當初曹正試探他的事，可千萬不能讓娘子知道。

路上，薛鴻源很安靜，規規矩矩地坐在馬車內，眼神有些不安，時不時瞅薛陸一眼。

常如歡注意到了，疑惑地問：「狗蛋兒，你怎麼了？」

薛鴻源驚恐地看他爹一眼，癟嘴道：「沒什麼……」他哪裡敢說他做的事呀？

「沒事？」常如歡不信。

薛鴻源趕緊搖頭。「真的沒事。」

怎麼辦？待會兒下車，要不要抱著他爹的腿求求他？

# 第四十八章

馬車停下，章成下車請他們下了馬車。
薛鴻源在薛陸下車時，直接抱住他的腿，哭道：「爹，我錯了，求您原諒。」
薛陸哼了哼，帶著腿上的「裝飾」下了馬車，雖然如此，但行動間卻處處小心，怕傷到兒子。
常如歡驚訝。「你們爺倆做什麼呢？」
薛鴻源見求他爹沒用，直接嚎了一嗓子。「娘，救我！」
薛陸見他上一秒還求他，現在立刻改變態度，氣得將薛鴻源提在手裡，大步往院子裡走去。
「娘子妳別管，這是我們男人之間的事！」
薛鴻源：「……」
幾天後，薛陸帶著全家的希望和妻兒的期待，與眾多舉子一起走進考場。
此時二月初，天氣還有些陰冷，一大早摸黑出了門，一陣冷風吹來，讓人渾身一哆嗦。
薛陸緊了緊身上的棉衣，對章成的兒子章會道：「走吧。」
他們家沒有馬車，那日去曹家的馬車還是租來的。而今日考試，常如歡本來打算去租一輛，薛陸卻道路上冷還不如走過去，身上還能暖和些，反正這邊離貢院只有半個時辰的路途。

常如歡拗不過他，便隨他去，卻讓章會跟著他，將他親自送進考場。

為了防止舞弊，會試只允許穿著單衣，還好薛陸這幾年頻繁鍛鍊，偶爾還會洗冷水澡，所以常如歡並不擔心。

薛陸邁開步子往前走，忽然從胡同裡殺出一輛豪華馬車，擋在薛陸跟前。

薛陸抬頭看去，就見馬車裡走出一個丫頭。「薛公子，我家小姐有請。」

「妳家小姐是？」薛陸有些疑惑。來京城不過幾天，他不認識什麼小姐啊？這若是被他娘子知道，那還得了！

他不動聲色地往後退了幾步，拱手道：「在下不認識你們小姐，在下還要去考試，告辭。」說罷給章會使個眼色，就要繞過去。

「公子請留步。」馬車內的人見他要走，急忙開口。「我曾與公子有過一面之緣，今日得知公子去考試，特地在此等候，將公子送去貢院。」

車簾掀開，曾寶珠露出臉，見薛陸看過來，抿唇淺笑。「公子可否上馬車一敘？」

曾寶珠長相清秀，如果她不說話，不熟悉她的人肯定會以為她是淑女。

薛陸只打量了一眼，便垂下頭。「在下不認識小姐，告辭。」

曾寶珠見他不上車，有些氣惱，聲音也有些變了。「公子可是怕家中醜妻？你可知我是誰家的小姐？」

薛陸挑眉。「誰家小姐？」

曾寶珠還未說話，她的丫頭翠環搶先道：「我家小姐可是楚國公府世子的嫡長女曾寶珠，我家小姐送你去考試是你的榮幸，別不識抬舉！」

「哦？」薛陸看了看天，覺得時間還來得及，便道：「我不識抬舉又怎樣？」

「你！」翠環惱怒，看向曾寶珠。「小姐……」

曾寶珠瞪她一眼。「要妳多嘴。」抬頭又換上柔和的笑意。「公子莫怪，這丫頭不懂事。公子若是怕家中醜妻為難公子，我可以請我父親出面解決……」

這是哪裡冒出來的神經病！薛陸強忍著怒氣，冷笑道：「小姐打算如何解決？」

曾寶珠抿唇一笑。「那等鄉野村婦不過是看上公子遠大的前程，我許她些錢財就是了。」

她見薛陸沒有說話，繼續道：「那日在多寶閣中見到公子，我心中歡喜，等公子高中，我定求我爹爹給你一份更遠大的前程……」

她以為薛陸定會心動，滿含期待地看著他，就等著他上前與她同坐一輛馬車。

可薛陸卻站直身子，在她身上掃了一眼，冷冷開口。「首先，小姐是哪家千金，我並不感興趣。再來，我的前程，我會自己掙，不煩勞姑娘。最後，我家娘子貌美如花，比姑娘好看一百倍，可不是姑娘口中的醜妻，若我娘子是醜妻，那麼姑娘這輩子就該去廟裡當姑子，因為不會有男人願意娶妳。」

他每說一句，曾寶珠的眼睛便瞪大一分。她抬手指著薛陸，顫抖著聲音道：「你、你如此不識抬舉……就不怕我報復你嗎？」

薛陸冷笑道：「曾姑娘若是因為我拒絕妳就報復我，那麼我不介意鬧得京城人盡皆知，讓他們看看曾家姑娘做出多麼不合規矩的事。」

他說出這話，若是一般姑娘就該退縮，但曾寶珠顯然不是一般姑娘，否則也不會在街上攔下一個男人了。

曾寶珠眼睛隨著他的話一亮，拍手道：「我就知道我看上的男人不會差，這般有個性！你放心，我不會報復你的，既然我看上了你，怎麼忍心讓你吃苦？哎呀，時候不早了，公子還是快些上馬車吧！」

她的厚臉皮讓薛陸看得瞠目結舌，他搖搖頭，繞過馬車往前走。

翠環對曾寶珠道：「小姐，可要追上去？」

曾寶珠搖頭。「算了，今日他考試，還是先不逼他了，倒是他家裡那個醜女人，等過幾天我去會一會。」

翠環噘嘴道：「小姐，這薛公子除了一張臉好看，脾氣也不好，您看上他什麼呀？」

曾寶珠輕哼一聲，將簾子放下，靠在車裡小榻上，回憶道：「我就喜歡他對娘子細心的癡情樣子……而且他還很有個性，簡直是做夫君的不二人選……」

自家小姐脾氣古怪不是一、兩天的事了，作為她的丫頭，那是累得很。翠環皺眉道：「可他癡情是對自家娘子，對小姐態度如此惡劣……」

「妳不懂。」曾寶珠還在幻想與薛陸以後的美好生活，對翠環的話根本沒聽進去。

她喜歡的就是這脾性，若是她爹將她嫁給一個她看不上的男人，那才難受呢！
另一頭，薛陸覺得很晦氣，考會試前竟然遇上一個怪女人。
走出老遠後，薛陸突然停下，拍了拍身上。
章會疑惑地問：「老爺，怎麼了？」
「打掉晦氣！」薛陸沒好氣地說。眼看就要到貢院了，他可不想將晦氣帶進貢院裡。
此刻，貢院門口已經排起長隊，聽著官差的唱名，一個個上前接受檢查。當然，身上穿的棉衣也要脫下。
錢文進正與人說話，見薛陸過來，搓著手道：「今年可比三年前冷多了，我真怕會倒在裡面。」
三年前，錢文進考完試後就大病了一場，養了幾個月才把病養好，誰知今年比三年前還要冷。
薛陸不在意地道：「早說讓你加強鍛鍊，你不聽。」
錢文進不服氣。「難道你不冷？」
薛陸搖頭。「不冷。」
錢文進知道薛陸這身子骨結實著，他沒法比，只能哼道：「這還沒脫棉衣呢，等到了夜裡，你就知道了。」
薛陸不置可否。
快輪到他們了，薛陸趕緊過去，輪到他時，他將棉衣脫下接受檢查，並拿過章會手中的籃子，先錢文進一步進入考場。

太陽出來後，考試正式開始。

薛陸接過試題，先檢查沒有錯誤遺漏的地方，這才開始構思答案。他先將答案想好，寫在草紙上，等寫完檢查一遍後，才謄寫到試卷上。

第二天，薛陸繼續戰鬥。

而就在薛陸關在號房裡考試時，薛家的小宅子裡迎來了第一個客人。

「知道我們小姐是誰嗎？」翠環趾高氣揚地看著常如歡，哼道：「我們小姐是楚國公府世子爺的嫡長女！」

常如歡點點頭。來頭不小，然後呢？

翠環見她沒有嚇得跪下磕頭，有些不滿意，指著她的鼻子，罵道：「妳這無知村婦，見了我家小姐還不跪下磕頭？我家小姐肯紆尊降貴來這裡，已經是給妳天大的面子，還不趕緊迎接？」

「既然我是無知村婦，那我就做一回無知村婦該做的事。章管家，將這些狗眼看人低的玩意兒給我攆出去！天王老子來了，也該懂禮儀，我才不信楚國公府有這等不顧廉恥、沒有教養的人！」

「妳、妳是個什麼東西，竟然如此說我們家小姐！」翠環瞪大眼睛，沒想到這個鄉野村婦居然敢對她家小姐這麼說話？

常如歡冷笑道：「我可不認識什麼小姐，當然，若真是楚國公府出來的小姐，自然不會如此無禮。」

章管家有些猶豫，這些人穿著華貴，他怕他家太太不懂，得罪了貴人，只站在那裡，攆也不是、不攆也不是。

可他兒子章會卻是個膽大的，對他爹道：「爹，咱們是太太和老爺的人，既然太太發話了，咱們就得攆。」說著便拿起掃帚攆曾寶珠等人。

常如歡滿意地點頭，道：「既然他們不想走，那麼你去國公府一趟，就說咱們這裡有人冒充國公府，在這胡言亂語，敗壞國公府的名聲。」

章會應了一聲，快步跑了出去。

曾寶珠有些慌了，出聲道：「妳以為妳嚇唬我，我就怕了嗎？常氏妳這醜婦，我今日來就是要告訴妳，我看上薛陸了，妳如果識相，就趕緊自動下堂，否則他日薛陸給妳休書，妳就沒好日子過了。」

居然是看上薛陸了？

常如歡摸摸袖中的小鞭子，心裡暗道：薛陸，你最好回來給我解釋清楚，否則別怪我不客氣。

當然，她心裡雖然將薛陸罵了千百遍，臉上笑意卻不減，她看著曾寶珠道：「妳看上了薛陸，我就得自請下堂，若他日妳看上和尚，是不是還要把廟給拆了？我倒是有個好主意，妳若看上薛陸，就去對他下手，少在我這裡下功夫，我可沒空搭理妳。」

在曾寶珠的觀念裡，常如歡就如其他的鄉野村婦般，嚇唬一下也就退縮了，誰知這常氏居然真的跟她叫板，難道是想要銀子？

曾寶珠將手裡的匣子扔到地上，語氣帶著施捨。「這是一千兩銀票，夠妳過一輩子了。等薛郎考完試就趕快自請下堂，給自己留一份面子。」

匣子在地上骨碌碌滾了兩圈才停下，露出裡面的銀票。

常如歡微微瞇起眼。「曾小姐怕是沒打聽清楚吧，我們薛家可不差妳這一千兩銀子。」

「我不管，只要妳肯自請下堂就行了。」曾寶珠對這些沒興趣，只希望對方能知難而退，主動下堂。

可這常氏似乎比她想像中還難纏，眼看著時辰不早，曾寶珠有些氣急敗壞。這次她是背著家裡人出來的，若是真讓家人知曉她幹出這種事，她祖父不得扒了她的皮！但願曾慶瑤那蠢貨別說出去，否則她回去定讓她好看！

曾寶珠下了轎子，站在常如歡跟前，一字一句道：「妳到底答不答應？」

常如歡咧嘴一笑。「不答應。」

「那妳就別怪我不客氣了！」曾寶珠握緊拳頭，惡狠狠地道。

「來啊，我怕妳啊。」常如歡笑得更歡了。

曾寶珠惱羞成怒，揚手便要打人。

常如歡見狀，頭一歪，用手捂住臉，眼中瞬間蓄滿淚水，哭訴道：「您是楚國公府的小姐，就能隨便打人嗎？」

情況變化得太快，曾寶珠一下子沒反應過來。

這時就聽身後傳來一中年女子的聲音，喝道：「曾寶珠，妳夠了！」

曾寶珠臉一白，回頭一看，就見眾人面前站著兩名婦人，一個是她娘王氏，還有一個是二房太太。

一看這情形，曾寶珠哪裡還不知道自己被常如歡耍了，氣急之下，轉身就要朝常如歡招呼過去。

常如歡早就有了準備，頭一偏便躲了過去，繼續哭道：「您是貴人，也不該如此欺負人！」

「妳！」曾寶珠氣紅了眼，以前都是她把別人氣得半死，這次卻馬失前蹄，被人氣成這樣。

「夠了！」王氏臉上沒有一絲表情，她到了近前，瞪了曾寶珠一眼，吩咐道：「帶小姐上馬車。」

王氏身後兩個孔武有力的婆子立即上前制住曾寶珠，將她拖了出去。

曾寶珠不甘願地掙扎，回頭衝常如歡喊道：「我一定會讓妳後悔的！」

常如歡抹去眼淚，對王氏道：「民婦見過世子夫人。」

王氏臉上不苟言笑，一雙眼睛從頭到尾審視她一遍，客氣道：「是小女惹了麻煩，還請太太不要見怪。」

常如歡連連擺手。「不見怪、不見怪，貴家小姐只是看上我家相公罷了，沒事，這說明我相公魅力大。」

王氏臉一黑，不敢置信。「妳說什麼？」

常如歡裝作說溜嘴，忙捂住嘴，結巴道：「原來世子夫人不知道啊？妳家姑娘突然來我家，說看上了我的夫君，還給我一千兩銀子，要我趕緊讓位……」

她每說一句，王氏的臉就黑一分。

一直站著不吭聲的二房太太突然笑道：「大嫂，寶珠這性子可真得管管了，這還沒嫁人就往人家門口跑，還讓做正妻的自請下堂，這可不是國公府小姐該做的事啊，咱們家裡可還有不少沒嫁人的姑娘呢！」

王氏心裡冷笑，朝二房太太道：「我自己的女兒，我自會管束。」

她收回目光，對常如歡道：「今日之事是我們家的不是，寶珠我自會約束，還請太太將今日之事保密，別讓更多人知曉才好。」

見王氏是個有分寸的，常如歡也不為難她，直接道：「只要貴家小姐不再糾纏，我自然不會說出去。」

王氏滿意地點頭，轉身看都不看二房太太一眼，便往外走去。

# 第四十九章

二房太太臨走時，意味深長地看了常如歡一眼，便笑著跟了上去。

等院子內終於恢復清靜後，薛竹才戰戰兢兢道：「五嬸，這位世子夫人可真嚇人，還有這大戶人家的姑娘都是這樣嗎？」

她顯然被嚇壞了，這會兒都沒回過神來。

常如歡笑著拍拍手，對章管家道：「這楚國公府的一千兩銀票給他們送回去。」

見識了自家太太大展神威，章管家不再猶豫，拿著匣子趕緊跑了出去。

常如歡這才想起她家胖兒子。「狗蛋兒呢？」

薛竹笑道：「還在睡呢，這麼吵居然都沒醒。」

常如歡笑著道：「走，看看去。」

來時氣焰囂張的曾寶珠被王氏強勢地帶回國公府，門一關，就先給了她一巴掌。

「妳是嫌娘的麻煩不夠多是嗎？」

曾寶珠有些委屈，摸著臉道：「娘，您幹麼打我，我就是看上那薛陸又怎麼樣？他書讀得好，說不定能考上狀元呢，難道您不想有個狀元女婿？」

王氏一噎，氣得說不出話來。

她有一個兒子，可兒子不爭氣，丈夫的心又不在她這裡，女兒又是個愛惹禍的，她自然希望有個好女婿了。

可那薛陸卻是有妻兒的，而且看今日這情形，那女人並不是好惹的貨色。

曾寶珠見她動搖，積極地道：「娘，雖然他有妻兒，但休了就是了，對方只有一個無權無勢的舉人爹，咱們對付他們，還不是手到擒來？」

「那薛陸對妳印象可好？」王氏問道。

曾寶珠臉上笑容頓了下，又笑道：「我長得也不比那常氏差，還比她年輕幾歲呢，而且咱們家什麼家世，娶了我不就等於娶了國公府的勢？有個能幹的女婿，爹還會不喜歡？爺爺還會瞧不上咱們？」

王氏的確有些心動。「那就看看再說，這段時間切不可再胡鬧。」

曾寶珠立即高興地答應下來。

另一頭的京城李家，李讓聽到下人來報，緊張地問：「可有傷到？」

下人被派去打聽一個舉子家的事，已經有些疑惑，這會兒主子又問，看起來很緊張的樣子，便照實說道：「並沒有，倒是世子夫人親自道歉，將人領回去了。」

李讓點點頭，忽然又笑了。

她是什麼性子，他還會不知道？絕對沒有吃虧的道理。

只是那曾寶珠在京城也是出了名的渾，要不然也不會十八了還嫁不出去。他就怕國公府為了將這禍害嫁出去，真拆散了常如歡夫妻。

他沈吟片刻，將管家叫進來，吩咐道：「遞帖子給楚國公，我要見他。」

管家驚訝。「公子，這恩情可就只有一回……」

李讓皺眉。「管不了這麼多了。」

管家搖頭，嘆息道：「公子還是多加三思，二少爺現在還在考場上，將來進了官場，也需要人脈，老奴覺得這人情還是用在二少爺身上更為妥當。」

李讓心裡起伏不定。

整整五年沒有見過她了，雖然有老家遞過來的消息，可終究沒有再見面。如今再次近距離接近她，卻不想她又出了這等事。

也許他們夫妻真能抵擋得了，也或許國公爺不會縱容自己的孫女……

李讓回過神。「先暫且緩緩。」

「少爺？」

王氏被曾寶珠說動，決定先發制人，趁著春闈尚未結束，先說服常氏，最好等薛陸考試回來後，便自請下堂。

想到那日女兒給的一千兩銀子又被送了回來，難道對方是嫌少？

王氏在心裡輕蔑一笑，這村婦竟然還是個胃口大的。她本是名門閨秀，嫁妝也不少，若那薛陸真如女兒說的那般優秀，她就是捨些錢財也是值得的。

於是王氏立即著人從薛陸的同鄉那裡打聽消息，一打聽才知，薛陸竟然是三年前琅琊郡的解元，且現在還是翰林院大學士曹正的嫡親弟子，今年春闈高中的可能性非常大。況且薛陸年紀輕，就算今年考不上，下一次也必能高中。

曹正在翰林院頗有名聲，學識好，為人正直，簡在帝心。若是女兒嫁給薛陸，那麼這曹正是不是也能幫上她？

王氏和曾寶珠道：「娘答應妳了，但妳以後不可再私下去找他們，一切由娘做主。」

曾寶珠自然求之不得，當即應下。

王氏讓身旁的丫頭拿來裝銀子的匣子，從裡面取出五千兩。這已經是她嫁妝的三分之一了，但為了女兒、為了兒子，她捨得。

她思索片刻，對身旁的婆子道：「安排馬車去薛家。」

王氏來的時候，常如歡正帶薛鴻源去外頭逛街，章家三口也去了。王氏自詡身分，並沒有提前遞帖子，就這麼撲了空。

王氏忍著怒氣，暗罵了一聲，在門外等了些時候，還是沒等到常如歡回來。

「夫人，要不咱們先回去？」婆子見王氏臉色越來越難看，趕緊提議道。

王氏一腔怒火無處發，哼道：「這常氏竟然如此不守婦道，自家夫君在考試，她還有心思出門遊玩?!」

那婆子撇嘴道：「不過一個鄉野村婦罷了，哪裡用得著夫人親自上門？不如這樣，夫人帶人去茶樓等候，老奴在此等著，他們若回來，我將人帶過去，否則讓認識的人看到也不好。」

王氏一聽，覺得有道理，便帶著丫頭和小廝去了附近的茶樓。

他們前腳剛走，後腳常如歡便帶著薛鴻源回來了。

薛鴻源手裡拿著糖人，吃得滿嘴都是，興奮地嘰嘰喳喳，好不開心。

常如歡看到門口的婆子，心頭一跳，臉上的笑容也淡了許多。這婆子她認得，是那日王氏來時帶的婆子，應該是心腹了。

那婆子姓曲，上前冷著臉道：「我家夫人有請，請太太與我走一趟吧。」

章管家夫妻立刻緊張地看向常如歡。薛鴻源還小，不知道發生了什麼事，只愣愣地看著他娘。

常如歡將薛鴻源的手遞到章管家手裡，道：「章管家先看著小少爺，我與章嫂去一趟。」

章管家有些擔心。「太太……」

常如歡笑道：「無事，我去看看就回來。她們是大家族的人，不會做什麼出格的事。」

章管家張了張嘴，瞥了眼冷眼的曲婆子，沒有說出口。這國公府裡，就有一個喜歡做出格事的人好嗎？

曲婆子等得有些不耐煩，催促道：「太太請快些，我家夫人等了許久了。」

她雖然是下人，卻也是國公府的人，對常如歡這等鄉野村婦很是不耐煩。

常如歡冷冷地瞧她一眼，譏諷道：「妳家夫人就是讓妳這麼來請人的？若真是這樣，那我大可不必過去。」

她有些好奇那日面上正經、看來很有規矩的世子夫人到底找她有何事，難不成也要讓她自請下堂，給她女兒讓位？

若真是這樣，那可就真的有意思了。

曲婆子冷下臉來，心想若不是夫人還等著，她非得撕了這村婦的嘴。

「是老奴的不是，還請太太不要見怪。我家夫人府中還有事，希望太太儘快隨老奴前去。」曲婆子被逼認錯，躬身請人。

常如歡點點頭，跟在曲婆子身後去了茶樓。

茶樓內，王氏正喝著茶，見人進來，冷冷道：「坐吧。」

常如歡也不見外，直接在王氏對面坐下。「不知夫人今日找我何事？我記得那日之事已經了了。」

王氏有些不悅，認為常如歡果然沒有教養，她這世子夫人還沒開口說話，哪裡有這村婦說話的分？

王氏皺眉看她一眼，道：「聽聞太太家中父親是舉人？」

常如歡不置可否地點頭。「不錯。」

「妳和薛陸感情不錯？」王氏轉著手中的茶杯，漫不經心地問：「若是薛陸考上進士，妳娘家也幫不上他什麼吧？」

聽到這句，常如歡的臉冷了下來。「然後呢？」

王氏眨眨眼道：「恰好我女兒看上了薛陸，而我女兒是楚國公的嫡孫女、楚國公世子的嫡長女。若是薛陸娶了我女兒，前程肯定不錯吧？」

常如歡冷笑道：「的確是不錯，不過夫人的算盤打得也真響。我倒是好奇，這京城的人是不是都是如此厚臉皮，居然公然打著別人夫君的主意，毫無廉恥之心！」

「妳！」被罵毫無廉恥，王氏氣得一拍桌子。「果然，我真不能指望一個鄉野村婦知道什麼叫教養。我是國公府世子夫人，就憑妳這幾句話，就能將妳送去衙門打板子！」

常如歡可不是受氣的主，她蹭地站起來，怒視王氏道：「那夫人就將我送到衙門好了，我倒是想讓全京城的人評評理，楚國公府世子夫人和嫡長女仗勢欺人，強奪他人夫婿是何道理！」

「看來妳是不肯自請下堂了？我若是給妳五千兩銀子呢？」王氏強壓住怒氣，繼續問道。

常如歡哼了一聲。「家父雖然是舉人，但也能養得起女兒；我夫君再窮，也能養得起妻兒。本以為世子夫人是明理之人，誰知竟與妳女兒是一丘之貉，說不定妳女兒十八歲還嫁不出去，問題就出在妳身上。」

「妳放肆！」王氏真被氣到了，拍得桌上茶水都灑了出來。

曲婆子在一旁喝道：「妳一介村婦，休得無禮！」

「哼，別人打我夫君的主意都打到門口了，難不成我還好吃、好喝地供著？我常如歡可沒這麼大度！」說完也不再看王氏，抬腿便往外走。

王氏瞪大眼睛，沒想到這個鄉下來的女人會如此對她，可她想到最終目的，仍是喊道：「等一下！」

常如歡轉身。「世子夫人還有何指教？」

王氏壓下怒火，強迫自己平靜下來，道：「妳與薛陸有情，就該以他為重。妳以為考上進士就高枕無憂了？京城每三年就會多一批進士，空等著授不了官的更不知凡幾。若他娶了我女兒，那今後前程自有國公府幫忙，一生無憂。只要妳肯自請下堂，妳的兒子，我女兒會替妳養大，這樣對他的成長也是百利無一害。」

常如歡卻冷笑道：「我家夫君日後的前程，不需要夫人您來操心，您還是趕緊回家操心您家嫁不出去的姑娘吧，省得又出來禍害他人。還有，我夫君不會休了我，我也不會下堂，您家女兒若實在嫁不出去，又非我夫君不可，我倒是可以求我夫君收她做妾。告辭！」

常如歡一番話說完，頭也不回便往外走去，走到外頭，尚能聽見裡面茶杯被摔在地上的聲音。

章嫂看著前面走路帶風的太太，擔憂道：「太太，世子夫人會不會……」

常如歡頭也不回地道：「她要如何，我管不著，我只知道誰破壞我的生活，我定不會放過。打我夫君的主意，那他們就來吧，我不相信堂堂的楚國公會縱容家中女眷如此欺人！」

她這幾天當然沒閒著，已經讓章管家找劉敖打聽了楚國公府的事。

她得知楚國公是為人剛正之人，對妻女、家人要求甚嚴，倒是世子夫人因為生的兩個孩子都不聽話，不為楚國公所喜，就連楚國公世子，都不喜王氏生的兒子。

而曾寶珠在京城，聽說也是有名得很，前陣子才剛從面壁思過的尼姑庵回來。

若說曾寶珠什麼時候見過薛陸，常如歡想來想去，也就只有那日出門採買衣物、首飾時才有機會偶然碰到。

雖說自家夫君被人看上，表示夫君魅力大，奈何麻煩事太多，讓常如歡不勝其擾。

另一頭，王氏氣呼呼地回去國公府，對曾寶珠道：「薛陸那事，妳還是死了心吧，娘再給妳找個更年輕有為、又有本事的男人。」

聽到這話，曾寶珠驚訝道：「娘，走之前咱們不是說得好好的嗎？怎麼回來後就變了？我不管，我就要嫁給薛陸，我看見他第一眼就喜歡上他了，非他不嫁。」說著賭氣地轉過身去。

王氏頗為氣惱，將今日之事與曾寶珠說了。

「那常氏不是好相與的，娘在她手裡都占不到便宜，妳就不要去碰釘子了，這事若是傳到妳祖父耳裡，咱們娘倆都得玩完。」

對王氏的擔憂，曾寶珠卻不以為意。「一個鄉野村婦罷了，就憑她還能見到我祖父？且她不願意又如何，只要薛陸肯休妻，她不走也得走，反正我是不會退縮的。」

王氏無奈，只能道：「那娘這幾天再去找她。」

曾寶珠哼了聲。「若還是不識抬舉，那就別怪我心狠手辣。」

可惜她們算盤打得再好，那常如歡卻是大門不出，二門不邁。所有採買的東西都由章嫂一手操辦，不僅如此，為了防止曾寶珠再次上門，常如歡還命章管家去買了四個壯漢回來守門。

人家不出門，王氏她們就是再想如何，也無能為力。

# 第五十章

春闈結束，歷經九天磨難的舉人們，如同刑滿釋放的犯人從貢院裡出來了。

章會站在人群裡等著他家老爺，看見旁邊那些家丁、親人接到人後直接揹起來，他吞了口唾沫，就怕一個人揹不動。

薛陸將試卷交上後，便隨著隊伍往外走。

來時人模人樣的舉人們，此刻眼神呆滯，鮮少有衣衫整齊的，身上的味道也帶著一些酸味，讓薛陸不禁捂住口鼻。

與其他人的形容邋遢相比，薛陸的從容淡定十分格格不入，人們都不免多看了他幾眼。

居然有人考完試後還能衣衫整齊、精神抖擻？

薛陸邁著四平八穩的步子出了貢院，在人群裡看到章會，走了過去。「愣著幹什麼？」

別人家的家丁都是端茶、送水，要不就趕緊攙著主子，他家的下人怎麼只知道愣神呢？

其實章會是被他嚇住了，周圍太多走路都走不穩的舉人，偏偏他家主子步履沈穩，看起來清清爽爽，他連想表現一下揹主子都沒機會。

「回去吧。」薛陸搖頭。這章會還得再鍛鍊一下。

章會回神，叫道：「老爺，我雇了輛馬車，請老爺上馬車休息。」

兩人上了馬車往回走，薛陸閉目養神，問道：「這幾天家裡可好？」

章會一頓，有些不敢說。

薛陸卻察覺出不對，睜開眼道：「出了什麼事？」他不由得記起考試那日遇到的姑娘。

章會欲言又止，見薛陸還看著他，只能道：「那日老爺遇到的小姐去了家裡，給太太扔了一千兩銀子，讓太太自請下堂，還說太太是鄉野村婦、醜婦什麼的……」

說出這些話，章會簡直想抽自己的嘴巴，畢竟他們跟著老爺的時日短，並不太清楚老爺和太太的相處方式，若老爺當真看上那富家小姐，那麼自己之前去國公府報信的事會不會被追究？

薛陸猛地睜開眼，眼中一片清明，哪還有一絲疲倦？

「簡直欺人太甚，然後呢？」

章會只能將他考試這幾天發生的事，從頭到尾說一遍。

薛陸一言不發地聽著，直到馬車在家門口停下，這才跳下馬車，不顧章會的驚詫，抬腿往正屋跑去——他得趕緊看看他媳婦！

因著今日春闈結束，家裡備了可口的飯菜，就等薛陸回來。

薛鴻源坐在特製的嬰兒餐椅上，眼巴巴地看著桌上的菜，問道：「娘，什麼時候可以開飯啊？」

常如歡瞥他一眼。「就快了。」

話音剛落，就見薛陸高喊著「娘子」跑了進來。

「娘子，妳、妳沒事吧？」薛陸很緊張，那日遇見那小姐，他本以為她會就此退縮，沒想竟會找到他家中來。

常如歡抬了抬眼皮，摸摸袖子裡的小鞭子，似笑非笑道：「喲，這不是人見人愛、花見花開的薛公子嗎？怎麼沒去見你家的曾姑娘？人家可是一心一意等著你呢。」

聞言，薛陸大驚，趕緊上前握住常如歡的手，同時一股餿味也傳入常如歡鼻中。

常如歡掩鼻，嫌棄道：「哎呦，我的天啊，你這身上看著清爽，內裡都腐敗了，熏死我了！」

薛陸嘿嘿直笑，也不惱，又上前去拉起她的手。「我知道娘子不會嫌棄我的，還有妳說的那個曾小姐，我只考試那日見過一次，這九天我都在考試，實在不知娘子受的委屈，這事是為夫的錯，娘子別生氣。」

見常如歡還是似笑非笑的，薛陸一下子慌了，情急之下將眼一閉，道：「不然娘子拿鞭子抽我一頓出出氣吧！」

娘子應該捨不得的，對，就是這樣。薛陸心裡默念著，將眼偷偷睜開一條縫去看常如歡。

常如歡摸出袖中的小鞭子，在空中甩了一下，喝道：「讓開。」

哼，就算要打，也不能當著孩子的面打，否則孩子出去說溜了嘴，那還得了？

薛陸笑嘻嘻地站直身體，解釋道：「真不是我招惹那女人的，我這九天可都老老實實的在貢院考試，就是剛來京城這幾天，也都是和娘子在一處啊。」

常如歡被熏得頭疼，揮揮手道：「滾回去洗澡，洗完澡過來吃飯。」

「哎，為夫這就去。」薛陸得令，立即離開。

若是其他考生，這會兒回家大概連飯都不想吃，直接躺下睡覺，但薛陸卻美美地洗了一個熱水澡，又換上乾淨的衣衫，這才去堂屋與妻兒吃了一頓美味的晚飯。

飯後，薛鴻源抵擋不住睏意，被薛陸壞心眼地從大床挪到外間的小榻上，接著快步返回內間，殷勤地拿起梳子幫常如歡梳髮。

「娘子，這九天，為夫可想妳了，妳有沒有想我？」薛陸小心翼翼地梳髮，眼睛還不時瞄向常如歡。

常如歡甩開他的手，走到榻前摸出小鞭子，啪的一聲甩在薛陸身上。「居然還有女人找上門來了！」

這幾天她不是不氣，只是男主角不在，她氣也沒用。且他們小門小戶的，要想與曾家世子夫人鬥，最起碼要搞清楚人家的狀況，才能一擊即中。

當然，她也從劉敖那裡得知楚國公府還是國公爺說了算，但她又見不到國公爺，而劉敖家中雖有關係，卻與楚國公說不上話。

好在他們剛來京城，認識的人也不多，沒有人上門做客，便閉門不出。而她買來的四個漢子則是負責小院子的安全，一有什麼動靜，便能讓她及時知曉。

現在薛陸回來了，她也不是真的要發脾氣，只是看著就想抽他兩下，純粹是手癢而已。

這一鞭根本不重，甚至只有鞭梢碰到薛陸背上，跟撓癢差不多，偏偏薛陸覺得這是個好機會，立即跳腳哎呦地叫起來。

「娘子，我錯了，我真的錯了，原諒我吧！」說著還往常如歡身上湊。

常如歡笑著推他。「走開，你也不累？早些歇著吧！」

薛陸嘿嘿直笑，乘機抱住常如歡，腦袋直往她脖子拱。「今日妳拿鞭子抽了我，可得好好補償我。」

兩人九日未見，可謂乾柴烈火，就在其他舉人補眠的夜晚，他們夫妻擁一條棉被，共赴雲雨。

第二日一早，薛陸收到一張請帖，請他到醉紅樓一敘。

上面並未署名，薛陸有些驚訝，將帖子遞給常如歡。「看這字體像是女人寫的。娘子，為夫惶恐啊。」

常如歡挑了挑眉，聞了聞帖子上似有若無的香氣，不懷好意地笑道：「許是哪個美貌佳人知道夫君家有醜婦，請夫君出門一聚呢，夫君不去看看？」

薛陸急忙搖頭。「我家娘子最是美貌，我真不知這世上還有誰能比得上我娘子。除了娘子，其他女人在我眼中都是醜女人。」

薛陸不去，對方卻又糾纏上來，在薛陸出門要赴錢文進的約時，又被堵在胡同口。

薛陸暗道：簡直沒完沒了了……

曾寶珠讓馬車攔住薛陸，直接跳下馬車，朝他喊道：「薛陸，我要嫁給你！」

曾寶珠看著眼前俊朗優雅的男人，臉不由得紅了紅，原本的羞臊也隨之而去。她往前走了幾步，對薛陸道：「你、你必須得娶我，否則我現在就喊你非禮我，到時候於你名聲有礙，你還是照樣得娶我。」

薛陸往後退幾步，看了眼空蕩蕩的胡同，冷笑道：「姑娘若是想喊就喊好了，就算薛某名聲壞了，也不會娶妳。況且我名聲壞了，妳的名聲就能好了？我不娶妳，妳今後也嫁不出去，而我已經有了妻兒，到時吃虧的還是妳。」

「為什麼？」曾寶珠一愣，沒想到被拒絕得這麼徹底，她眨眨眼繼續道：「這其中的利害關係之前我也與你說得很清楚，薛郎為何執迷不悟？」

她頓了頓，想起薛家的常氏和孩子，又道：「若你在乎孩子，到時我會好生將他撫養長大，等咱們老了，給他分一份家業，讓他自行過日子去，你看如何？」

薛陸聽著她自說自話，覺得無聊透頂又荒唐至極。

他哼了一聲，轉頭就走。「我要回去了。」兩次出門都碰見這麼晦氣的事，下次出門前得先查黃曆才行。

一旁的章會早就被曾寶珠的言論嚇到了，想到這幾日看到老爺和太太感情好得很，他開始考慮回去要不要找太太告狀了。

曾寶珠好不容易避開眾人跑出來，哪裡肯輕易放過這樣的機會？情急之下，她追了幾步道：「薛陸，你就不怕我拿你妻子和兒子下手嗎？」

薛陸立刻轉頭，怒視著她，咬牙道：「妳再說一遍？」

曾寶珠突然有些後悔，但還是堅持道：「我喜歡你，我在多寶閣第一次見到你時就看上你，我一定要嫁給你！若你因為妻兒而不肯娶我，那我就弄死他們，到時候你還是得娶我。」

「妳要嫁，我就得娶嗎？」薛陸冷笑。「我還不稀罕妳這樣的女人！」

「你、你怎可如此說我？」曾寶珠咬了咬唇，幾欲淚下。「我是真心愛慕你。娶我，對你、對我都好，為何偏偏捨不得常氏那醜婦？她能生兒子，我也能生啊。」

薛陸快被這神經病小姐氣笑了，這難道就是傳說中的富家千金？

他搖頭失笑，對曾寶珠道：「既然妳想知道，我就告訴妳，妳在我眼中醜陋無比，連我娘子的一根手指頭都比不上。」他哼了聲，譏諷道：「看妳年紀也不小了，到現在還沒嫁出去，肯定是長得太醜沒人要吧？還想弄死我娘子和兒子？我呸！真有那麼一天，我會先弄死你全家，再去陪我妻兒！」

曾寶珠瞪大眼睛，看著薛陸委屈道：「我……你……」

「我什麼我，我要是妳，就趕緊回家照照鏡子，長這副醜模樣還出來嚇人，妳對得起天下人嗎？我若是妳，早就找根麻繩上吊了，省得禍害別人。」薛陸絲毫不介意有沒有風度，他是個記仇的人，誰若惹了他，定要還回去，更別提這女人竟敢罵他媳婦，這更是不能忍受的。

曾寶珠終於忍不住哇的一聲哭了，她不敢相信這男人竟然如此羞辱她，她看著對方無所謂的樣子，心裡生氣，卻又捨不得對他發火。

她覺得她就是瘋了，竟然只見一面就喜歡上這人，簡直莫名其妙。

可她真的控制不住自己，她就是想嫁給他；他罵她，她雖然難過，可她還是想與他更進一步。

曾寶珠淚眼婆娑，看起來楚楚動人。她拿出大家閨秀應有的儀態，對薛陸道：「你如此說我，良心可安？你知道嗎？若是其他人，我早就讓國公府的人把他打一頓了，我是因為喜歡你，才給了你機會羞辱我。薛陸，我比常氏更喜歡你，更能給你美好的前程，我希望你能分清楚。」

薛陸挑了挑眉，有些不耐煩。「妳罵我娘子，所以我罵妳，很公平。我的良心非常好，一點都不痛。還有，我的前程我會自己去掙，用不著妳一個不相干的人操心。再見，不，希望永遠不見。」

他走出兩步，突然又回頭，對愣住的曾寶珠道：「還有，我警告妳，別再想找我娘子的麻煩，不然我就是拚上這條命，也會讓你們付出代價。」

薛陸覺得掃興，直接回了家，又讓章會去給錢文進報信，說自己有事不去了。

常如歡見他突然回來，臉色還頗臭，問道：「不是與錢文進出門喝茶嗎？」

薛陸哼了哼，將常如歡攬過來，道：「出門碰見一個瘋子，晦氣得很，不去了。」

常如歡一愣，當即想到曾家母女。這曾家也是京城大族，楚國公在朝堂上又是剛正之人，不想家中竟有如此品行的婦人。

就聽薛陸道：「娘子，我明日去老師家中，妳暫時不要出門，省得碰見瘋子影響心情。」

常如歡笑著應下，待第二天薛陸出門後，便和薛竹陪薛鴻源玩。

到了下午，薛陸從曹正家回來，臉上帶有喜色，拉著常如歡道：「老師說我答得甚好。」

常如歡獎勵似地摸摸他的頭。「不錯。」

薛陸眼睛亮亮的，嘿嘿直笑。「娘子，我考得不錯，晚上有獎勵？」

常如歡臉一黑，一巴掌拍他腦門上。「走開。」

會試榜單出來當天，章會一早就跑出去看了。

沒多久，便見他只穿著一隻鞋回來，邊跑邊喊道：「老爺中了會元！老爺中了會元了！」

整條街上的人都聽見他的喊聲，後面則緊跟著幾個報喜的官差，眾人這才反應過來，這新搬來的鄰居居然是新晉會元一家！

一時間，客人進門賀喜聲不斷。

另一頭，曾寶珠對王氏道：「娘，您看薛陸中了會元，只要殿試正常發揮，應該就是狀元了。娘啊，哥哥不爭氣，外祖母家中又敗落，您縱使想給我找個更高的門第，有二叔、二嬸攔著，恐怕也不成了。而且祖父愛才，若這狀元成了他孫女婿，他還有不喜歡的道理？」

之前王氏在常如歡手裡吃了虧，有些氣急敗壞，想讓女兒打消念頭。她覺得女兒再不濟，那也是楚國公的嫡親孫女，京城還是有許多高門大戶想娶她進門的，雖然上門提親的都不是嫡長子，但家世也比那窮舉人好上一千倍。

可偏偏女兒脾氣固執，一旦認定了薛陸，就死也不回頭。

王氏思索片刻，想到兒子的沒出息、丈夫的冷眼，她又堅定了將女兒嫁到薛家的決心。

# 第五十一章

此刻，薛家陷入欣喜之中，也是到了這時候，夫妻倆才發覺沒有下人很不方便，於是讓章管家找來牙婆，買了四個丫頭和四個小廝。

而當初常如歡情急之下買來的四個壯漢，則只需負責家中的安全。

到了傍晚，錢文進也一臉笑意地來了。這次他能夠高中，他認為是薛陸提點之故，所以來了薛家後便向薛陸道了謝。

薛陸笑道：「錢兄太過謙虛了，即便沒有我提點，錢兄一樣能高中。」

錢文進名次中等，只要殿試發揮正常，應該就是二甲，這讓來時擔心中同進士的錢文進欣慰不已。

「薛老弟才是謙虛，這次你中了會元，殿試只要沒出意外，就該是狀元了。說來咱們清河縣已經好多年沒出過狀元，你這次可要大出風頭了。」一薛陸還年輕，若真中了狀元，那可就真是史上罕見了。

兩人又說了些殿試的事，錢文進這才心滿意足的離去。

三月初一，薛陸穿戴整齊，坐上自家新買的馬車，一路往皇宮而去。

十年寒窗苦讀，將在這裡見證最終的結果。

薛陸與錢文進在宮門口相遇，兩人只說了幾句話便分別，等待進宮殿試。

辰時末，太監出來帶他們進宮，薛陸身為會元，理所應當地排在第一個。

帶路的太監龐公公好奇的看了他一眼，見他回以一抹平靜的笑意，心裡不禁暗暗點頭。有學識、有禮貌，重要的是這份穩重的勁頭。

想到出來時陛下的叮囑，龐公公暗中打量這些人。有人知道他是皇帝身邊的紅人，免不了賠笑討好，也有人眼高於頂，瞧不起他這太監。

能夠像會元一般，如平常人這樣對待的還真是不多。

龐公公既然出來帶人，對這些人的名諱自然清楚，他想著等會兒將這人調查一番，看看能否為陛下所用。

別看陛下貴為天下之尊，但因登基時日不長，大權尚未能握在手裡。權臣掌權，陛下雖想勵精圖治，但還有很長的一段路要走，因此現在最需要的就是人才。

科舉是朝廷選任官吏的制度，當然也是皇上選拔心腹官員的好時機。每屆科舉高中之人，寒門學子少，富家子弟多，所以皇上能夠選出來的人少之又少，因此現在皇上最缺的便是寒門出身又有能力的官吏。

很快便到了章福宮，此處是上朝議事的所在，地方寬闊，三百個人進去也不顯得擁擠。

三百人站定，就見主考官出來宣佈考試規則。

每人一案桌，等待殿試開始。

開始考試後，皇上才緩步進入。有人好奇皇上的長相，偷偷抬頭去看，也有人緊張地兩股戰慄。

薛陸雖也好奇皇上是何等人物，卻明白眼下最重要的是考試，只要他考取好成績，那麼以後自然有面見皇上的機會。

承德帝在案桌間走動，到了薛陸跟前，明顯有些驚訝。「這是今年的會元？」

主考官馬大人回道：「回陛下，正是此人。」

承德帝點頭。「不錯，竟然如此年輕。」

馬大人一板一眼道：「這都是皇恩浩蕩，讓書生們有機會參加科舉。」接著將薛陸的籍貫及鄉試成績等等說了一遍。

承德帝笑著點頭，回頭時看了龐公公一眼。龐公公會意，立即著人打探去了。

殿試一直考到下午，交上卷子後，薛陸只覺飢腸轆轆，但因為結束時間未到，只能端坐著等待。

考完出了皇宮，眾人便各自分開。殿試成績要三日後才會出來，他們只需回去等候消息即可。

錢文進在宮門口等薛陸，見他出來，問道：「薛弟考得如何？」

薛陸瞥他一眼，拉著他上了馬車，道：「平日水準。」他自然不會說他答得很不錯，因為他不知皇上心中所想，也不知能不能入皇上的眼。

錢文進卻撇撇嘴。「那就是不錯了。為兄這次恐怕要掉入同進士了。」

「這才考完你就杞人憂天，放寬心回去休息，等著張榜吧。」

錢文進在他這裡得不到安慰，只能回了會館。

而薛家也在等薛陸回來。常如歡早已備好飯菜，他一進門便開動。

常如歡不問他考試情況，薛陸也沒說。飯後，他抱著薛鴻源玩了會兒，等他睡了，這才抱著常如歡，絮絮叨叨地述說今日之事。

常如歡耐心聽著，時不時便應上兩句。

薛陸滿足道：「娘子，能娶到妳真好。」

常如歡一挑眉。「那是自然，不過有人卻覺得你娶了悍婦醜妻，等著嫁給你呢。」

一提起這個，薛陸就有些氣悶。他哼了一聲，拿手撓她。「別提這些晦氣的人，掃興！今日為夫考試辛苦，娘子可得好好安撫我。」

「拿小鞭子抽一頓？」常如歡笑道。

薛陸哼哼唧唧道：「娘子才捨不得，為夫還得留著一身的力氣服侍娘子呢！娘子、娘子、好娘子……」

常如歡認為開葷後的男人，就像餓了一整個冬天的狼，怎麼餵都餵不飽，偏偏薛陸又身體健壯，讓她尤為頭疼。

三天後，殿試成績出來，不等薛家派人去看榜，便有一批一批報喜的官差上門來了。

薛陸中狀元了！

那道士的預言成真，錢氏掛在嘴邊上十幾年的願望也成了真。

只可惜錢氏沒福氣，沒能多等這幾年就去了。

常如歡備好賞錢，發給來來往往的官差和上門賀喜的鄰居，薛陸則跟著宣旨的太監，急急忙忙地進宮參加瓊林宴。

楚國公府內，曾寶珠得知薛陸中了狀元，心裡滿是歡喜。她拉著王氏的手，激動道：「娘，您看我眼光好吧，薛郎果真中了狀元！」

雖然王氏之前打聽過薛陸學問不錯，可也以為能考個二甲就不錯了，誰承想竟然中了狀元。

他們勛貴家中最缺的就是狀元，若她真能拿下這狀元女婿，國公爺是不是就會對他們另眼相看了？

「娘，我要去看薛郎遊街。」曾寶珠眼睛閃亮，期待地看著王氏。

王氏心裡也有了期待，想了想便答應了，又瞥了眼一旁的庶女，冷聲道：「慶瑤也跟著去吧。」

若只有曾寶珠一人出門，說不定世子爺又會說嘴，倒不如一起出去，世子爺知道了也不會如何。

雖然心裡很不忿世子爺看中庶女，但事實就是如此，到了這時候，還得指望這庶女來做頂缸的。

曾慶瑤心中一喜，躬身答應。

曾寶珠也顧不上找曾慶瑤的麻煩，飛快回房間打扮，然後帶上丫鬟、小廝去了京城東大街。

薛陸跟著宣旨太監進宮赴宴，瓊林宴後便是進士遊街。

薛陸身穿紅袍、騎著高頭大馬走在最前頭，加上容貌出眾，引來一幫少女們尖叫。

此刻常如歡也帶著薛鴻源和薛竹到了事先預定的茶樓，只是他們訂得晚，好位置都被達官貴人家的家眷訂走了，所以他們的位置有些偏僻。

薛陸經過時，薛鴻源大叫道：「啊，那人是我爹！爹爹，狗蛋兒在這裡！」

薛鴻源情急之下喊出自己的小名，瞬間又捂住嘴。

常如歡笑得不能自已，往外看時，正對上薛陸看過來的目光。

兩人相視一笑，其中包含了愛意和寵溺，綿綿情意在兩人之間流淌。

一旁的薛竹眨眨眼，很是羨慕。若她也能遇上如她五叔這般的夫君就好了。

正當兩人目光錯開時，忽聽一女子尖聲道：「薛陸，我要嫁給你！除了你，我誰都不嫁！」

喧鬧的人群先是一靜，接著又討論起來。

每年榜下捉婿的人不知凡幾，今年的狀元和榜眼容貌都是上等，且年紀又不大，說不定這高喊之人就是哪家千金呢！

常如歡臉上的笑意瞬間斂去，眼中寒冰乍現。

曾寶珠果然不肯死心！

她起身，抱著薛鴻源對薛竹道：「小竹，咱們回去。」

薛竹有些擔心。「五嬸，您沒事吧？那曾家小姐好不知羞恥，居然這樣……」

常如歡冷笑道：「她這是想逼迫妳五叔娶她呢，可惜，她選錯人了，咱們可不怕這些牛鬼蛇神。」

薛竹點頭。「就是這樣，咱們走。」

幾人乘坐馬車回去，還未進門，薛陸就氣喘吁吁地追了上來。「娘子、娘子，這事交給我，定能處理妥當。」

薛陸上前，接過她懷裡的薛鴻源，繼續道：「她不就是想逼迫我娶她嗎？門兒都沒有！壞也是壞她的名聲，跟咱們無關。」

常如歡見他急成這樣，不由問道：「遊街結束了？」

薛陸老實搖頭。「還沒。」

「那你就這麼扔下其他人跑了？」

薛陸眨眨眼，義正辭嚴道：「天大的事也沒有娘子重要。為了娘子，不去狀元遊街又如何？」

常如歡心裡感動，因為她知道薛陸既然這麼說，心裡就是這麼想的。能有這麼個男人一心為了自己，她還有什麼好怕的？

「章管家，替我拿條麻繩過來。」常如歡笑著吩咐。

章管家疑惑。「太太要麻繩做什麼？」

常如歡道：「上吊。」

這話可嚇壞了眾人，章管家登時就嚇呆了。「太太，使不得啊，小少爺還小呢……」他不明白，他家老爺剛考上狀元，他家太太怎會想不開呢？

章會卻有些明白了，急忙拉著他爹走人。

薛陸愣了愣，恍然大悟，眼睛頓時亮了。「娘子，這會不會對妳名聲不好？」

常如歡斜睨他一眼。「若不是你，我會如此犧牲？」

說實話，名聲這東西她的確不怎麼在意，況且這次本不是他們的錯，他們又有何怕的？若鬧大了，丟人的也是曾家，不是他們。

只要薛陸堅持住，再加上曾寶珠以前的名聲，外人只會同情他們夫妻倆。

薛陸有些訕訕，討好道：「娘子，咱們好生謀劃謀劃，定要一次解決這個麻煩。」

常如歡不厚道地摸摸下巴。上輩子沒做過演員，這輩子就做一次吧！

當天下午，章嫂眼圈通紅、神情萎靡地出門買菜，相熟的大娘問道：「章嫂，昨日不還說妳家主母為人厚道，今日怎麼成了這副模樣？」

章嫂搖頭嘆氣，往左右看了看，對那大娘道：「大娘不知道，我家老爺剛中了狀元，結果今日遊街，有人衝他大喊非他不嫁，我家主母心善，著急之下上了吊。」

「啊？死了？」大娘驚呼。

章嫂瞪她。「沒呢，我家老爺對太太感情深厚，當時正好回去，痛哭流涕，好不傷心。只是那肖想我家老爺的女子來頭太大，我家老爺和太太正為此發愁呢。我家主子對下人厚道，我這也是為他們著急啊！」

「可知是哪家女子這般膽大？」大娘又問。

「聽說是楚國公府的嫡小姐。我就不明白了，這大家女子怎麼非要巴著個有婦之夫不放呢？我聽老爺的姪女說，我家老爺和太太成親多年，感情非常好，曾經言明此生只太太一人，絕不納妾。」章嫂將菜裝好，又道：「時候不早，我得趕快回去。」

大娘不讓她走，拉住她道：「這小姐怎麼就認定狀元郎了呢？榜眼長得也不賴啊！」

章嫂撇撇嘴，哼道：「那小姐是在我家老爺陪著太太出門時看見老爺的，還趁著我家老爺去考試，三番兩次上門逼迫我家太太，拿一千兩銀子逼我家太太自請下堂！這還罷了，那小姐的母親好歹也是世子夫人，竟然由著女兒胡鬧，還想用五千兩銀子讓我家太太讓位給她女兒，妳說缺不缺德啊！」

大娘瞪大眼睛。「五千兩？就是一千兩，別說讓我下堂，怎麼都行啊！妳家太太真是厲害。」

章嫂不屑道：「我家太太也是讀書人家出來的，骨子裡硬氣著呢，當場將銀票甩到她們臉上。妳不知道當時的情景，那叫一個解氣，我家太太不在乎這點銀子，她在乎的是氣節、氣節，懂不懂？好了，我走了。」

她走了兩步，又回來對大娘道：「您可千萬別告訴其他人啊。」

大娘信誓旦旦地保證。「放心，我嘴嚴實著呢，絕不告訴其他人。」

章嫂走後，這大娘對周邊做生意的女人們招招手，小聲道：「哎，我跟妳們說啊……」

不到兩天的工夫，全京城的人都知道楚國公府嫡長女逼迫新晉狀元的妻子上了吊。當然，人被救回來了，可曾寶珠跋扈、搶人夫的名聲算是傳出去了。

楚國公府內，王氏急得滿頭是汗，恨鐵不成鋼地看著曾寶珠道：「妳讓我說妳什麼好？不是跟妳說了，不要輕舉妄動嗎？妳將我的話當成耳邊風了？這次妳祖父肯定會知道，咱們娘倆都完了。」

楚國公為人正氣，最見不得這後院骯髒之事，這次曾寶珠是拍馬腿上了。

王氏著急，曾寶珠卻無所謂，只道：「祖父最講究面子，這次我當眾喊出來，他若不真讓我嫁給薛郎，那外人不得說我祖父沒有本事？為了曾家的顏面，祖父肯定會把我嫁給薛郎的。」

她說得信心滿滿，就是算準了自己祖父好面子這事。

「我倒覺得難。」王氏看了眼自信滿滿的女兒。「我還聽說薛陸當眾跟那村婦發誓，此生絕不休妻、絕不納妾。」

曾寶珠一臉不在乎。「他不休妻，讓那常氏自請下堂就是。不納妾？哼，我又不是做妾，管這個做什麼？」

幾日後，身為前三甲，薛陸直接被授予從六品翰林院修撰，從此開始做官的日子。

# 第五十二章

楚國公府內，楚國公氣得仰倒，他將世子曾裕叫來大罵一通，覺得這孫女簡直丟人現眼！

曾裕心裡暗恨這個給他添麻煩的女兒，又想到另一個貼心的女兒，心裡才好受些。他一臉猶豫，抬頭對楚國公道：「爹，那薛陸也是人才，聽說陛下對他印象不錯，今後帝寵都有可能。而這人又是有能耐的人，咱們何不拉攏過來？」

「怎麼拉攏？」楚國公冷笑。「幫你那好女兒逼人家下堂，讓她嫁過去？你覺得可能嗎？」

曾裕小聲道：「也不是不可能。這拉攏一說，哪有比姻親更牢靠的？一根繩上的螞蚱，可比兩條船上的好多了。」

楚國公快被氣笑了，想他一世英名，竟然生出這等愚蠢的兒子，更讓他憤怒的是，兒子還給他娶了個更愚蠢的妻子回來，繼而生了一個愚蠢的孫子和一個不要臉的孫女。

他甚至想，多虧他身體硬朗，不然都能被這愚蠢的一家子給氣死。

「你死了這條心吧！」楚國公氣不打一處來，對曾裕道：「給你一個月的時間，趕緊把你那丟人現眼的東西嫁出去，否則就去廟裡過一輩子吧！」

曾裕是個沒有主心骨的男人，自然是楚國公說什麼，他就應什麼。

他回到大房院子，看見燈光下的王氏，頓時失了興趣，便轉往何姨娘那裡。

何姨娘是曾慶瑤的母親，出身小戶，卻甚是精明，這些年來憑藉自己的溫柔小意，硬是維持住恩寵。

她見曾裕進來，臉色不好，自然關心地詢問。

曾裕心情鬱悶，將事情說了出來。

何姨娘眼珠轉了轉，嘆氣道：「之前慶瑤回來，與我說起太太和大小姐去薛家的事，當時我覺得沒多大的事，便沒讓她去說，若是當初早些告訴世子爺，恐怕現在也不會這樣了。」

曾裕嘆氣。「這不怪妳。眼下爹讓我一個月內將她嫁出去，這可犯難了。這幾年給她相看的人不少，她在京中的名聲真有那麼差？」

何姨娘欲語還休，最後只能道：「是不大好。」

曾裕見問不出來，便不再問了。第二天，特地找人打聽，才知自己這女兒的名聲已經響徹京城。

怪不得沒有嫡長子來提親，連早些年有意結親的人都沒了動靜。敢情自己女兒幹過這麼多丟臉的事，就是他有兒子，也不會娶這樣的女人。

就在曾裕滿京城挑女婿的時候，薛家一家四口正和和美美地坐在一起吃火鍋。

薛鴻源吃得滿嘴都是芝麻醬，對常如歡道：「娘，這醬真好吃。」

本朝芝麻不算少，也搾有少量的油，卻沒有磨成芝麻醬。這幾天天氣又涼了下來，常如歡想吃火鍋又覺得乏味，便和章嫂等人研究著磨出這芝麻醬來配料。

不想薛鴻源竟然很喜歡，恨不得每天都吃。

薛陸給常如歡挾菜，笑咪咪道：「娘子，心情好點沒？」

常如歡非常受用，滿意地點頭。「還行，明兒起你就要上值了，記得要表現得情深意重些，還得誇我多賢慧、多善良、多溫柔，知道嗎？」

薛陸趕緊點頭，放下筷子表示道：「為夫記住了。」

「嗯，若是記不住，那回來可是要挨鞭子的。」常如歡漫不經心地說。

薛陸表情嚴肅。「我娘子最溫柔、最善良、最賢慧了。」若是不抽他就更好了。

薛陸中了狀元，卻因為假期太短，未能回鄉祭祖，但還是及時寫了信回去報喜。當然，這樣的喜事，當地的縣衙也會通知他的家人。

他們不回去，也能想像得到家人和族人的喜悅。

尤其是薛老漢，他和錢氏這十幾年的希望都寄託在他身上，頂住了各房的壓力，讓他讀了這麼多年的書，很是不容易。

薛陸寫了兩封信，一封給薛老漢，說了自己在京城考試之事，並且提議讓他進京，跟著他們一起生活，並按照之前的約定將薛東帶到京城來。

另一封信則是給薛博和薛老四的，劉敖的兄弟已經準備南下，他現在要做的就是讓叔姪倆做好準備，提前到琅琊郡等候劉敖兄弟。

當初進京前，薛陸便私下給薛博二千兩銀子，就是為了這一天。等他們走了這一趟，熟悉之後，這條路就由他們其中一個去走，另一個則到京城幫他辦事。

安排好這一切，天氣逐漸回暖了。這段時間，因為外頭的風言風語沒有消散，曾寶珠居然也沒上門來鬧事。

當然，現在的曾寶珠已經沒有工夫搭理他們，因為楚國公世子真的在一個月內給曾寶珠訂了一門親事，而且是交換了生辰八字後，才告知她和王氏。

他給曾寶珠定下的是成慶王府的次子，軒和郡王。

曾寶珠一聽這名字，當即大驚。「這混球！」她轉過頭，驚恐地看著王氏，哀求道：「娘，我不要嫁給他，我嫁給他會死的！」

在京城，軒和郡王可是和曾寶珠齊名的人物，軒和郡王貪戀美色，家中雖未娶妻，但是通房、小妾卻是一大堆，庶子、庶女都有好幾個了。

曾寶珠有些氣憤。「父親怎麼會將我嫁給那等人家？」

昨夜王氏因為此事，已經和曾裕大吵了一架，最後曾裕拿兒子威脅王氏，王氏權衡一番，最後為了兒子沈默了。

王氏回過神來，抱住曾寶珠哭道：「是娘沒用……」

這是沒有轉圜的餘地了？

曾寶珠不敢置信，她渾渾噩噩的過了幾日，卻發現成慶王府已經送來聘禮，頓時慌了起來。

眼看著婚期將至，曾寶珠不甘心這樣的結果，突然靈光一現，想出了應對的法子。對，等婚期那日就這樣辦，到時候真出了事，成慶王府不也得認了？

薛陸去翰林院上值已經有一段時間，每日除了工作，倒也清閒。一閒下來，他就有工夫收拾薛鴻源了。他打算過了年就給薛鴻源找夫子，現在每天回來都拉著薛鴻源啟蒙。

好在薛鴻源對這些挺感興趣，學了不少字，整日拉著常如歡要表現給她看。期間，曹心怡來了幾次，對薛鴻源很是疼愛，薛鴻源更是小嘴帶蜜般，姊姊、姊姊地叫著。

常如歡說了幾次要叫姑姑，他都不理會，她便不說了，想著等大些就好了。

這天，曹家請了幾個翰林院官員家的太太過來做客，常如歡也是其中一人。她這才聽說，曾寶珠給自己庶妹下藥，代替她出嫁，自己則跑了。

其中一個太太捏著帕子，一隻眼瞅著常如歡，笑呵呵地道：「這曾家大小姐也是個真性情的，居然敢做出這等事來，聽說楚國公差點被氣出病來呢！」

這婦人是這次春闈榜眼的妻子封氏，今年四十多歲。她說完，突然捂嘴訕笑道：「看我這張嘴，不該說這個的，薛夫人可別介意。」

其他人則撇嘴。知道不該說就別說，不就是看不慣人家夫君年紀輕輕就壓了她夫君一頭嗎？搞得別人不知道似的。

常如歡眨眨眼，咧嘴笑道：「我不介意，什麼阿貓、阿狗的，跟我們又沒關係。」

封氏臉上笑容一僵，隨後又笑。「也不能怪我多說，這曾家小姐實在不像話，怎麼說也是大家閨秀，居然像個潑婦似的，死活都要嫁給一個有婦之夫。嘖嘖，也是她運氣不好，碰見薛夫人這樣的人物，若是一般人，恐怕早就被曾家的權勢嚇怕了吧？哎呀，現在聽說這曾大小姐偷偷逃婚了，妳們說，她會不會去找薛大人呢？」

花廳裡突然靜了下來。

鄭氏皺眉，有些後悔今日請封氏過來，也怪她之前沒打聽清楚，總想著榜眼的妻子應該不差，誰想竟是這等為人。

常如歡臉上笑意變冷，端起茶杯抿了一口，道：「我倒是聽說榜眼大人家中新添了兩個侍妾？還是姊姊心胸寬闊。這樣，我出十兩銀子，明日就買兩個丫頭送到姊姊家去，為姊姊分憂。」

封氏驚呆了，支支吾吾道：「這、這是我家的事，怎好煩勞薛夫人？」

常如歡瞇眼笑了笑，淡淡道：「妳也知道是家事？不想別人插手妳家的事，最好閉上妳的嘴。」

封氏臉上脹紅，張了張嘴，卻不敢說了。

薛陸雖然只是從六品官員，卻比封氏的丈夫高了半階，榜眼和探花的官職只有七品。

鄭氏在一旁看著，心裡搖頭。等所有婦人離去後，獨留下常如歡，對她道：「妳啊，太過強硬了。」

常如歡笑道：「師母，外面如何說，我都清楚，無非是我用上吊的方式逼迫夫君不許納妾，這些我都知道。」

「知道妳還如此？」鄭氏覺得很頭疼。

常如歡卻道：「既然別人對我的風評不好，那索性就差到底，讓所有人都知道，我常如歡不好惹。想打我夫君的主意，先過了我這關再說。」

曾寶珠在客棧裡躲了幾日，都沒被楚國公府的人找到，總算放下心來。

隔日早晨，她穿戴整齊，悄悄前往薛家。

她已經從家裡跑了出來，這次若還不能成功，那麼她這輩子也就完了。所以不管是賣可憐還是如何，都必須成。

常如歡尚且不知將有人大鬧上門，正照顧薛鴻源用飯，只是她自己還未吃上兩口，便吐了乾淨。

薛陸本來要去上值，一見她如此，緊張地跳起來。「章管家，快去叫大夫！」

「娘子，妳沒事吧？哪裡難受？」薛陸緊張兮兮地湊過來詢問。

常如歡看著大小三人如此緊張，有些哭笑不得。「許是有些不合口味，沒什麼。」

說完又覺得不對，算了算小日子，覺得應該是自己猜的那樣，心想反正已經叫了大夫，等大夫過來就知道了。

只是大夫還沒來，曾寶珠卻先到了。

這次曾寶珠學聰明了，站在大門口便哭哭啼啼叫著薛郎。此時正是街上人多的時候，不一會兒，附近的鄰居們和路過的人便圍了過來，眾人都好奇這新晉狀元家裡發生了何事？

「姑娘，妳這是做什麼？怎麼在新狀元家門口哭呢？」有年紀大的大娘看她哭得可憐，便上前詢問。

曾寶珠抹抹眼淚，佯裝柔弱道：「大娘有所不知，我與薛郎情投意合，無奈薛郎家中有命，娶了悍妻，使得我與薛郎不能在一起。如今我腹中有了薛郎骨肉，那悍婦更是不容於我，多次想要我兒性命。我本柔弱孤女，不求與薛郎天長地久，只求能得這一子，與兒生活，了此殘生。今日我過來，就是求薛家太太給我們娘倆一條生路的。」

曾寶珠脫下那身華麗的衣衫，換上尋常姑娘的衣服，哭起來也算楚楚可憐。她也是算準了這時辰薛陸已經去上值，家中只有常如歡，才敢在這個時間過來。

世人最喜歡聽信讒言，自己先說出這些話，看那常氏如何應對。最好常氏凶悍的名聲傳回清河，薛郎家中老父能替薛陸寫一封休書。

曾寶珠邊哭邊敘述自己淒慘的身世，果然引來眾人的同情和安慰，紛紛指責常如歡生生拆散一對鴛鴦。

常如歡聽到這消息時，剛好把胃裡的東西吐了乾淨，聞言問道：「誰？」

章管家臉上有些不自在。「曾家那個逃婚的曾寶珠。」

「呵，果然，不過她竟然還敢找上門來。」常如歡扶著薛陸站起來，喝了口水。「走，看看去。」

薛陸的臉都黑了，拉住她道：「娘子不需要去，我去看就好，我倒要看看，這不要臉的女人究竟想如何！」

常如歡笑道：「不，我想去看看這女人這次又出什麼么蛾子。」

一旁的章管家表情痛苦，半晌憋不住，說道：「她說她獨自一人從清河而來，以前與老爺情投意合，奈何老爺家中有令，娶了太太這秀才之女，現在她有了身孕，求太太給她一條生路……」

「有了身孕？」常如歡瞪大眼睛，幾乎想笑。

章管家點頭，實在想不明白，這世上為何會有如此不要臉的女人？

常如歡呵呵笑道：「那我更要去看看了，不去看看，如何給她一條生路？章會，你去楚國公府和成慶王府走一趟，就說咱們家門口來了一位眼熟的客人，可能正是他們要找的人。」

章會知道自家太太是心有成算的人，答應一聲，飛快地從後門出去了。

薛陸一臉的不贊同。「這樣的女人，妳理她做啥？我這主人一出去，她的謊言就不攻自破了。」

他猜這女人估計是以為他去上值，才敢在這時候上門。但人算不如天算，常如歡身體不適，他已經讓小廝去翰林院幫他告假了。

常如歡臉色有些蒼白，擺擺手道：「不不不，這熱鬧沒有我不行呀，這齣戲我還想瞧瞧呢。這樣吧，你先不要出去，我帶兩個小的先出去見識見識。」

# 第五十三章

一旁的薛鴻源雖然不明白，但一聽要帶他出去見識見識，當即高興地直點頭。

薛竹雖然不說話，眼睛卻亮晶晶的，顯然很心動。這麼蠢的女人上門，她真的好想去看看。

當然，薛竹知道她五嬸的目的，是想讓她多學多看，省得日後嫁人吃虧。

薛陸還想阻攔。「可妳的身體……」

常如歡眨眨眼道：「有這麼好解悶的人，我覺得身體現在舒服多了。」

薛陸：「……」好吧，娘子說的都是對的。

常如歡「嬌弱」地扶著薛竹的胳膊，牽著薛鴻源，身邊由丫鬟、婆子陪同，往大門口走去。

此時曾寶珠正哭得傷心，等大門一開，看見常如歡出來，二話不說，當即上前跪在常如歡跟前，拉著她的裙子便哭道：「求求妳饒了我的孩子……」

常如歡伸手扯了扯裙子。「妳起來……」

曾寶珠哭著搖頭。「妳不答應，我就不起來……」

常如歡有些無奈。「那妳跪後面一點，妳壓到我裙子了，我這是新做的裙子。」

曾寶珠一噎，手不自覺地鬆了鬆，覺得有些不對。這女人不是該和上次一樣對著她橫眉冷眼嗎？

常如歡嬌弱地扶著薛竹，嘆口氣道：「妳這女子，好好的正頭娘子不當，為何非得巴著我家夫君做妾呢？我是為了妳好，妳為何如此不知好心？」

「做妾？我為何要做妾？明明我與薛郎情投意合，郎情妾意……」曾寶珠臉上掛著淚水，看起來可憐極了。

看熱鬧的人本欲指責常如歡，可看到常如歡也如此嬌弱，頓時拿不定主意。

有人道：「人家都懷了妳家夫君的孩子了，妳就開開恩，讓她進門得了。」

常如歡抬頭，看著這婦人，問道：「敢問大嫂妳家中可有小妾？」

那婦人不明所以，搖頭道：「沒有。」

常如歡咧嘴笑了。「那我送妳夫君一個小妾如何？」

那婦人瞪眼道：「我家夫君的妾關妳何事！」

常如歡冷笑。「那我家夫君納不納妾，又關妳何事？」

「妳……可人家都懷了妳家夫君的孩子了！妳這惡毒婦人，這姑娘說的果然沒錯！」婦人瞪眼反駁。

「她說她有身孕就有？既然這樣，我隨便買個丫頭，也說有了妳家夫君的身孕，不就能跟了妳夫君了？」常如歡笑得開心，覺得有意思極了。

婦人瞪眼，氣得跺了跺腳跑開。

其他看熱鬧的人看這情形，也不敢開口說話了，生怕惹麻煩上身。

曾寶珠看事態的發展有些偏了，又開始哭道：「我也是大戶人家出來的姑娘，憑什麼就要與人為妾！先不說我與薛郎的情誼，就是我身懷有孕，也不該做妾！」

「那妳想如何？做妻？」常如歡瞇眼看著她。

曾寶珠被她看得心虛，梗直了脖子道：「最起碼也得是平妻！」

常如歡都要被她說笑了。她忍著笑意，對薛竹道：「她說要做妳五叔的平妻呢。」

薛竹抿唇笑了笑。「我五叔可不認識這女人，我倒覺得這女人有些面熟……噢，對了，前些天拿著一千兩銀子想讓五嬸自請下堂的，不正是這位嗎？曾大小姐？」

眾人一聽還有前因，不禁紛紛好奇，又聽薛竹道自己五叔不認得這女人，更加疑惑。這好好的姑娘居然不顧臉面和名節，跑到狀元家門口說和人家狀元郎情投意合，現在卻被狀元的姪女說他們不認識？

曾寶珠一聽，臉都白了。「我、我與妳五叔相識的時候，妳自然不知曉……」

常如歡笑咪咪道：「既然妳說妳懷了我家夫君的孩子，那就叫我夫君出來對質好了。」

曾寶珠瞪大眼睛。「他、他不是去上值了嗎？」

常如歡笑道：「今日恰好沒去，曾大小姐，妳失算了。」

這時，薛陸皺眉出來，厭惡地看了眼曾寶珠，道。「曾小姐，我與妳素不相識，實在不知哪裡入了妳的眼，妳說出來，我改。」

「喲，小姑娘，人家狀元郎竟然不認識妳，妳這是騙人啊！」看熱鬧的人群裡有人喊了這麼一句。

曾寶珠臉色白了白，慌張一閃而逝。「我、我……薛郎，咱們明明情投意合，我還懷著你的孩子呢……」

薛陸冷笑。「上次妳與妳母親到我家中生事，惹我娘子憂心，這事我還沒找妳算帳，現在妳居然又找上門來。看來我上次說得不夠明白，那我現在就再說一次。」

他頓了頓，眼神冰冷。「在我眼中，娘子是世上最美的女人，是天山上的雪蓮。就妳這等人神共憤的女人，我薛陸還真看不上眼。妳上次竟然厚顏無恥的拿自己與我娘子比，就妳這副模樣，回家照照鏡子上吊得了。」

薛陸說得惡毒，不光曾寶珠呆了，就連看熱鬧的人都聽呆了。

果然是狀元郎啊，連罵人都罵得如此痛快，若是能加些文采就好了。

薛陸猶不過癮，繼續道：「至於妳說懷了我的孩子……」他瞥了眼站在章嫂身旁、京城有名的大夫道：「劉大夫，既然您來了，就幫我給這不要臉的姑娘把把脈，省得我說錯了。」

除非曾寶珠另有其他的男人，否則現在應該還是完璧才對。

一聽薛陸這麼說，曾寶珠頓時慌了。「我、我不用。薛郎，你不能如此對我，你說過要休了家中悍婦，娶我進門，現在我不計較這些，願意做平妻，你為何還要如此對我？」

薛陸轉頭拉著常如歡的手，當眾道：「我知道京中流傳我薛陸畏妻，還被逼不許納妾，我現在就站在這裡告訴大家，發誓不納妾是真的，但卻是我心甘情願的。我與我娘子情投意合，感情深厚，我薛陸再一次發誓，此生只有常如歡這一個妻子，永不納妾，若有違背，天打雷劈！」

這話聽在看熱鬧的人耳中，很震驚。世人重誓，尤其這麼重的誓言，可謂多年不見。

薛陸瞥向臉色煞白的曾寶珠。「這位姑娘還是早些回去吧，我與妳素不相識，就饒妳這一次，再有下次，我定報官！我薛陸雖然官位低微，但天子腳下，自有王法，我薛陸不惹事，但也不怕事！」

說完，他的眼神若有似無地瞥向不遠處幾個管家模樣的人身上。

曾寶珠萎靡在地，只覺渾身冰冷。

她不曾想過自己都自甘下賤到這種地步了，薛陸還是不能接納她。她坐在地上，傷心道：「我真心傾慕於你，你為何如此傷我？」

薛陸看都不看她一眼。「傾慕我的人多了去，難不成我都得接到家裡來？抱歉，我家裡廟小，容不下妳們這些大佛。」

常如歡早就習慣他的自信，但在這麼多人面前如此說，她還是覺得想笑，而他說永不納妾的誓言，更是讓她感動。

薛陸對劉大夫道：「劉先生，我家娘子身體不適，麻煩劉先生進府把脈。」曾寶珠如何關他何事，他心裡記掛的只有他家娘子。

等一干人等進了門，外面看熱鬧的人也逐漸散去，幾個小廝上前將曾寶珠架起來，對另一方人道：「我們王爺讓我等帶曾小姐到貴府問個清楚。」

不等楚國公府的人反應，成慶王府的下人架著曾寶珠，上了馬車往楚國公府而去。

楚國公府的管家皺眉道：「趕快回去告訴國公爺！」

最後，曾寶珠的去處是城外的絕情庵，但凡去了那裡，都是有去無回，可悲可嘆。

如此結果，成慶王府也算是接受了，但對於曾慶瑤，卻不肯讓她坐上郡王妃的位置，而只讓她做側妃。

常如歡又被診出身孕，而且已經一個多月，也是薛陸考上狀元時懷上的孩子。

一家人都很高興，加上又解決了曾寶珠這個大麻煩，薛陸簡直想放鞭炮慶祝一下。

飯畢，丫鬟上了茶水，常如歡笑著對薛竹道：「這幾日妳三叔和薛東也該過來了，我讓他們把薛菊和薛函也帶來。」

常如歡實在想念薛菊那一本正經的小模樣，便和薛陸商量了下，將薛菊和薛函一併也帶過來。

當然，薛函是順帶的，只是為了不讓其他人覺得他們夫妻偏心罷了。

而且前幾日他們剛收到消息，薛曼已經訂親，婚期就定在年底，否則薛曼也是要過來的。

薛竹和薛函感情一般，但薛菊卻是她至親的妹妹，聽說她要過來，自是高興。「五嬸，兩個妹妹就交給我照顧吧，不，弟弟、妹妹們都歸我管吧。」

薛陸斜睨她一眼，道：「喲，這還沒嫁人呢，就成管家婆了。好了，妳這些弟弟、妹妹們都歸妳管了，哪個不聽話，都來告訴我。」

他巴不得他娘子能閒下來呢！來京城不過幾個月，娘子忙碌了好些，身上都清瘦不少，抱在懷裡都不如以前軟和了。

常如歡搖頭，無奈道：「我這還沒老呢，就被奪權了。罷了，既然沒權，索性就當媒婆掙銀子零花吧！」

前兩次去曹家做客，鄭氏對薛竹印象不錯，還說自家有個十八歲的姪子，因為科舉耽誤了娶親，現在已經是秀才，正是說親的好時候。

雖然鄭氏人不錯，可她的姪子為人如何卻不瞭解，常如歡還要讓薛陸去打探打探才行。

一聽到這個，薛竹一下子紅了臉。

過了幾日，薛老三果然帶著薛菊、薛東和薛函來了。

兄弟姊妹相見，先是敘舊，又說了各自的情況。當薛老三聽薛竹將這些天在京城的情況說了後，皺眉道：「原來大戶人家也有如此不要臉的人，五弟，多虧你分得清，咱們薛家如果沒有五弟妹，可沒有這樣的好日子，咱們不能做這等沒良心的事。」

薛陸表情凝重。「三哥大可放心，我薛陸絕不會做出對不起娘子的事來。莫說娘子對我們家有恩，但憑我們的感情，這輩子我也不會對不起她。等三哥回去，盡可將此話告訴爹，也讓家裡人明白，家中但凡聽見什麼話，只要不是我們傳回去的，都不可相信。」

薛老三沒有薛陸這麼多心眼，但也不傻，默默地點頭。

而那邊薛東和薛竹幾個早就玩開了，雖然都是十幾歲的少年、少女了，但多日不見還是很想念，說起話來也沒有大家族孩子的顧忌。

等一切安排妥當，薛老三又帶著常如歡準備的禮品坐船回清河縣，薛陸則請了夫子專門教導薛東和薛鴻源。

薛東一開始有些不好意思，畢竟他大薛鴻源十幾歲，兩人卻在一處讀書。

薛陸似乎明白他的心情，單獨找他談了話，這才讓他定下心來好好讀書。

轉眼到了夏季，外出三個多月的薛博和薛老四風塵僕僕地回來了。

許是南方太陽毒辣，兩人都黑了不少，但看兩人亮晶晶的雙眼，便知此次外出收穫頗豐。

他們猜測得不錯，薛博和薛老四此次跟著劉敖胞弟在南方轉了轉，因為本錢有限，他們只採購了絲綢和上等的布料，像茶葉和舶來品等等，只少量地採購一些。

他們到家時，貨物還在碼頭未卸完，等貨物全都拉回薛家，常如歡才知二千兩銀子置辦了多少的貨物。

「這些都是？」常如歡難掩驚訝。

薛博黑亮的臉上滿是笑意。「這些都是。咱們這只是九牛一毛，劉家那才是大買賣呢！」

薛陸滿意地點頭，對薛老四道：「四哥、薛博，辛苦了。」

薛老四這次出去學了不少，見識也比以前開闊，當即咧嘴笑道：「咱們都是親兄弟，說這些就見外了。」

他們都是分了家的兄弟，自己兄弟考上狀元，就算不管他們，別人也不能說什麼。但現在他們四房靠著兄弟過上好日子，這份兄弟情，自然要記在心裡。

薛陸笑著聽薛博和薛老四說起南下的見聞，末了道：「都說南方人富貴，這話可真是不假，不說遍地是黃金，只要努力一些，都不至於吃不飽飯了。」

薛老四笑道：「那可不，尤其江浙一帶尤為富庶，聽聞鄉下老農都能填飽肚子呢。」清河縣地屬北方，與京城環境相似，冬季寒冷，夏季炎熱，卻不如南方糧食來得豐富。

薛陸點頭道：「絲綢咱們是拉回來了，只是後面如何計劃，四哥你們有什麼想法？」想來路上兩人也商議過了，薛博看了薛老四一眼，薛老四點頭後，薛博開口道：「五叔，實不相瞞，路上我與四叔商議過了，咱們初來京城沒有根基，若是開鋪子，一沒有人手，二沒有靠山，倒不如先倒賣貨物。若是有餘錢，再盤下鋪子，等過兩年，五叔在京城有了根基，咱們再開鋪子。」

對於這件事，薛陸也贊同。京城達官顯貴多，雖說為官者不能公然做生意，但真乖乖不做生意的卻是少之又少。大部分都是掛在妻子名下，像東大街上的商鋪，多半有達官顯貴在背後做靠山。

# 第五十四章

常如歡坐在一旁聽了半晌，對此也表示贊同。

他們目前認識的人僅有翰林院大學士曹正，曹正也不過是正五品官員，在官員遍地的京城，實在撐不起來。

薛陸點頭。「這事我同意，我手裡有些餘錢，就先看看有沒有適合的鋪子盤下來。等這批貨出了手，你們就辛苦一些，多去南方走幾趟，若是忙不過來，就寫信回去讓薛照他們也過來幫忙，或是可以從族裡挑些適合的人出來。」

薛老四看了薛陸一眼，點頭道：「這事我記下了。」

請人是必須的，但是又怕請來的人不可靠。

常如歡道：「請人不一定能放心，倒不如多花些銀子，將賣身契捏在手裡的好。」

買人的事就這麼說定了，第二天，薛博和薛老四便上街尋找買家，以求將手中貨物出手。

常如歡懷這胎很是費力，幾乎吃什麼吐什麼，整個人都瘦了一圈。就連薛鴻源都嚇了一跳，哭哭啼啼地保證以後再也不惹娘親生氣了。

最後還是常如歡強打起精神安撫，才撫平薛鴻源的小心靈。

只是孩子容易哄，大人卻沒那麼好騙。薛陸每日都小心翼翼的，一旦發現常如歡愛吃的菜，第二天準又在餐桌上出現。只是這頓喜歡吃，下一頓又不一定了。

薛陸心疼壞了，他現在在翰林院時間充裕，便偷偷利用職務之便查閱書籍，看看是否有解決之法，只是看了很多書，都沒有好的法子。

他想到之前說的買人的事耽擱不得，只是他擔心常如歡的身體，便讓薛竹著人去請牙婆，等他沐休時帶人過來挑選。

由於要挑做生意的夥計，薛陸親自坐鎮，等牙婆將人帶來時，便和薛博、薛老四一起挑選。

最後還真挑選出幾個夥計來，最後簽訂賣身契，以後這些人就是薛家的下人了。薛博有些激動，偷偷對薛老四道：「四叔，我作夢都想不到有朝一日能使喚上下人。」

薛老四到底年紀大些，想的比較多，瞥了他一眼。「別忘了咱們都是分了家的，這些下人都是你五叔家的，咱們做好分內的事就好，你五叔自然不會忘記咱們的好。」

薛博立即凜然道：「我知道了。」

買來的下人裡，有兩個曾在大戶人家裡做事，因為主家被抄，才被薛家買來。其中一個忠叔，以前就是京城一間鋪子的掌櫃，對京城的綢緞鋪子很熟悉，聽聞主家販來一批絲綢和布料，便自告奮勇帶著薛老四前去找銷路。

也是薛家運氣好，沒幾天便找到一家綢緞莊，本來這家綢緞莊有固定的供應商，誰知供應商前段時間出了事，一船的綢緞都泡了湯，他們正發愁呢，薛家人就來了。

薛老四與薛陸談妥之後，便與對方簽下契約。將貨送到後，對方很滿意，還簽訂了更多的採購計劃。

薛老四和薛博馬不停蹄地又帶人去了南方，薛陸則將利潤交給常如歡保管。

常如歡現在是個十足的富婆了，薛陸笑道：「今後為夫可就靠娘子養活了。」

常如歡摸摸他的頭，笑道：「乖。」

立秋後，天氣轉涼，常如歡的孕吐也好些了，肚子慢慢大起來。

見她身子好了，鄭氏帶著曹心怡親自登門，與她說起自家姪兒與薛竹的婚事。

常如歡摸著肚子，對鄭氏道：「師母，我非小竹的母親，她爹娘既然將她的婚事託付予我，那我就一定要給她找一個可心的人。我們不求對方家財萬貫，只求對她一心一意。」

鄭氏笑道：「我家姪兒最老實不過了，妳若真找那家財萬貫的，我娘家還真不符合要求呢。我娘家恆產不多，但生活也富足，姪子上進，等下屆鄉試，也該下場歷練了。」

薛陸為人圓滑，該硬氣時硬氣，該妥協時妥協，在翰林院上值不久，便與同僚打成一片，就是聖上都對他讚不絕口。自家老爺早就說過，薛陸今後前途無量，這翰林院也只是過渡的地方罷了。

且薛陸對養育自己的家又懷有感恩之心，與這樣的人做親戚，對他們曹家再適合不過。

於是鄭氏才回家與娘家大嫂說起這門親事，等鄭氏說了其中關係後，娘家人都非常贊同。尤其是她姪子鄭元，聽聞是新科狀元薛陸的姪女，當即便答應下來。

常如歡聽到這裡，滿意地點頭。「這事我還得問過我家夫君，他好歹是小竹的五叔，還有人，我是一定要見的，最好是兩個孩子都滿意才好。」

鄭氏雖覺得她說話直白，但又覺得在理，當下點頭。「這是自然。」

鄭氏離開後，常如歡將薛竹叫進來。「哎呀，姑娘大了，不能留了，今日師母過來，可是為了妳的親事呢。」

薛竹雖有鄉下姑娘的淳樸，但這幾個月在京城生活，見過不少上層人士的生活，如今在禮儀方面也很像樣。聽常如歡這般說，當即垂頭，嬌羞道：「五嬸兒……」

「噗哧！」常如歡笑了，拉過薛竹，讓她坐在身邊道：「我嫁進薛家這些年，也就與妳最說得來，還真捨不得妳嫁人。」

「那我不嫁人了，以後都陪著五嬸。」薛竹有些感動。這些年，雖說是她陪著五嬸，可實際上都是五嬸在幫他們，幾個姪女裡，也是對她最好。

常如歡笑著戳她額頭。「還陪我呢，估計明年再不嫁人，就該埋怨我了。」

薛竹也笑了，不嫁人是不可能的，後面還有好幾個妹妹呢。再說，她看得明白，在京城居不易，自己過得好，五嬸也能少操些心。

「過幾日，師母會帶著她姪子來咱們家，到時妳躲在後頭偷偷瞧，好不好都先看過再說。」

薛竹紅著臉，點頭應下。

幾日後，鄭氏果真帶著娘家大嫂和姪子鄭元上門來了。

薛陸正好休沐，他們來時正好見了一面。不過由於鄭元是外男，只給常如歡夫婦請了安，便被薛陸帶到書房去了。

鄭氏與常如歡說了好些話，等鄭元回來，這才告辭離去。

等人走後，常如歡問薛竹。「如何？」

薛竹紅著臉點了點頭。其實她對鄭元並無多少感覺，只是認為她五叔和五嬸覺得好的人，就一定真的好。

當時薛函和薛菊也躲在後頭看，薛菊道：「還不錯。」

薛函則眼神閃了閃，沒有說話。

常如歡只顧著與薛竹說話，沒注意到薛函的變化。

誰知過了幾日，鄭氏忽然登門，表情難堪，艱難地開口道：「這婚事怕是有變。」

常如歡一聽，眉頭一皺，頓時有種不好的預感。

「罷了，都是冤孽。」鄭氏嘆了口氣，搖頭道：「我那姪兒本說予小竹姑娘，我也甚是喜歡小竹姑娘，可我姪兒不知何時與妳家小函姑娘見過面，回去與我家大嫂說要娶小函姑娘。」

她姪兒的意思是，薛竹和薛函都是薛陸的姪女，娶哪個都是與薛家搭上關係。他見過薛竹，也見過薛函，覺得薛竹沒薛函有意思。

鄭氏當時被氣個仰跌，差點就甩他一巴掌，奈何娘家大嫂在一邊看著，認為兒子說得沒錯，不肯認錯。

最後鄭氏回去與曹正商量一番，決定上門推了這門親事。誰知鄭氏娘家大嫂突然哭著登門，說鄭元書也不讀、飯也不吃，對爹娘直言，若不讓他娶到薛函，他就死了算了。

鄭氏氣得差點破口大罵，無奈之下，只能背著曹正，上薛家探探口風。

說實話，她自己說出這話都覺得丟人，奈何鄭元已有幾日未進食，而他又是鄭家獨苗，她只能厚著臉皮說出來了。

常如歡聽完這話，眉頭一挑，覺得這事有意思。

鄭元見過薛函？

薛函來京城才多久，出門次數少得可憐，偶爾出去也是姊妹幾個一同出去，難道是那時候見過面？

常如歡臉上的笑容漸漸變了，她不是個好脾氣的人，若非鄭氏是薛陸的師母，她估計都要對方滾蛋了。

「師母大可回去告訴鄭公子，我家雖是鄉野出身，我家姪女也都是鄉下姑娘，但是我們不愁嫁。」常如歡淡淡開口。她不懼任何人，為了姪女，她更不怕得罪任何人。

鄭氏很無奈。這事本就是鄭家有錯在先，雖然鄭元不知在何處見過薛函，但這事本就是鄭家先挑起的，她又不能真的怪罪常如歡，只能起身告辭，並提議讓他們考慮一下。

等鄭氏離開，常如歡的臉立刻冷下。問過丫頭後，才知道薛函竟然私下出門見過鄭元。

常如歡將薛函叫來。「妳認識鄭元？」

薛函已經十四歲，遺傳了薛家的好基因，容貌很是不錯，相比之下，薛竹的確不如她明豔。

但這不是一個堂妹搶堂姊姻緣的理由，即便這婚事未成。

聽常如歡這麼問，薛函臉色一白，低著頭，一言不發。

常如歡也不著急，坐在那裡喝了杯水，面對薛函的沈默，只笑道：「妳是打算就這麼和我僵持下去？」

她說完，薛函突然抬起頭看著她，語氣裡有些不忿。「五嬸，我和薛竹都是您的姪女，為何您獨獨對她特別好？我和她還有薛曼都到了待嫁的年紀，薛曼只能在老家訂親，而薛竹卻能在京城找門好親事？就是這次您讓我來京城，不過是為了把薛菊帶過來，不好避開我罷了。」

她靜靜看著常如歡，慘澹一笑。「自小我娘便因為我是女孩，對我不好，而薛竹她們幾個卻有娘疼愛。長大後，我娘依舊不喜歡我，而她們卻有了您替她們打算。五嬸，若您能一視同仁，我何至於搶堂姊的婚事？說到底都是你們的錯，若不是你們偏心偏到天邊去，我又何必費盡心機做這等事？」

聽她的言論，倒全是常如歡的不是了。常如歡真想大笑兩聲，她緩緩抬頭，對上薛函不甘的眼神，冷笑一聲。「看樣子，讓妳來京城倒是我的不是了，那麼我今日就告訴妳一個事實。

「我喜歡誰、樂意對誰好，不是妳說了算，而是我說了算。」她看到薛函眼中的震驚，繼續道：「妳總覺得我對薛竹更好，那妳怎麼不想想，我為什麼獨獨對她好？二房沒分家前，可比不得三房，但她可曾埋怨過爹娘？爺爺、奶奶不疼愛她，可曾委屈過？姊妹間有矛盾，她可曾嫉妒過？她不會像妳這般搶姊妹的婚事，更不會說出妳這番話來。」

薛函默不作聲。雖然這些都是事實，她的確埋怨爹娘偏心、埋怨爺爺、奶奶不疼，但她就是不服氣。

常如歡繼續道：「妳自小便掐尖要強，若用在對的地方倒也罷了，偏偏用在自家姊妹身上。像這樣搶東西，也不是第一次了吧？」

她在薛家莊這幾年，自然將幾個姑娘成長的過程看在眼裡。有好幾次，薛函為了在她跟前表現，將別人的功勞攬到自己身上，她不說，不代表她不知道。

此刻薛函被說破，面上有一瞬的臉紅，但她仍舊倔強道：「誰叫五嬸眼裡都看不見我。」她沒說的是，是堂姊和堂妹傻，才處處讓著她，任憑她將功勞搶走。

常如歡搖搖頭，不想和她說下去，只肅然問道：「妳當真要嫁給鄭元？」

不等薛函回答，常如歡又道：「我本與妳五叔商議，覺得他這人不錯，可這件事發生後，我改變了態度。這人能如此迅速改變想法，只不過看上妳現在的臉皮，等過兩年他又看上新的美貌姑娘，妳又如何自處？妳若就此收斂，就放棄這門婚事，不管是小竹還是妳，我和妳五叔都會給妳們找一門可心的婚事，可好？」

不，她不，她不想放棄這個機會！

薛函抬頭，哀求地看著常如歡，顫抖道：「五嬸，我知道這事我做的不對，但我真的喜歡他，我第一次見到他時就喜歡上了，求五嬸成全我們。」

常如歡見她如此冥頑不靈，也放棄了說服她，冷笑道：「我非妳父母，可不敢作妳的主，我會寫信回去讓妳娘來處理這事。」

這事她真的錯了，她不該為了面上好看，讓薛老三把薛函也帶過來。現下薛老三剛走沒多久，薛函就出了這事，她可真不好與三房夫婦交代。

薛函聽她提起母親，當下臉色一白，撲通一聲跪下。「五嬸，拜託別和我娘說，我會被打死的。」

「妳娘怎麼會打死妳？頂多讓妳知道教訓罷了。既然知道後果，妳做這事時為何不想清楚？無非是仗著離爹娘遠，在我眼皮子底下，我給妳定下也就定下了，妳爹娘也不會說什麼，不是嗎？」常如歡最恨別人欺騙她，當下冷笑道：「既然妳一心要嫁，那就等妳娘來再說吧，只要妳爹娘同意，那妳就嫁過去好了！」

對於不識好歹的人來說，常如歡認為完全沒有心軟的必要。

薛函心裡一陣寒涼，她不怕常如歡，卻怕她娘。她來之前，吳氏還叮囑她爹，讓她爹轉達她的婚事由她五嬸作主，所以這次她才敢這麼做。

可現在她五嬸不願意管，要讓她娘到京城來決定她的婚事……她已經能預見她娘的憤怒了。

# 第五十五章

薛陸知曉這事時也很生氣，他冷笑道：「她樂意嫁就嫁好了，咱們再給小竹找一門更好的親事。」

薛竹年紀正適合婚配，且性子又好，等過段時日再找其他人家就是。不是大富大貴的人家也不要緊，能讓她衣食無憂、安安穩穩過一生才是最重要的。

常如歡嘆口氣道：「本想著將家裡的姑娘都安排妥當，誰知卻出了這檔事。」

薛陸不以為然。「這不是妳的錯，是薛函自己想左了，等三嫂來了讓她決定吧，咱們還是少管的好。只是小竹那邊，妳還得好生勸說，別讓她鑽牛角尖。」

出乎常如歡和薛陸的意料，薛竹對於這樣的結果一點都不傷心，反倒安慰常如歡道：「那正好，我還想多陪陪五嬸呢。」只是換個人家罷了，也許更好的在後面等著她。這是五嬸曾經跟她說的，不會有錯。

見薛竹能想開，常如歡很欣慰，笑著道：「放心，妳的婚事現在是妳五叔、五嬸的頭等大事，定會讓妳歡歡喜喜地嫁人的。」

薛竹這次不裝害羞了，咧嘴笑道：「我相信五叔和五嬸。」

薛竹這邊說好後，常如歡便早早寫了信回去，將事情的前因後果說清楚。

在等待吳氏前來的日子裡，薛東知曉了此事。他已經十六，早就過了不懂事的年紀，得知自己妹妹幹出這等事，將薛函大罵一頓。

薛函自然不服氣，和薛東大吵一架，如今是誰也不肯理誰。

而鄭氏因為這事也不好意思登門了，倒是曹心怡來過幾次，話裡對她那表哥也很看不上眼。

半個月後，吳氏和薛老三一道來了，兩口子先是和常如歡道了歉，才將薛函拉進屋裡大罵一頓。

薛函接連被至親罵，早就委屈得不行，當即坐在地上哭了起來。

做父母的哪怕再重男輕女，也是心疼女兒的，薛老三夫妻最後還是答應了這門婚事。當父母的都答應了，做叔伯的自然不會阻攔，等鄭氏又一次登門時，便應了下來。

兩廂父母商定好婚期，薛函這才不鬧騰了。

而想早些抱孫子的鄭家夫妻，卻私下讓鄭元的兩個通房停了藥。

薛函對這些一無所知，訂親後，她再也沒見過鄭元，只因鄭家說未成親前，未婚夫妻見面不合規矩。

十一月底，常如歡生下一女，取名「美麗」。

有了上一胎的經驗，常如歡生產前，丫鬟、婆子寸步不離，就連產婆也早就找好了，住在薛家隨時準備。

吳氏雖然是長輩，卻沒能插上手，看著薛竹老練地安排，吳氏心裡更不是滋味。和薛竹比起來，薛函似乎除了埋怨，沒有其他優點了。

常如歡出了月子，鄭家人又上了門，似乎想早些娶薛函進門，卻被常如歡以不是爹娘為由送了出去。

鄭家因為這事，懷恨在心，在外編排常如歡。

薛陸從他人處知道此事，只對她道：「鄭家也太猖狂，不過是仗著老師的膽子罷了，就該得些教訓。」

雖然這麼說，但常如歡並未真的放在心上，誰知過了幾日，吳氏過來時，面色有些難看地道：「鄭元出事了。」

常如歡挑眉詢問。

吳氏嘆氣道：「也合該這婚事要到明年，鄭元居然逛花樓，被人打斷了腿！聽說幾個月別想下床了。哼，這樣的男人，小函居然……她居然覺得不在乎……我都與她說了，若是她不同意，我和妳三哥就是拚上全部家當，也要把婚事給退了，可她執迷不悟，堅持要嫁。」

從前的吳氏對薛函態度很差，什麼粗活、髒活都丟給她，那時吳氏心裡只有兒子，認為女兒是賠錢貨。但是現在，常如歡卻從她的眼中看到悔恨和無奈。

悔恨的是自己以前偏激的態度，讓女兒變成這副模樣；無奈的是，他們阻止不了薛函的執拗。

甚至薛函還放狠話。「你們若不讓我嫁，我就上吊。」

做父母的最終拗不過孩子。

而鄭元被打一事，若薛陸說不是他做的，常如歡一點都不相信。

可薛陸在她面前卻很聽話，她問了，他便承認。「嗯，是我花錢找人做的。」

他倒不是疼惜薛函，他是暗恨鄭家人無止境地上門騷擾他的娘子。

可這事畢竟別人不知道，鄭家因為鄭元的事亂成一團，婚期也暫時延宕下來。

臘月，薛曼成親，常如歡一早便買好禮品，托人帶回去了。

很快，便過了年，天氣回暖，但鄭元的腿卻瘸了，鄭家找了不少名醫都沒能治好。鄭家一看兒子這模樣，別說是參加科舉，就是外出都會遭到許多議論。

尤其鄭氏因此事疏遠了娘家，鄭大嫂夫妻更是焦灼。無奈之下，只能找上吳氏，重新商議婚期，卻沒說鄭元腿瘸好不了的事。

他們想的是，一旦成了親，就算薛陸再不喜鄭元這個姪女婿，也該考慮培養自己的勢力，不然他一人勢單力孤也沒什麼用。

最後，婚期重新定在秋天。

薛老三讓薛東寫信回去告訴薛家莊的人，最後得到的回信都是不過來，隨著回信而來的還有各房給的添妝。

薛函自然不高興，但也無奈，只盼著他日鄭元能帶給她無上的榮華。

到了婚期，鄭元拖著一瘸一拐的腿來迎親了。

薛函坐在床上，低著頭看著鄭元一瘸一拐上前，頓時將蓋頭掀開，驚訝道：「你的腿怎麼瘸了？難道好不了了？」

自從腿瘸，不能參加考試後，鄭元的脾氣逐漸變得怪異，其實說白了就是自卑。讓他一直覺得每個人都看不起他，尤其聽不得瘸這個字。

現在薛函當眾說了出來，他頓時覺得臉上火辣辣的，恨不得找個地洞鑽進去。

可他也知道這門親事不能壞，他僵硬的臉上慢慢浮現一抹笑意，抬頭看向薛函。「妳嫌棄我了？」

薛函一句話都說不出來。

當然，她並不知道有殘疾的人不能參加科舉，她只覺得，那條瘸了的腿難看極了。

但事情已經到了這一步，容不得她後悔。她搖搖頭。「不嫌棄。」

鄭元臉上的笑意漸漸擴大，接著轉變為狂笑，上前重新給她蓋上蓋頭，牽著她的手往外走去。

薛函嫁人了，吳氏夫妻將薛東送到京城，便打算回清河縣。在京城住一陣子，吳氏和薛老三算是明白了，京城雖好，卻居不易。這半年多，薛老三雖然也出去做工，但掙的工錢卻遠遠不夠一家人開銷，要不是常如歡他們補貼，估計日子都過不下去。

送走吳氏和薛老三，天氣也逐漸熱起來。沒過多久，薛博回來了，他膚色變黑了，人卻更加精神了，他提議道：「五叔，咱們是時候開鋪子了。」

薛陸點頭。「好，年前章管家就出去打聽過，已經盤下一間鋪子，雖然位置不是太好，但也不差，現在一直空著呢。」

薛博笑道：「看來五叔早就有計劃，這樣更好。」

之前他們就商量過這事，薛陸自然早有準備，現在薛博和薛老四對外面的生意逐漸上手，開鋪子就刻不容緩了。

此時薛老四也在，薛陸便問道：「你們可商量好誰要留在京城？若是人手不夠，讓薛照過來幫忙也可以，或是二哥和三哥？他們在家只守著果園，也不是個事。」

薛博聽他提起大哥，眼睛一亮，但又想到薛照的性子，便道：「就我大哥那性子，估計更想留在清河守果園呢。我和四叔商議過，我還年輕，以後由我往外跑，四叔在京裡幫你打點事務。」

薛陸聞言，點頭笑了。和薛博的開朗相比，薛照是個悶葫蘆，讓他做生意還真難為他了。

可他們也明白，薛老二和薛老三也不是做生意的料，薛老四便道：「倒不如從族裡挑幾個年輕的後生培養。」

薛陸其實早就有這想法，沒先提出來，不過是擔心自家兄弟覺得他照顧外人，不照顧他們罷了。

如今聽薛老四提出來，他便道：「四哥，不如你回家一趟，從族裡挑幾個後生，順便拿些銀子買些族田、辦個小學堂，讓薛家族人有書唸，你看如何？」

「這太費銀子了吧？」薛老四雖然也是薛家人，可卻覺得那些人畢竟不是自己家人，有些捨不得辛苦賺來的銀子。

薛陸笑道：「四哥，在朝為官不是那麼容易，需要的是大家守望互助，若是薛家能有更多的讀書人，不管是對我還是對薛家都有好處。像那些高官，不管是在朝中還是地方，都有許多自己族裡的人為官，這就是家族的力量，獨木難支說的就是這個道理。」

「薛東不是正在讀書嗎？」薛老四反駁。

薛陸道：「薛東和鴻源畢竟還有很長的路要走，就好比我現在為官，尚且需要你們過來幫忙，等他們有朝一日為官，也需要親人的幫忙。薛東和鴻源差了十幾歲，其他幾個小的更別說，所以培養人才，勢在必行。」

薛老四說不過他，只好答應。畢竟銀子是薛陸出的，他只是幫忙而已。

叔姪三人商議好後，薛老四便趕往清河縣。薛陸選擇讓他回鄉不是沒有道理的，薛老四輩分稍微高一些，而且小錢氏也快到產期了，他回去會好些。

一切似乎都往好的方向發展，薛函嫁人後，常如歡身邊清靜不少，加上每日有薛菊和薛竹陪著，還有小美麗，生活變得有趣多了。

唯一讓人討厭的便是薛函了。

雖然早就知道薛函會後悔，卻沒想到後悔的那麼快。沒兩個月，薛函就抱著包袱，哭哭啼啼地回來了。

原來鄭元的兩個通房有了身孕，薛函不同意留著，大吵大鬧，與鄭家撕破臉，這才跑回來。

常如歡本不想管，但薛函若名聲差了，說出去也不好聽，便給了她一些建議，但薛函卻只聽著沒吱聲，等鄭元來請她回去，一番甜言蜜語就妥協地跟著回去了。

誰知沒多久，她又回來了，希望薛陸能幫鄭元找份差使。

常如歡冷笑道：「妳五叔不過是個從六品的窮翰林，可沒那麼大的本事給妳夫君安排差使。」

薛函眼神閃爍，張了張嘴，有些可憐道：「可是婆婆說了……」

「妳婆婆說的話那麼厲害，那就讓妳婆婆去靠關係找人，我們沒這本事。」常如歡端起茶喝了一口，未再說話。

薛函眼淚都快要掉下來了。「五嬸，要不您讓我見見五叔，我與他說？」明明今日是五叔的休沐，她都打聽好了，她覺得五嬸就是故意不讓她見五叔。

常如歡看了她一眼，突然笑道：「妳覺得妳面子大？好啊，那妳自己與妳五叔說吧。」說完直接起身走了。

薛函有些後悔，覺得惹惱了五嬸，似乎不大妥當。

但是薛陸也不願意見她，直接派管家送她回去，還告訴她沒事少上門。

薛函總算來得少了，常如歡又恢復了清靜的日子。她以為是因為薛函想明白了，卻不知是薛陸找上鄭元，讓他約束好自己的娘子。鄭元羞惱之下，回家將薛函關了起來，鄭家也由此事知道，薛陸並不是那種你拿捏他姪女，便能讓他給你辦事的人，也算是明白娶薛函是打錯算盤了。

其實薛陸並不是個絕情的人，相反的，自從他娶了常如歡，領悟到一些道理後，對自己的兄弟們很不錯。只是碰到像薛函這種自私固執的，卻又異常冷酷，不講情理。

# 第五十六章

天氣逐漸回暖，薛竹已經十八歲，在這裡算是大齡姑娘了。遠在清河縣的周氏夫妻也很焦急，已經寫來兩封信詢問婚事，而不光是薛竹，就是薛菊都到了嫁人的年紀。

接到兩封信的薛竹心裡也有些煩悶，她其實不想早些嫁人，但爹娘卻總擔心她嫁不出去，慢慢的，她心裡便有些彆扭。

常如歡看她這樣，便對薛陸道：「這天也暖和了，我打算帶薛竹和薛菊去大成寺上香，順便散散心。」對於求神拜佛，她並不感興趣，最主要的是開解薛竹。

薛陸沈吟片刻。「不如等我休沐再去？」媳婦太漂亮了，總是不放心她出門呀。

「不用，又不遠，鴻源也吵著想出去玩，正好帶著，小美麗就在家裡讓章嫂帶。」常如歡笑道。見他面露遺憾，不由好笑。「離你沐休還要七、八日，誰知道那時是什麼天氣？」

薛陸嘿嘿直笑，便不堅持了。「那行，張四兄弟幾個都帶上。」他說的是當初為了看家護院買的四個壯漢。

第二日一早，常如歡便帶著薛鴻源和薛竹姊妹倆前往大成寺。

大成寺位於京城郊外，坐馬車一個時辰便能到。寺廟建立千年，香火依舊鼎盛，光是寺廟內的美景，就足以讓眾多香客趨之若鶩。

大成寺的前院供香客上香祈福，後院則有大小幾十座客院，客院後面又有不同美景，春日有櫻花，夏日有蓮池，秋日有菊園，冬日有梅花。

常如歡在現代時去日本看過櫻花，當時只覺得的確很美，但如今來到古代，看到原生態的櫻花，才發現這才令人震撼。

一眼望不到盡頭的櫻花林，漂亮極了。

薛竹和薛菊也很開心。在京城，她們能夠說上話的人不多，就算出門也是跟著常如歡去做客，難得能出來賞景，心情自然愉悅。

「五嬸，這裡可真美，以前我從未想過有朝一日能看到這樣的美景。」

薛竹曾以為自己會和大姊一樣，在老家找個男人嫁了，平平淡淡的過一輩子。後來認識了五嬸，才知道人生還有不同的樂趣，尤其跟著五嬸讀書認字後，更加渴望看看外面的世界。

而年紀小的薛鴻源早就樂得在樹林間跑來跑去。

「狗蛋兒，別亂跑。」常如歡忍不住阻攔。

薛鴻源回頭瞪著他娘，控訴道：「娘，別學我爹！」

四歲的小少年覺得自己和妹妹的名字，簡直被爹娘給玩壞了，不過比起狗蛋兒，妹妹的小美麗明顯要好聽一些。

常如歡聞言，不禁失笑。

薛竹笑道：「難得輕鬆一下，就讓他玩吧！五嬸，您先歇著，我帶丫頭過去看著他。」

眼看狗蛋兒快跑不見蹤影，常如歡便點頭讓她去了。

薛菊站在原地，表情淡淡的，看著漫天的櫻花，也沒表現出多大的喜色。

對於薛菊的成熟，常如歡嘆了口氣。

她並不覺得這是一個孩子的本性，想當初她剛嫁進薛家時，薛菊年紀小，看起來很萌，也很開朗，可隨著時間的推移，卻變得比薛竹還要沈默、成熟。

「小菊，妳想找什麼樣的婆家？」常如歡想起周氏的託付，覺得應該問問她的意見。

薛菊抬頭看了她一眼，然後瞥向別處，半晌才道：「五嬸，我想招贅。」

常如歡驚訝地看著她。沒料到幾年過去，她還是一樣的想法。

薛菊繼續道：「我爹娘因為沒有兒子，在家裡受盡奶奶的氣，尤其是我娘，在奶奶面前，大氣不敢出，就是大伯娘她們都看不起我娘。其實我記事很早，小時候跟著爹娘睡，晚上時常聽見我娘哭，還有我爹無奈的嘆氣聲。那時我就恨為什麼自己不是男孩，那樣我娘就不用吃那麼多苦了。」

常如歡瞧見薛菊的眼淚在眼眶裡打轉，但就是不肯讓眼淚掉下來，剛想安慰，就聽薛菊繼續道：「五嬸，我是真想招贅，不求對方的家世，只望對方家裡的兄弟多一點，這樣他就能跟我回去清河縣。我娘和我爹從來沒有因為我們姊妹是女娃就不疼我們，相反的，更加倍地疼，我不希望我爹娘老了，身邊連個照顧的人都沒有。」

青春年華的少女，本應有天真爛漫的快樂日子，可薛菊卻將重擔都壓在自己身上。這份沈重，讓常如歡為之嘆氣。

但她並不打算勸慰，因為她明白，薛菊定是想得很清楚了，這決定也早就做好了。她唯一能做的，就是幫她找個願意跟她回鄉入贅的夫婿。

「五嬸支持妳。」常如歡握著她的手，給予她溫暖，表達最直接的支持。

薛菊咧嘴笑笑，略顯調皮道：「那五嬸趕緊給二姊找個婆家吧，我可不想養了爹娘，再養個姊姊呀。」

常如歡噗哧一聲笑了。「這要是讓妳二姊聽見，定是認為妳嫌棄她呢。」

薛菊笑笑，美麗的臉龐有異樣的光采。

兩人正說著，就見薛竹拉著薛鴻源匆匆地回來了。

薛竹低著頭，低聲對常如歡道：「五嬸，我累了，咱們快點走吧。」

常如歡不禁疑惑，薛竹在老家做慣了農活，有的是力氣，就是在京城也沒閒著，早上跟著她打太極，怎麼才出來一下子就累了？

她好奇地看著薛竹，卻見薛竹耳根都紅了。

看來其中有隱情……她將目光瞥向薛鴻源，薛鴻源接收到訊號，立即將他堂姊出賣了。「剛才在樹林深處，我撞到一位公子，一打聽才知道居然是位小侯爺，那位小侯爺還跟堂姊說了幾句話……」

薛竹沒想到會被薛鴻源說了出來，著急地去捂他的嘴，神情窘迫地解釋：「五嬸，不是您想的那樣，我只是、只是替鴻源道了歉而已，小侯爺也沒多說什麼。」

常如歡一愣，居然是在樹林深處遇見外男了。

雖說本朝風氣開放，但在這裡遇見外男總是不好，當下便起身帶人去後院的客院。

進了客院，常如歡讓薛菊先帶薛鴻源去休息，這才詢問薛竹事情的經過。

好在事實就是薛竹說的那樣，常如歡也就放了心，看著天色還早，便又帶著幾個孩子去前殿，象徵性地燒香拜佛。

結束後，便帶著幾人找個亭子坐下來看風景。

坐在一旁的薛鴻源突然拉拉常如歡的手，示意她往外看。就見幾個年輕公子正說笑著經過，其中一個二十左右的男子，還有意無意地往這邊瞥了幾眼。

常如歡轉頭，就見薛竹正紅著臉低下頭。

常如歡眨眨眼，又抬頭看向那公子。那公子似乎察覺到有人看他，還抬頭對她咧嘴笑了笑。

一口的大白牙，不錯。

回去的路上，薛竹變得沈默許多。薛菊瞥了她二姊一眼，搖頭嘆氣，似乎她才是姊姊，薛竹是妹妹。

回到家中沒幾日，聖上突然下旨，讓薛陸帶人到河南賑災。常如歡這才知道，黃河潰堤，淹了不少的莊稼，朝中正對此事焦頭爛額。

但讓她奇怪的是，聖上居然讓一個從六品的翰林帶頭去賑災？

薛陸及時解答了她的疑惑。「似乎與楚國公府有關。」

「楚國公府？難不成那曾寶珠又回來了？」話說出口，她又覺得不可能，到了那種地方，曾寶珠怎麼可能出得來？

薛陸皺眉道：「我本來也覺得不可能，但這是宣威侯府世子與我說的。這宣威侯世子實際上是宣威侯府的當家人，名聲不錯，他的話應該不假。」

宣威侯府小侯爺？

等等，前幾天去大成寺，薛竹遇見的外男不就是宣威侯府小侯爺？

常如歡還來不及與薛陸說這件事，薛陸便匆匆忙忙帶人趕赴河南。

與水災時常相伴而生的是瘟疫，薛陸走後第二日，瘟疫的消息便傳到京城來了。

但薛陸只是一個從六品的小官，帶去的人官職也都差不多，就連太醫院的幾位太醫都是六品，眾人唏噓當年的狀元之餘，也慶幸自己沒有親人在河南。

但是，在薛家卻是大事。

薛陸去河南賑災這事本就透著蹊蹺，如果真像宣威侯府小侯爺說的那樣，那麼楚國公就不是外面傳言的那樣剛正耿直，而是時隔兩年後對薛家進行報復。

只是常如歡有些好奇，當今皇上聖明，聽薛陸說聖上對他頗為信任，如果順利，等三年翰林院坐滿，他將進入六部，替聖上開拓領地，又怎會發生這樣的事？

她想不明白，但事情已經發生了，她能做的也只有顧好家裡，等待薛陸歸來。

她相信薛陸，相信老天將她扔到這裡，不是為了讓她當寡婦的。

然而薛鴻源不知從哪裡聽來的閒話，也不上學了，蹭蹭地拉著小美麗來找常如歡。

「娘，我爹還能回來嗎？」

他明白爹對家裡的重要性，所以聽到下人談論時很害怕，來找母親的路上碰見妹妹，便一起帶了過來。

此刻他站在常如歡面前，眼神帶著害怕與期待——他期待母親能說出與下人們不一樣的話。

常如歡的笑容漸漸斂下，一旁的薛竹也是眉頭微皺，在常如歡開口前道：「五嬸，交給我吧，我去查。」

常如歡點點頭，轉頭將薛鴻源拉進懷裡，又將小美麗也拉過來，柔聲道：「你們相信爹嗎？你們覺得爹厲不厲害？」

小美麗點頭。「厲害、厲害。」

薛鴻源想也不想地道：「相信，我爹最厲害了。」在他看來，爹能考上狀元，那就是最厲害的人了。

「你們的爹不會有事的。你們記住，別人的話不一定可信，尤其是下人亂嚼舌根子的話更不可信，我都不知道的事，他們怎麼可能知道？以後有這種拿不準主意的事就要問爹娘，知道嗎？」常如歡看著薛鴻源，覺得時間過得真快，轉眼她到這個陌生的世界這麼多年，而且還有了兒子。

薛鴻源聰慧，母親一說便懂了，當下點點頭，正色道：「娘，我知道了。」

小美麗不懂哥哥和母親在說什麼，紮著羊角辮的腦袋一個勁地點。「知道、知道。」

常如歡笑著摸摸她的頭，像是對孩子，也像是對自己說：「會沒事的，會回來的。」

薛竹跟著常如歡這麼多年，辦事效率很高，沒多久便回來了。

她看了薛鴻源一眼，常如歡明白她的意思，率先開口。「沒事，說吧，他早晚都得知道。」

薛竹點點頭，這才道：「是章嬸娘家的一個姪媳婦，聽說那個姪媳婦有個妹妹在楚國公府當丫頭，話就是從那邊傳過來的。」

常如歡點點頭。「將事情告訴章嫂，她知道該怎麼做。」

薛竹答應一聲便出去了。

薛鴻源有些忐忑地問：「娘，您打算怎麼處置章嬸娘家的姪媳婦？」堂姊雖然沒說，娘也沒說，但他知道她大概是不能在家裡待下去，原因就是在府裡亂嚼舌根。

常如歡讓丫頭將小美麗帶下去，正色道：「鴻源覺得娘有些苛刻了？」

薛鴻源猶豫，半晌才道：「我不知道。」

「早在幾天前，我就說過不許在府裡亂傳不準確的消息，為的就是安撫府裡人的心，但她明知故犯，不管是被利用也好，還是有意也罷，都會造成府裡眾人的慌亂。你看，你不就因為聽了她的話而跑來問我？」常如歡繼續道：「也是你相信母親，知道先來問我，若是你沒來問，而是大吵大鬧或是發生別的事，那她可就不只是被攆走這麼簡單了。」

她看著薛鴻源的眼睛。「記住，多聽、多看、多想。看到的不一定正確，聽來的也不一定對，多想想對方的話是不是可信。而且自己的爹都不信，還能去信一個下人？」

薛鴻源咬唇點頭，鄭重道：「娘，我記住了。」

從屋裡出來後，薛鴻源打算繼續去書房唸書，誰知突然衝出一個婦人，跪倒在他腳下，哭著喊道：「少爺，求求您別攆我走，我是被人陷害的呀！」

薛家本就不大，常如歡在正屋裡都能聽見外面的動靜，但她也不出去，她想聽聽薛鴻源如何回答。

過了一會兒，就聽見薛鴻源道：「我幫不了妳。我是小孩都知道話不能亂講，何況妳是大人？」

接著便傳來婦人的哭聲。

沒多久，那婦人被拉走了，院子裡重新恢復了平靜。

# 第五十七章

半個月過去，薛陸仍然沒有回來。

但消息卻源源不絕地傳回來。

有人說河南瘟疫更嚴重了，帶頭賑災的薛陸連同一位太醫不見蹤影，或許已經遇害。

就在薛家人心惶惶、常如歡心急如焚時，有人寄了封信給她，裡面只有四個字：大人無恙。

常如歡以為是薛陸讓人送回來的，當下稍微放了心。

只是後來，她每隔兩日便會收到一封這樣的信，不禁覺得奇怪。

更詭異的是，薛竹也收到了信，信上也說了同樣的事。

薛竹不敢私藏信件，拿出來給常如歡看。常如歡看了，眉頭緊皺，不知是何人送信來？但顯而易見，送信給她和薛竹的不是同一個人。

六月初，天氣更加炎熱，薛博和薛老四都來了，他們都聽說了薛陸的事。

薛老四有些擔憂。「五弟怕是被人暗算了……這事大家都瞞著爹呢，若五弟真的出了事，估計爹會受不了。」

薛博開口道：「不如去問問劉叔？」他指的是劉敖，畢竟劉敖與薛陸關係還不錯。

常如歡搖頭。「他也托人問了，但打聽不到。」

薛老四嘆了口氣，道：「我來的時候，常叔還叮囑我，讓我告訴妳一定要撐住，還說過些天就帶著如年過來。」

薛陸和常如歡畢竟年輕，身邊沒有長輩照顧，常海生一直不放心，雖然往後薛老四也會待在京城，可大伯和弟媳婦過多接觸也不好。

這些年，常海生放棄科舉，一直在清河縣縣學教書，順便輔導常如年讀書。去年，常如年中了舉，因為年紀小，常海生本打算下一次春闈再讓他參加，在清河多讀三年書，但薛陸現在出事，他便決定辭掉縣學的工作，帶著常如年提前進京。

兒女都在跟前，他也不至於太過擔心。

常如歡嘆了口氣，這事到底是讓家人知道了。

而幾天過去，給常如歡的信依舊如期而至，讓她心裡更加犯疑。

她派了兩個小廝躲在門後，整夜守著，看看究竟是何人送信來的？

第二日，小廝來報，他跟著對方進了京城李府，而李府目前的當家人是李讓，也是京城有名的皇商。

這名字對常如歡來說有些遙遠，想了想才記起，這人是清河書鋪的老闆。

當年她恍恍惚惚有些明白李讓的心思，不禁驚訝對方今日的相助，難道他對自己舊情難忘？

她搖搖頭，應該不太可能，不過對方既然幫了忙，她自要答謝一番。

她叫來薛老四，備上禮品，特地去了一趟李府，答謝李讓的幫助。

自此，李讓的信不再寄給常如歡，而是寄給薛老四。

她這邊查出了信的出處，而薛竹那邊也水落石出。

因為給薛竹寫信的人似乎並不打算隱瞞，在李讓被找出來的第二日，便在給薛竹的信上署了名：宣威侯府世子季明。

薛竹一下子鬧了個大紅臉，顯然已經記起那日在大成寺遇見的人。

常如歡皺眉，看著這堆信件，接著揮退眾人，對薛竹道：「妳想嫁給他？」

薛竹聞言，臉更紅了，半晌猶豫道：「五嬸，我知道以我的家世，嫁給他是妄想，但五嬸問了，我就說實話吧。我想嫁他，我在看到他第一眼時就認定了他，與他的家世無關。或許我這麼說是不自量力，但我仍要說出來。」她從未如此認真過。

她看著常如歡，綻放個笑容，道：「即便知道不能嫁過去，但說出來還是很開心。五嬸，我知道您一定不會笑話我的，對吧？」

對於她的坦誠，常如歡卻笑了。

「妳是農家女又怎麼樣？他是小侯爺又怎麼樣？身世的差別可以用真心來彌補，只要他願意娶、妳願意嫁，就沒有什麼不可能。況且，我聽說宣威侯府是他在當家，也就是說，別人作不了他的主。」她想到薛陸，淡淡笑道：「等妳五叔完成任務回來，定能升官，到時候誰敢議論妳農家女的身分？」

薛陸雖然還沒回來，且京中也傳出不好的傳聞，但常如歡就是相信薛陸一定會沒事。

從她嫁進薛家後，薛陸改變惡習，努力讀書，這中間沒少吃苦、沒少受罪，這些他都挺過來了，現在的困難又算得了什麼？

她相信自己的男人一定會披荊斬棘地歸來。

薛竹咧嘴笑了笑。「我相信五叔，我還等著五叔、五嬸給我做靠山呢。」

常如歡笑了笑，讓薛博親自去宣威侯府走一趟，表達薛家的感激之情。至於書信，則是全部裝起來讓他帶去，並轉告一句：不合規矩。

宣威侯府小侯爺季明收到口信，眨了眨眼。

不合規矩？

那若是合規矩，這書信是不是就可以寄了？

於是季明做了個決定，等薛大人從河南回來，就上薛家提親。至於繼母想給他安排的那個騷女人……嫁給別人去吧！

同一時間，遠在河南的薛陸終於鬆了口氣——總算是不負使命，完成了任務。

薛陸當夜便寫好彙報的摺子，將摺子封好交給下屬，叮囑務必快馬加鞭送去皇宮呈給陛下查閱。

待下屬告訴他京城瘋傳他失蹤，他只覺得頭大又擔憂。雖然任務已經完成，疫情也得以控制，但後續還有些事要處理，就算要回去，也得十天半個月。

等他回去後，他真不敢想像謠言會傳成什麼樣子？

無奈之下，他派人快馬加鞭回京城報信，而他則加快速度處理後續之事，盼能早日回京與家人團聚。

當常如歡得知薛陸平安無事後，這才綻出一個笑容。

「章嫂，賞！」

薛家全家上下喜氣洋洋，而另一頭的朝中，楚國公臉色鐵青，心裡快被這兒子氣瘋了。

曾裕背著他，利用他的關係將薛陸弄去河南。若薛陸真死在那裡倒還好，可薛陸居然完美地完成聖上的任務。

不出意外，這次薛陸肯定會升官，而薛陸又不傻，只要想一想，便能明白是誰出的主意。

或許現在薛陸還沒有能力與他們對抗，但薛陸非一般人，早晚有一飛衝天的時候。等到了那時，楚國公府沒了他坐鎮，他真不敢想會有什麼樣的後果？

思索間，太監宣佈下朝。

曹正跟在隊伍後面往外走，經過楚國公時，小聲道：「我這學生可是辦了件好差事呢。」

楚國公抬頭看他，曹正卻像是沒看見他一樣，朝他微微施禮便走了。

楚國公眼神莫名，覺得自己不做點什麼恐怕不行……

七月中旬，薛陸終於風塵僕僕地回來了。

薛陸得了聖上恩典，讓他第二日再入宮面聖，於是當他一身泥巴站在門口時，門房也嚇了一跳，差點以為他是乞丐。

不過門房也只是愣了一瞬，接著立刻跳起來往院子裡喊道：「老爺回來了——」這一嗓子，所有人都聽見了，常如歡只覺得心跳得飛快，她發現自己真的很想他，從未如此想念過。

薛鴻源正在吃早飯，筷子立刻掉在桌上，接著站起來跑了出去，邊跑邊喊：「爹——你終於回來了！」

薛陸揹著小包袱進了門，便對上常如歡娘三個急迫的臉。

常如歡往門口挪了一步，覺得太慢了，撇開薛鴻源和小美麗的手，衝進薛陸懷裡。

薛陸差點被撲倒，他笑了笑，拍拍她的後背，低聲道：「我回來了。」

常如歡悶悶地點頭，甕聲甕氣道：「你終於回來了，狗蛋兒和美麗都想你了。」

「妳不想我？」薛陸強忍著激動，低聲問。

常如歡老實的點頭。「很想很想，這些年來頭一次這麼想。」

他們成親也有些年頭了，中間雖然也分開過，但頭一次碰上這麼長的時間。尤其這段期間，京城傳的謠言更是讓一家人忐忑不安。表面上，常如歡一直笑呵呵的，對薛陸充滿信任，安撫一家人，但夜深人靜時，她才會洩漏出對薛陸的擔憂和想念。

比起其他，她寧願薛陸平平安安的，不管升官也好、發財也罷，只有薛陸和她在一起，一切才有意義。

薛陸心裡一熱，將人攬得更緊了。

「爹，狗蛋兒想你了。」

薛陸正抱著許久不見的媳婦，就聽見一聲稚嫩的聲音，打斷了他們的恩愛。

難得的是，薛鴻源自稱是狗蛋兒。

薛陸戀戀不捨地鬆開常如歡，咧嘴對兒子笑了笑。「乖，狗蛋兒，想爹了沒？」

薛鴻源點點頭，眼圈都有些紅了。「想了。」這麼長時間沒見爹，就原諒爹叫他狗蛋兒好了。（完全沒有意識到自己剛才還自稱狗蛋兒來著）

小美麗瞪著大眼睛，慢慢地過來扯薛陸的衣服。

薛陸哭笑不得地將她抱起來。「走，回家。」

常如歡跟在爺仨兒後面，看著薛陸消瘦不少的身形，心裡心疼壞了。

薛鴻源和小美麗好些天沒見著爹爹，難得拋棄娘親，改投向薛陸的懷抱。

薛陸將兩個小的放下來，笑道：「爹身上髒著呢，等爹洗完澡回來再挨個抱抱。」

小美麗小臉蛋紅撲撲的，笑嘻嘻道：「洗白白。」

「對，洗白白。」薛陸站起來往外走，還不忘給常如歡使眼色。

常如歡對兄妹倆道：「你倆乖乖聽小竹姊姊的話，娘去給你爹找衣服。」

小美麗點頭。「我聽話。」

薛陸緩步進了屋，屋裡，丫頭早就備好了水。

薛陸脫下衣服，迅速地洗了一遍，然後將髒水倒掉，又將浴桶裡倒上新的熱水，這才等著常如歡的到來。
常如歡從正屋裡出來後，先去廚房轉了一圈，進屋就見薛陸靠在浴桶上閉著眼，似乎睡著了。
有災情的地方，難免有混亂和疫情，忙碌這麼多天，也的確是累了。常如歡輕手輕腳地上前，拿起布撩起水澆在他身上，慢慢給他按摩著。
薛陸似乎真的睡著了，一動也不動。
常如歡看著桶裡清澈的水，有些疑惑。他進門時身上明明很髒，這水怎會這麼乾淨？還未等她想明白，突然一個趔趄，被薛陸拽進浴桶。
水花飛濺，濺了常如歡一臉的水，她剛要開口，又被一雙唇給堵住。
常如歡整個人隨著這個吻，軟在薛陸的懷裡。
薛陸一邊親，一邊撕扯常如歡身上濕透的衣服。待常如歡與他赤裸相見，兩人已經吻得喘不過氣來。
薛陸捧著常如歡的臉仔細看著，彷彿一輩子都看不夠。他緊緊盯著她，眼神熾熱。「娘子，想死我了。」說著又親下去，將常如歡整個人抵在浴桶的邊緣。
常如歡被親得上氣不接下氣，心裡又擔心他的身體，趁著喘息的空檔，問道：「你、你不累嗎？」
在外忙碌這麼多天，說不累那是騙人的，但一見到漂亮的娘子，就渾身充滿了力氣呀。薛陸嘿嘿直笑，掰開常如歡的腿，有力的大腿抵著她的，接著狠狠進入，用行動告訴她自己累不累。

常如歡眉頭一皺，真想一腳踢死他。她就知道，這個混蛋夫君就是餓狼化身，別人累成狗，他都還能保持狼的模樣。

浴桶裡的兩人可謂是乾柴烈火，燎原千里……

# 第五十八章

在門外守著的丫頭聽見動靜，臉都紅透了，看見小主子過來，更是趕緊上前攔住。好在裡面的兩人還記得一雙兒女，薛陸釋放了一回，就滿足地暫時放開常如歡。

常如歡顫抖著雙腿往外爬，卻一個不穩，摔了回去。

薛陸乘機在她柔軟的胸上捏了捏，這才笑嘻嘻地將她托著送出浴桶。

常如歡抖著腿擦乾身子，又去櫃子裡取了衣服穿上。那邊，薛陸也出來了，渾身光溜溜地朝她走來。

常如歡將布扔到他身上，催促道：「你這不正經的東西，還不快些，再不出去，狗蛋兒和美麗該尋來了。」

薛陸擦乾身子，又穿好衣服，拉著她往外走。「晚上咱們再繼續。」

饒是常如歡來自現代，也被這無恥的夫君鬧了個大紅臉。

晚上，薛陸果然又精神了一把，徹底地滿足後，常如歡都昏睡過去了。

躺在柔軟的床上，懷裡抱著柔軟的妻子，薛陸默默道：「楚國公，咱們走著瞧。」

楚國公得知兒子曾裕幹的蠢事後，第一個念頭就是將薛陸殺人滅口。

早些年，楚國公也是沙場武將，後來受傷才隱退回家，但自來也是殺伐決斷之人，奈何生的兒子沒一個有出息，還要時不時替他們善後，也是操碎了心。

因為曾寶珠之事，曾裕憎恨薛陸也沒錯，但蠢就蠢在明知道聖上對薛陸讚賞有加，還敢插手此事。

於是楚國公決定安排人手埋伏在薛陸回京的路上，打算暗殺他，誰知薛陸竟然有人暗中保護，讓他一路安然回到京城。

進了京城再想動手，那就真的是找死。楚國公將派去的人悉數滅口，這才放了心，在朝中遇見薛陸時，還若無其事地打招呼。

薛陸看著楚國公一臉正氣的走遠，心裡冷笑。這次若非聖上早就暗中派人保護他，恐怕他連京城都回不來了。

到了文華殿，薛陸向聖上彙報此次河南行的所有經過，又將之前不方便讓下屬遞上的證據一一呈上。

承德帝看完證據，冷哼一聲，咬牙道：「好一個楚國公，好一個正氣凜然的國公爺，好一個開國功勛！」

承德帝早就對這些勛貴不滿，這次有了證據，便不再手軟，當日便將一干證據交給刑部，由刑部直接負責，務必半個月內調查清楚。

刑部接到聖旨後，開始秘密調查，半個月後，一份奏章遞到承德帝面前。

承德帝大怒，將楚國公府三百二十三口人全部扣押，聽候審訊，楚國公與曾裕則被單獨關押。

刑部宣讀了楚國公府十二條罪狀，條條觸目驚心——貪污受賄、謀害朝廷命官，就連此次河南賑災的災銀，竟有一部分都被其收入囊中。

河南疫情傳到京城時，百姓有多同情，此刻就有多憤怒。有人在這時提起楚國公嫡長孫曾寬在坊間的事，舉凡喝酒鬧事、與人爭戲子，還有曾家嫡長孫女當時逼狀元娘子差點上了吊，皆無不憎惡。

楚國公與世子曾裕被判斬監候，其他家眷全部流放西北，永世不得回京。行刑當日，菜市口擠滿了百姓，白菜、臭雞蛋等等全都扔到楚國公和曾裕的頭上。

曾裕怎麼也不敢置信，一個月前他還在尋歡作樂，一個月後怎麼就上了斷頭臺？

楚國公則心裡明白，自己幹的那些事敗露了。一生戎馬，最後拜倒在金錢之下，死也死在這上頭了。

他抬頭望向憤怒的人群，不經意間看到一個熟悉的身影。那人見他看過來，臉上緩緩露出笑容，兩個字從唇間輕輕吐出——

活該。

楚國公依據口型猜了出來，再看時，哪裡還有那人的身影？

楚國公心裡一陣頹然，那人從一個從六品小官，直接被升為正四品戶部官員，可見陛下對他的信任。

若是再給他一次機會，他會不會動手？他想了想，又看了眼旁邊早就嚇得尿褲子的兒子，痛苦地閉上眼睛。

應該還是會吧？

薛陸從河南回來便升了官，如今朝廷上下，哪個不知道薛陸深得聖上賞識？有同僚就建議他開府請客，恭祝升官之喜。薛陸笑著應下，果然找了良辰吉日宴請賓客。

這日，季明帶著禮品來了，那禮品的豐厚程度，讓來客無不驚訝。

要知道，薛陸平常來往之人多是翰林院翰林和朝中文官，勛貴中打交道的倒是少數，眾人見薛陸竟然與宣威小侯爺相熟，心裡無不打著小算盤：薛陸雖是農家子出身，卻有宣威小侯爺這樣的朋友，以後得多多走動才是。

季明帶著得體的笑，將禮品遞給章管家，對薛陸施了一禮。「季明不請自來，還請薛大人見諒。」

薛陸早就從常如歡那裡知曉此人的目的，哼了聲道：「下官還未登門道謝小侯爺對我們薛家的幫助呢。」

季明笑道：「豈敢？能幫得上薛大人，是季明的榮幸。」他既然打定主意要娶薛竹，對薛陸的態度自然滿是誠意。

薛陸見對方得體得無懈可擊，哼了一聲，讓管家帶他入席。

然而今日來的大多是職位低微的文官，最高階的也就是與薛陸同級的同僚，與季明的官職比起來還是有些差距。章管家得了這要命的差事，頭疼不已，最終將人安排到首桌。

季明與那些文官並不熟悉，可那些文官卻對他的事瞭若指掌，有人湊近想巴結他，給他敬酒，季明沒有拒絕，於是又有了第二個、第三個。
直到客人都走了，薛陸才對常如歡道：「季明這廝太過狡詐，如果我猜得沒錯，明日估計就該來提親了。」
常如歡蹭地從床上坐起來。「明日？」
薛陸無奈地起身，給她披上衣裳。「行了，都這麼晚了，明日他若敢來，就讓他在門口等著好了，想娶我們小竹，可沒那麼容易。」
常如歡聽他語氣裡的意味，笑了笑。「只是小竹你就這樣，到了小美麗嫁人時，你還不知道怎麼挑剔呢！」
「哼，我的女婿自然要千挑萬選，敢納妾的，第一個不嫁！」想到以後可愛的小美麗要嫁到別人家，薛陸心裡就頗不是滋味。
常如歡躺下來，看著床頂，聲音有些遙遠。「若是未來女婿敢對小美麗不好，我就讓她休了對方。」
薛陸抱著常如歡點頭。「對，就是這樣。」
第二日天剛亮，便有下人來報，宣威侯府小侯爺帶著聘禮來提親了，媒人還是薛陸現在的上司，戶部尚書王大人！
薛陸一口氣憋在喉嚨，差點沒把自己憋暈過去。
季明可以攔在外面，但尚書大人可不行，那是他的上司呀。
一家人火急火燎地穿衣起身，打掃庭院，準備迎接客人。薛陸將季明在心裡罵了一百遍，這才掛上得體的笑容，讓下人開了門。

將二人迎進屋裡，王大人直截了當地開口：「季明是我外甥，今日我來是給他提親的。聽聞薛家二房姑娘薛竹相貌不俗，有才有貌，是難得的淑女，今日我帶著外甥前來，不知薛大人和薛夫人意下如何？」

早在薛陸開門迎客時，常如歡便去了薛竹房裡，將此事說了一遍。

薛竹滿臉羞澀地低著頭，小聲道：「全憑五嬸和五叔做主。」

常如歡笑道：「我與妳五叔都沒看上他，那就去回了他？」

「五嬸，別啊，我覺得他挺好的。」薛竹急了，趕緊分辯。開口後意識到五嬸是逗她的，鬧了個大紅臉。「五嬸……」

常如歡笑著起身。「行了，我明白妳的意思了。咱們拋開家世不說，他的確不錯。」

薛竹紅著臉，咬唇道：「五嬸，謝謝您和五叔。」

「傻丫頭。」常如歡笑了笑便出去了。

薛陸才剛將尚書大人和季明送出去，回頭碰見常如歡，便問道：「如何？」

常如歡搖頭。「唉，女大不中留，你答應了沒有？」

薛陸哼道：「沒有，讓我攆走了。想這麼輕易娶到小竹？作夢！」

本朝二品大員戶部尚書大人，頭一次提親就被人給拒絕了。

但這沒有打擊到季明，下一個休沐日，尚書大人又與季明一起去薛家提親了。

最後的結果又是被拒絕。

季明不急不躁，第三次直接請了當朝太子前去替他保媒。

薛陸：「……」

他再不答應，是不是就要讓聖上親自來提親了？

於是最後，薛家憋屈地答應了。

京城中開始盛傳小侯爺三次提親農家女的故事，有人嘲諷，有人讚嘆，但兩家都不關心，開始有條不紊地討論儀式。

到了訂親的日子，季明帶人將聘禮一一地抬進薛家，一進的小院子瞬間便被堆滿。

薛函聽說薛竹要嫁給小侯爺，嫉妒得要命，偷偷跑回來看。看著那一抬抬的聘禮，嫉妒得眼都紅了。

當初她嫁人時，還覺得鄭家送來的聘禮不少，現在與薛竹的相比，簡直就是小巫見大巫。

薛季兩家將婚期定在春暖花開的季節，也就是來年四月。

親事定下後，薛竹便不出門了，繡嫁衣、學規矩，每日好不忙碌。

小美麗和薛鴻源年紀小，薛竹又已經定了婚事，所以薛菊的親事又提上日程來。

只是薛菊事先說了她的打算，常如歡卻不好隨便去尋婚事了。但因為薛竹這個親姊姊將嫁給小侯爺，他人知曉薛竹還有個妹妹在京城時，許多人家便主動找上門來。

常如歡考量一番，試著打探，可不管是嫡次子還是嫡幼子，都沒人願意讓自己的兒子入贅。

常如歡有些頭大，漸漸的，知曉他們要求的人家都不肯上門來打探了，薛菊的婚事因此耽擱了下來。

「若是小菊堅持要招贅，難道就這麼拖下去？」晚上夫妻獨處時，常如歡問道。

薛陸躺在床上，沈思片刻後道：「難為這孩子如此為二哥、二嫂著想，她若堅持就隨她吧，大不了從進京趕考的舉人中找一個，總會有的。」

常如歡眉頭緊皺。「我只是覺得這孩子太過成熟穩重，反倒會失去身為孩子的快樂。」

「現在說這些也無用，倒不如做些有意義的事。」薛陸將燭火吹熄，返回床上，在被子裡摸來摸去。

「什麼──」話沒說完，常如歡便被薛陸抱個滿懷。

饒是夫妻多年，對雙方很是熟悉，常如歡還是被他的猴急氣笑了。「你就不能慢著點？」

「不嘛、不嘛。」薛陸在被子裡扭來扭去，直到趴在常如歡的身上，這才氣喘吁吁地吻了下去。

年底，薛博帶著一車洋貨回到京城。常如歡挑出一些貴重物品，另外裝箱，對章嫂道：「這些都放到竹小姐的嫁妝裡去。」

章嫂猶豫道：「太太，這是不是太貴重了？」

常如歡瞥她一眼，沒說話。

章嫂嘆口氣，只好應下。

到了來年三月，薛老二和周氏帶著薛湘夫妻一道抵達京城，連同小錢氏母子三人也跟著來了。

由於薛家只有一進的院子，住不下這麼多人，薛陸向後頭院子的主人打聽，軟磨硬泡地將院子買了下來。

只是後頭的院子足有兩進，這一打通，薛家的宅子便成了三進。

這下地方大了，就是再來十幾口人，估計也能住得下。

四月，日子一到，薛家大門敞開，迎接賓客，然後等著吉時的到來。

薛竹端坐在後院的閨房裡，姣好的臉上帶著滿足的笑意。

薛菊坐在一旁陪著她，時不時好奇地看上兩眼。

這時全福人過來了，全福人的要求是父母、兒女俱全，而鎮國公夫人是個好命的女人，不管是娘家爹娘還是婆家父母都俱在，下面又有四個兒子和一個女兒，個頂個的成了親，也有了孩子。

京城許多嫁女兒的人家無不希望請她做全福人，但鎮國公夫人地位尊貴，能請動她的還真是少數。今日她能來薛家，肯定是看在季明的面子上。

薛竹驚喜地站起身來，帶著薛菊給她行禮，心裡對季明充滿了感激。

過沒多久，門外傳來喧鬧聲，就聽薛鴻源在外面喊道：「堂姊夫，紅包拿來，否則別想娶走我堂姊！」

過了一會兒，又聽小美麗奶聲奶氣地道：「紅包，美麗要。」

季明好脾氣的將厚厚一疊紅包遞到小娃娃手裡，笑道：「都是美麗的。姊夫可以去娶妳姊姊了嗎？」

小美麗點頭。「我帶姊夫去。」

薛鴻源事先準備的攔路點子完全沒用上，就眼睜睜地看著小美麗被大紅包收買，帶著季明去迎新娘子了。

薛鴻源嘆了口氣。「唉，誰讓她是我妹妹呢。」

不說薛鴻源，就說季明順利地接到新娘子，在正堂拜別了父母和親人，坐上花轎，離開了薛府。

# 第五十九章

喧鬧聲漸漸遠去，前院的宴席也開始宴請賓客，周氏眼睛濕潤，看著花轎離開，吶吶道：「小竹啊，妳可一定要好好的。」

對於這門婚事，薛老二夫妻是忐忑多過喜悅。一輩子種地為生的夫妻，本以為兩個小女兒會和大女兒一樣在鄉下找個老實可靠的漢子嫁了，誰知現在卻遠遠出乎他們的意料。

眼瞅著最小的女兒都十五了，可這婚事還沒定下來，周氏又一陣發愁。

「五弟妹啊，小菊這婚事還得指望妳啊。」周氏對常如歡可謂是全心的信任。

常如歡笑了。「二嫂，這小竹的花轎才剛抬走呢，妳就急著把小菊嫁出去，妳和二哥捨得？」

周氏一聽也笑了。二女兒嫁人，她竟然說起小女兒的婚事來了，實在不該。

但薛菊卻聽進耳朵，淡淡道：「我的夫君還是我自己來找吧。」讓五嬸給她找個願意入贅的男人，實在是難為她了。

周氏和常如歡一愣，都被薛菊的話嚇到了。

薛菊說自己找夫君，就真的自己找夫君去了。她留下一封書信，離開了薛家。

不過她考慮周到，怕給她五叔和五嬸添麻煩，是選在薛竹回門當日，趁著薛老二和周氏沒回清河縣時走的。

當日，常如歡他們並不知道薛菊離開了，是到了第二日，伺候她的小丫鬟來說薛菊不見了。

薛家人這才炸了鍋。

看完薛菊的書信，周氏和薛老二是又氣又恨，當下薛陸也請了假回來，瞭解了事情的經過，又去託人查找薛菊的下落。

但薛菊是個有成算的姑娘，走的時候一點痕跡都沒留下，任憑薛家人找遍京城，也沒找到人。

好在她在信裡說了，三年之內一定回來。

周氏一夜之間差點白了頭髮，嘴裡直嚷嚷：「這個不省心的丫頭啊，回來我非打斷她的腿不可！」

可饒是這樣，她仍是很想念女兒。在京城又等了三個月，也不見薛菊回來，薛老二便帶著周氏遺憾地回了清河。

伴隨著時間過去，薛家慢慢恢復了平靜。

七月，薛陸秘密出京，前往江浙地區；九月，九死一生地回到京城，接著十月，江浙地區大至巡撫、小到通判主簿，全部下了大獄。

江浙地區自來富庶，每年上繳國庫的稅銀龐大，在江浙為官的官員更是比其他地方要富足。

朝廷對這些官員一般是睜一隻眼、閉一隻眼，但這些人仍不滿足，竟然將手伸向了稅收。一個牽扯一個，從上到下，竟然都參與了挪用稅銀一案。

江浙巡撫怕事跡敗露，命人更改帳冊，又與下屬官員沆瀣一氣，以為天衣無縫，可以安享太平。

但承德帝卻不是那麼好糊弄的，早在那些官員伸手時，便有線人一一彙報。

薛陸去江浙就是將證據搜羅齊全，但這一路並不好走，期間有人想賄賂他，被他拒絕後，開始百般阻撓。路上，要不是有聖上派來的人保護，恐怕他根本回不了家。

現在好了，江浙巡撫入了大獄，下面那些爪牙也一一審理完畢。

這時朝中官員才發現，這個年輕的薛大人竟然又升了官，頂替了剛剛告老還鄉的戶部郎中。

薛陸這麼年輕已經是戶部郎中，這天底下絕對是頭一個了。

原本冷清的薛府又熱鬧起來，不時有各家夫人、太太遞帖子邀請常如歡參加宴席。

對於這些，常如歡不太喜歡，但薛陸身為大官，這些都不能避免，所以她只得妥協。

以前有薛竹陪她出門，現在薛竹嫁人了，薛菊又離家出走，平時家裡只剩下她和小豆丁美麗，著實有些寂寞。

而薛陸升官後更加忙碌，陪她的時間也少了，常如歡對什麼都提不起興趣，無聊之下翻看書本，找到以前的話本子，便動了心思，又開始構思起話本子來。

薛陸下衙回來，便得知她關在書房一整天，連小美麗都不理會，還以為出了什麼事，誰知進去一看，便見她伏在案桌上，一手撐著額頭，正在沈思什麼。

他走近一看，發現是新的話本子，薛陸看了幾行，覺得有趣。「這洋人是什麼樣子？與咱們長得還不是一樣？」

常如歡想到前世看過的冒險小說，便打算寫寫看，可構思了一天，卻發覺寫起來很困難，但她又不願意放棄，導致現在也只有些許架構，難怪薛陸看不明白，開口詢問。

「膚色和容貌都不相同。」常如歡放下筆，揉揉太陽穴，決定先放著，等想得完整一些再繼續。

見薛陸還不肯走，她又問：「有事？」

薛陸笑嘻嘻道：「好事，而且對妳寫話本子有用。」

他也不賣關子，繼續說道：「薛博寫信回來，說這次跟著海船來的有兩個洋人，來自什麼英吉利，想進京一趟，娘子若是想見，我可以安排。」

他並不像其他男人那樣，認為女子嫁了人，就該在家待著，哪裡都不能去。

況且若是因為愚蠢而耽誤了娘子的才華，那才是真正的罪過呢。

果然，常如歡一聽，很感興趣，當即答應下來。

過了兩個月，薛博帶著英吉利人詹姆斯進京。

薛陸見詹姆斯時，一併將常如歡也帶上，而詹姆斯對中文很感興趣，但說得很生澀，好在薛博將翻譯人員也帶來了，雙方交談得很愉快。

常如歡與詹姆斯交流後，又結合實際情況，開始籌備寫新的話本子，取名為《新大陸的發現》。

她日夜不輟，歷時半年終於寫完，又花了三個月時間校對，終於趕在八月十五前將話本子完成，接著聯絡書鋪，將書印版、出售。

早在幾年前，李掌櫃便來了京城，此刻聽聞她寫了新書，當即親自上門，取了書稿，且稿酬是前所未有的高。

這書上市後，立刻引來大批讀者的興趣，有人認為海外富饒，有人認為蠻人不化，比上朝繁華差得遠了。

但近年來，洋貨在本朝很受歡迎卻是不爭的事實，那些出海的商船除了遇上災難未回的，哪個不是賺得盆滿缽滿？

《新大陸的發現》引起一陣風潮，使得洋貨更加緊俏，就連承德帝都聽說了這事，還召來薛陸詢問一番。

當然，承德帝並不知道這書是常如歡寫的，說起時還頗為感慨。「只不知是何人寫出這樣的書？」

薛陸尷尬地笑了笑，回去與常如歡說起這事，笑道：「為夫差點就露了餡啊。」

「有這麼誇張？不過寫了些海外的趣事罷了，有一部分也是從詹姆斯那裡知道的，估計出過海的人回來都能說上幾句。」常如歡並不意外，能引起他人的興趣，不過是因為現在出海的人還少，等到以後越來越多人瞭解外面的世界，對這本書也就不會太好奇了。

薛陸對這些並不在意，他在意的只有一雙兒女和常如歡。

「這些留給別人來討論就好，為夫還有重要的事情要辦呢。」

常如歡驀然一怔。「你又要出去？」

去河南那次差點死在河南，去年去江浙也差點死在那裡，現在居然還要出去，這人難道就這麼不惜命？

薛陸不說話，翻身將常如歡壓在身下。「最重要的事不就是這事？」說著，一手摸進常如歡的衣襟，爬上前面的山丘。

常如歡鬆了口氣，又有些氣惱。真是的，也不說清楚，害她白擔心一場！

來年二月，常如年進了會試的考場。九天過去，皇榜發出，位列第七，雖然比預期差了點，也比自己姊夫差了些，不過已經很不錯了。

三月初殿試，承德帝見常如年生得俊俏，學識又不差，直接封為探花郎。於是，常如年成了本朝最年輕的探花郎，比之薛陸中進士還要早了幾年。

常海生得到消息，淚流滿面後便是仰天大笑，感嘆老天待他不薄。

常如年長得俊，又是探花郎，走馬遊街時深受閨閣少女追捧，要不是承德帝的幾個公主年紀與常如年不符合，他真想招來當駙馬。

常如年順利入職翰林院，做了編修，而曹正依然是翰林院大學士，知道他是薛陸的小舅子，很是照顧。

三年後，翰林院期滿，常如年與薛陸商議後，決定謀個外放的缺。兩人一個在京城，一個在地方，相互守望。

同年三月，常如年被任命為湖廣通判。得了聖旨後，常如年便帶著常海生和新婚妻子前往湖廣任職。

說起他的親事，也是一波三折。

三年前，他外出遇見長寧王家幼女李舒又，一見傾心，奈何李舒又對他不感興趣。而常如年也是個倔脾氣的，三年來獻殷勤、賄賂長寧王，甭管是要臉的、不要臉的都做了，這才打動李舒又的心。

雖然這個過程，常如歡覺得有些熟悉，但好歹弟弟的婚事終於有了著落，這二月剛成了親，三月就要離開京城了。

後來還是薛陸說溜嘴，常如歡才知道，一向規規矩矩的常如年是從薛陸這裡學來的法子。

常如歡有些哭笑不得。早些年她與薛陸剛成親時，那時還小的常如年最看不慣的就是薛陸的沒臉沒皮，誰想十多年後，常如年卻是向自己曾看不上的人那裡學來求娶娘子的法子。

如今，薛陸已經是戶部侍郎，身為他的娘子，常如歡在京城貴婦圈中也變得小有名氣，還不時有人向她請教馭夫之道。

常如歡有些好笑，但不可否認，與那些一輩子圍著男人和孩子轉、整日委曲求全的女人們相比，她是多麼的幸運。

她慶幸十多年前認準了薛陸，而薛陸又恰好是那個值得託付終身的男人。

常如歡躺在院子裡的躺椅上，正閉目想事，就聽小丫頭來報——

「夫人，小菊小姐回來了。」

常如歡睜開眼，望著朝她走來的一對男女，緩緩地笑了。

——全書完

# 番外

薛菊一直都知道自己和其他人不一樣，因為她是死後又活過來的。

上輩子，她死在丈夫的手裡；這輩子醒來發現自己變回小娃娃，心裡是既恐慌又害怕。好在爹娘還是原來的爹娘，姊姊也還是原來的姊姊。

而這次又成為小姑娘，她不再抱怨家裡條件不好，也不再抱怨爹娘無能，因為上輩子直到死，她感受到的溫暖都是在爹娘和姊姊那裡得來的。

老天爺待她不錯，讓她有機會報答她的爹娘和姊姊，她分外珍惜這樣的日子。

直到她五叔娶親，她卻發現一個和上輩子不一樣的五嬸，她的恐慌又重新冒了出來。

上輩子，她五叔也是娶這位五嬸，可五嬸的性子怯懦無能，奶奶不喜歡她，五叔也不疼愛她，村裡人都說五嬸長了一張勾搭男人的臉，五叔非但不維護她，還對她拳打腳踢。

後來她才聽說，因為五嬸嫁過來那天，在娘家上了吊又被救回來，五叔因為這事耿耿於懷，所以才對五嬸沒有一點好臉色。

再後來，五嬸就死了，因為她娘家的爹死了，弟弟也在家裡餓死了，於是她吊死在和五叔的新房裡。

但這輩子是那麼的不同，現在的五嬸性子開朗，且不是個容易被欺負的主，就是她娘家的爹和弟弟也一直活得好好的。

聽說她爹一飛衝天中了舉，現在連她奶奶都對五嬸刮目相看。

最令她驚訝的是，五嬸居然會讀書，還親自教導五叔。不只如此，連她和幾個堂姊、堂哥，也能跟著五嬸唸書。

薛菊上輩子到死都是大字不識一個的姑娘，這輩子卻有幸能夠認字，雖然五嬸並沒有多少時間教導他們，但卻已經足夠。

再後來，五叔中了秀才，又中了舉，再到考上狀元，村裡人都說薛家祖墳上冒了青煙，還說當年那道士的確是神仙，村裡人都相信五叔是天上的文曲星下凡。

若是奶奶能夠親眼看到五叔考上狀元，一定會很高興吧？

不過奶奶看不到了，她覺得很高興，因為她不喜歡奶奶，這個折磨她娘多年的老太婆！不過這輩子不同的地方實在太多了，上輩子奶奶活到七十多才死的，但今生卻早早被自己的姪女害死了。

上輩子奶奶到死都沒看到五叔考上狀元，這輩子卻是因早死，而沒能看到五叔考上狀元。

那段日子，她睡覺都能笑醒，她就是恨著奶奶。

最令她感動的是她五嬸，對她和姊姊是那麼的好，當初五嬸陪五叔進京時將姊姊帶走，後來又將她和薛函也接了去。

她明白五嬸是想給她們找個好婆家，幸運的是，五嬸幫姊姊找了門好親事。

可是卻被薛函破壞了！

她恨不得生吞了薛函，但是她忍住了，也多虧如此，讓姊姊避開了鄭元這樣的男人。

姊姊嫁給小侯爺後，她想離開了，於是她留下一封書信就走。

她想找一個能和自己白頭到老的男人，雖然她沒有問過五嬸，但她知道，她五嬸一定會贊同她的。

認識五嬸，如同打開了新世界，她覺得自己的人生該是不一樣的，否則老天爺不會讓她重生這一回。

離開京城後，她也不知道要去哪裡？為了路上安全，她特意裝扮成男人，在一個繁華的街上，遇見了一個不知天高地厚的男人。

看到這個混帳時，她不免想起五叔——她五叔以前可不就是這麼混帳？

也不知什麼想法作祟，薛菊在這個小鎮上住下來，好在她手裡盤纏不少，在這樣的小鎮上節儉過生活，還是可行的。

只是一來二去，她發現這個混帳東西竟然經常跟蹤她！

不過她一點都不害怕，因為她覺得這混帳不會欺負她。

她猜想得沒錯，這混帳東西非但沒欺負她，甚至在她被流氓欺負時挺身而出，替她挨了一磚頭。

事後，薛菊問他。「你為什麼要替我挨打？」

混帳東西——不，地主小兒子喬允良咧嘴傻笑。「因為妳好看啊。」

好吧，她果然不能指望這混蛋說出什麼正經話來。可看他臉上都破皮了，腿也被打得走不動了，還笑呵呵地說她好看，她卻生氣不起來了。

薛菊轉頭就走，她怕控制不住自己。

「薛菊，妳別走，我要娶妳。」喬允良在她身後喊。

薛菊沒有回頭，只冷冷道：「我只接受入贅，不會嫁人。」

喬允良明顯怔了怔，然後吶吶自語。「那是要我嫁給她了？」

他沈思片刻，想到自家不靠譜的爹娘，覺得爹娘同意的可能性還是很大，便高興地拖著腿追上來。「我嫁妳也成，可妳有聘禮去我家下聘嗎？我跟妳說，我爹最喜歡銀子了，妳若多帶些銀子，我爹肯定巴不得把我打包送給妳。」

他說得興奮，又擺擺手道：「哎呀，妳肯定沒有那麼多的銀子。這樣吧，我回去給妳弄些銀子，然後妳帶著去我家提親吧？」

薛菊看著他，沒料到他答應得如此爽快。

這世間的男子，有哪個願意入贅的？除了那些走投無路的人，恐怕只有眼前這個傻瓜還會這麼歡天喜地吧？

見薛菊沈默，喬允良以為她反悔了，連忙拉她的袖子。「妳聽我說，要是沒銀子也沒關係，只要我撒潑打滾，我娘一定會答應的。」

「傻子。」薛菊看著他，眼淚終於掉了下來。

看到她哭，喬允良顯然慌了。「別哭、別哭，我肯定嫁妳的，妳若實在不想娶……不行，妳必須得娶。」

「好。」薛菊擦去眼淚。「我娶。」

喬允良帶著薛菊回喬家，令她大吃一驚的是，喬父和喬母居然對她熱烈歡迎，那熱情的程度，讓她都有些受不了。

「允良其實沒外面傳聞的那麼壞，我就說肯定有人識貨。妳放心，他以後要是敢欺負妳，妳只管跟我說，我幫妳揍他。」喬父見有人終於願意嫁給自己的兒子，心裡樂得很。

喬允良插嘴道：「不是娶，是我要嫁給小菊。」

喬父和喬母顯然一愣，兩人對視一眼，喬母繼續笑道：「一樣、一樣，嫁就嫁。」只要把這蠢兒子弄出去就好啊。

喬允良很滿意。「嗯，不過小菊沒銀子，你們二老可得給我準備多一點的嫁妝。」

喬父有些肉疼，但為了把這礙眼的小子趕緊「嫁」出去，他決定豁出去了。

薛菊作夢都沒想到，本該受到多方阻攔的親事，喬家父母居然會同意。當然，她肯定也不知道喬家父母的辛酸。

就像當年薛老漢和錢氏擔憂十里八鄉的姑娘沒人願意嫁給薛陸，喬允良的不務正業在附近也是出了名的。

待喬父和喬母得知薛菊有家人在京城做官時，趕忙給喬允良收拾好行李，要將他們送走，還說他們隨後就入京，準備兒子嫁人的事情。

薛菊默默無語，帶著歡天喜地想著嫁人的喬允良回到京城，先去拜見五叔和五嬸，然後才寫信告知家中的父母。

薛老二夫妻聽到薛菊的消息，先是一喜，隨後又看到後面說給他們找了個倒插門的女婿，讓他們帶著銀子上京，頓時傻了眼。

好在常如歡的信隨後就到，將前因後果說了清楚，夫妻二人才明白薛菊的苦心。

於是，薛老二夫妻將家裡所有的銀子都帶上，準備到京城操辦女兒的婚事。

待喬家夫妻和薛老二夫妻都抵達京城，喬家父母明顯鬆了口氣。在京城好哇，這樣就不會有人知道自己傻兒子的過去了。

不管雙方什麼態度，薛菊與喬允良的婚事算是定下了。怕夜長夢多，喬家夫妻還提議儘早舉辦婚事。

最後，商定年底時成婚。

到了大喜之日，薛菊一身大紅嫁衣，卻沒有蓋頭，坐著轎子前去喬家租賃的院子「迎娶」新郎官。

京城就這麼大，很多人都跑來看熱鬧。

喬允良穿著上好的新郎服，坐在正堂，樂呵呵地等著薛菊的到來。

薛菊無視那些看熱鬧的人，淡定地進了門，看到坐在那裡的喬允良，嘴角才掛上淡淡的笑意。

只要這個人不在意，其他人再不看好，那又怎麼樣呢？

如同其他人成親一樣，薛菊迎親後在薛家拜了堂，然後雙雙入了洞房。

薛菊覺得自己這三年的離家很值得，不僅改寫了上輩子慘死的命運，還讓自己在今生找到幸福。

就像薛菊以前說的一樣，成親後，薛菊便拜別薛陸夫妻，跟著薛老二夫妻回了清河。

而喬允良的爹娘則像甩包袱一樣，成親後第二日便不見了蹤影。

一年後，薛菊生下長子，取名「薛換」；三年後又生下次子，取名「喬許」。

之後，整個朝代沒有再出現一個女子娶男人的故事。

雖然許多女子都有薛菊這樣的想法，但真能如她這般勇敢的，卻再也沒有了。

想改變的人很多，但去改變的人很少。

想鬥爭的人很多，但勇敢的卻很少。

薛菊年老時還在想，若是沒有重活一世的經歷，她是否有這樣的勇氣呢？

交給時間來證明吧！

——全篇完

嬌嬌小娘子養成

雀鳥搖身變鳳凰／香拂月

2018年5月出版

# 閣老的糟糠妻

她與姨娘活得困苦，在嫡母嫡姊手下討生活的日子，
若不是有了一位神秘公子的幫助，
哪能逃過各種陷害手段？
她有心回報，可他跟自己索要的卻是……

文創風636 1

父親是個小縣令，生母是柔弱的妾室，嫡母與嫡姊蠻橫凶狠，
使盡下流手段要毀她名聲，指婚、私會外男樣樣來，
她防不勝防，千鈞一髮之際，幸得一位神秘的公子出手相助；
除了以身相許，她決心恩公要自己做什麼便做什麼！
只是天底下真有這麼善心的男人麼？她沒做什麼，他卻是處處出手，
連自家後宅的陰私事都幫她料理，這位公子是否太神通廣大了些？
對自己又如此好意，她又能回報他什麼呢……

文創風637 2

嫡母已逝，生母從姨娘變正室，自己也算是名正言順的嫡女，
總算能喘口氣，過一過小日子；可恩公的態度越來越奇怪，
他似乎依舊擔心自己的處境，總怕她遇事無人相幫，
前世今生，她從未遇過如此為自己著想的人，
不過他先是要她拒絕一門親事，接著又親口向她求親？!
但看恩公的態度，也不像是瞧上了自己呀……莫非是心有所屬卻求之不得，
只好娶了她當個擋箭牌，算是回報他的恩情？
這下她要報恩是該全心全意，還是且走且看啊……

文創風638 3

莫名重生回到自己少年時，他胥良川怎能重蹈覆轍，看著胥家絕後、覆滅？
可這一世，一切變化的關鍵仍從渡古縣城的趙家起始，
只是趙家怎麼多了個庶女趙三小姐，還意外教他牽扯上了？
這位從未出現過的趙三小姐看來嬌弱，但心性堅韌，
她生得有多柔美，意志便有多強，幾次三番的交手總令他欣賞；
他自詡為趙三的恩公，最後卻是反倒折服於她，
連恩情都拿出來做藉口，使點詐、唬了她以身相許又如何？
他也是以一生一世一雙人相許呀……

文創風639 4 完

從前一世到這一世，兩人從互不相識到結為恩愛夫妻，
雉娘從未活得如此幸福安心，也因此更謹慎、小心翼翼地護著這個家，
只是打從他們趙家入京之後，她的身世起了幾番變化，
她隱隱約約地察覺自己恐怕並非縣令之女，卻又不願探究真相；
而隨著她身世變化，從後宮到京城的皇親國戚全被牽動，
她與夫君也牽扯進了皇子鬥爭的暗潮之中，
情勢早已跟前世完全不同，逼得他們夫妻倆不得不出手，
究竟要到何時才能度了這一關，過上平靜無波的小日子？

國家圖書館出版品預行編目資料

駁夫成器 / 晴望著. --
初版. -- 臺北市 : 狗屋, 2018.06
冊 ; 公分. --（文創風）
ISBN 978-986-328-870-1（下冊 : 平裝）. --

857.7 107005727

著作者 晴望
編輯 王冠之
校對 于馨　周貝桂
發行所 狗屋出版社有限公司
地址 台北市104中山區龍江路71巷15號1樓
電話 02-2776-5889～0
發行字號 局版台業字845號
法律顧問 蕭雄淋律師
總經銷 知遠文化事業有限公司
電話 02-2664-8800
初版 2018年6月
國際書碼 ISBN-13　978-986-328-870-1



定價250元
狗屋劃撥帳號：19001626
網址：love.doghouse.com.tw　E-mail：love@doghouse.com.tw